ちくま文庫

冥途

内田百閒集成 3

筑摩書房

目次

冥途

内田百閒集成3

編集　佐藤　聖
資料協力　紅野謙介

冥途

高い、大きな、暗い土手が、何処から何処へ行くのか解らない、静かに、冷たく、夜の中を走っている。その土手の下に、小屋掛けの一ぜんめし屋が一軒あった。カンテラの光りが土手の黒い腹にうるんだ様な暈《かさ》を浮かしている。私は、一ぜんめし屋の白ら白らした腰掛に、腰を掛けていた。何も食ってはいなかった。ただ何となく、人のなつかしさが身に沁むような心持でいた。卓子の上にはなんにも乗っていない。淋しい板の光りが私の顔を冷たくする。

私の隣りの腰掛に、四五人一連れの客が、何か食っていた。沈んだような声で、面白そうに話しあって、時時静かに笑った。その中の一人がこんな事を云った。

「提燈をともして、お迎えをたてると云う程でもなし、なし」

私はそれを空耳で聞いた。何の事だか解らないのだけれども、何故だか気にかかって、聞き流してしまえないから考えていた。するとその内に、私はふと腹がたって来た。私のことを云ったのらしい。振り向いてその男の方を見ようとしたけれども、どれが云ったのだかぼんやりしていて解らない。その時に、外の声がまたこう云った。大きな、響きのない声であった。

「まあ仕方がない。あんなになるのも、こちらの所為《せい》だ」

　その声を聞いてから、また暫らくぼんやりしていた。すると私は、俄《にわか》にほろりとして来て、涙が流れた。何という事もなく、ただ、今の自分が悲しくて堪らない。けれども私はつい思い出せそうな気がしながら、その悲しみの源を忘れている。

　それから暫らくして、私は酢のかかった人参葉を食い、どろどろした自然生《じねんじょう》の汁を飲んだ。隣の一連れもまた外の事を何だかいろいろ話し合っている。そうして時時静かに笑う。さっき大きな声をした人は五十余りの年寄りである。その人丈が私の目に、影絵の様に映っていて、頻《しき》りに手真似などをして、連れの人に話しかけているのが見える。けれども、そこに見えていながら、その様子が私には、はっきりしない。話している事もよく解らない。さっき何か云った時の様には聞こえない。

　時時土手の上を通るものがある。時をさした様に来て、じきに行ってしまう。その時は、非常に淋しい影を射して身動きも出来ない。みんな黙ってしまって、隣りの連れは抱き合う様に、身を寄せている。私は、一人だから、手を組み合わせ、足を竦《すく》めて、じっとしている。

通ってしまうと、隣りにまた、ぽつりぽつりと話し出す。けれども、矢張り、私には、様子も言葉もはっきりしない。しかし、しっとりした、しめやかな団欒を私は羨ましく思う。

私の前に、障子が裏を向けて、閉《た》ててある。その障子の紙を、羽根の撚れた様になって飛べないらしい蜂が、一匹、かさかさ、かさかさと上って行く。その蜂だけが、私には、外の物よりも非常にはっきりと見えた。

隣りの一連れも、蜂を見たらしい。さっきの人が、蜂がいると云った。その声も、私には、はっきり聞こえた。それから、こんな事を云った。

「それは、それは、大きな蜂だった。熊ん蜂というのだろう。この親指ぐらいもあった」

そう云って、その人が親指をたてた。その親指が、また、はっきりと私に見えた。何だか見覚えのある様ななつかしさが、心の底から湧き出して、じっと見ている内に涙がにじんだ。

「ビードロの筒に入れて紙で目ばりをすると、蜂が筒の中を、上ったり下りたりして唸る度に、目張りの紙が、オルガンの様に鳴った」

その声が次第に、はっきりして来るにつれて、私は何とも知れずなつかしさに堪えなくなった。私は何物かにもたれ掛かる様な心で、その声を聞いていた。すると、その人が、またこう云った。

「それから己《おれ》の机にのせて眺めながら考えていると、子供が来て、くれくれとせがんだ。強情な子でね、云い出したら聞かない。己はつい腹を立てた。ビードロの筒を持って縁側へ出たら庭石に日が照っていた」

私は、日のあたっている舟の形をした庭石を、まざまざと見る様な気がした。

「石で微塵に毀《こわ》れて、蜂が、その中から、浮き上がるように出て来た。ああ、その蜂は逃げてしまったよ。大きな蜂だった。ほんとに大きな蜂だった」

「お父様」と私は泣きながら呼んだ。

けれども私の声は向うへ通じなかったらしい。みんなが静かに起《た》ち上がって、外へ出て行った。

「そうだ、矢っ張りそうだ」と思って、私はその後を追おうとした。けれどもその一連れは、もうそのあたりに居なかった。

そこいらを、うろうろ探している内に、その連れの立つ時、「そろそろまた行こうか」と云った父らしい人の声が、私の耳に浮いて出た。私は、その声を、もうさっきに聞いていたのである。

月も星も見えない。空明りさえない暗闇の中に、土手の上だけ、ぼうと薄白い明りが流れている。さっきの一連れが、何時の間にか土手に上って、その白んだ中を、ぼんやりした尾を引く様に行くのが見えた。私は、その中の父を、今一目見ようとしたけれども、もう四五人の姿がうるんだ様に溶け合っていて、どれが父だか、解らなかった。

私は涙のこぼれ落ちる目を伏せた。黒い土手の腹に、私の姿がカンテラの光りの影になって大きく映っている。私はその影を眺めながら、長い間泣いていた。それから土手を後にして、暗い畑の道へ帰って来た。

山東京伝

私は山東京伝の書生に這入《はい》った。役目は玄関番である。私は、世の中に、妻子も、親も、兄弟もなく、一人ぼっちでいた様である。私は山東京伝だけを頼りにし、又崇拝して書生になった。

私は玄関の障子の陰に机を置いて、その前に坐っていた。別に私の部屋は与えてくれない。けれども、私は不平に思う様な事はなかった。兎《と》も角《かく》も、こうして山東京伝の傍に居られるのが、うれしいと思った。

私は、その机の上で、丸薬を揉んだ。一度に、五つも六つも机の上に置いて、手の平でころがして居る内に、箸の様な薬の棒を切ったままの、角のある片《き》れが、ころころと丸薬になった。私は、一生懸命に揉んで、机のまわりに、ざらざらする程、丸薬をためた。その間に、いろいろの人が、玄関を訪れて来た様だけれども、みんな、はっきり覚えられない。

そのうちに、御飯の時が来た。御飯を食うところは、何でも非常に奥の方の、白けた様な座敷であった。私がそこへ這入って行くと、山東京伝は、もう、ちゃんと、上座に坐って、食事をしていた。私は、閾《しきい》の上に手をついて、丁寧に御辞儀をした。暫らくして頭を上げて見ると、山東京伝は、知らん顔をして、椀《わん》の中に箸をつけて居た。それで私は猶《なお》の事、山東京伝を尊敬し度《た》くなった。

私は、白けた座敷の中に這入って、私の膳についた。辺りに、自分の影が散る様な心持がして、気になって仕方がない。それに、広い座敷の中に、私と山東京伝の外、誰もいない。私は、気が詰まる様で、黙って居られなくなった。又黙っていては悪かろうと云う心配もあった。けれども、つまらぬ事や、気に触る様な事をみだりに云って、怒られても困ると思った。私は、頻《しき》りにもじもじして居た。山東京伝は知らん顔をして汁を吸うていた。私はいよいよ、山東京伝を畏敬する心が募った。

私は早く飯が食い度くて堪らない。けれども、山東京伝は、食えとも何とも云ってくれない。食えとか、何とか云うのが、厭なのかも知れない。そうだと、無暗に遠慮しているのは、却《かえ》って悪いかも知れないから、食おうかと思った。けれども、そうでないのかも解らない。今丁度食えと云おうとして居るところかも知れない。すると私が無遠慮に箸をつけるのも、亦《また》よくない。私はどうしようかと思って、膳を前に置いて、もじもじ迷って居た。

その時、玄関へ、だれか来た様な気がした。私は、直ぐに玄関へ行き、途途《みちみち》ほうと溜め息をついた。玄関には何人も居ない。だれか来て帰った後の様な気がする。その為に、あたりが非常に淋しくて、そこに起《た》っていられない。私はすぐに奥の座敷へ戻った。そうして、山東京伝の顔を見た。山東京伝は大きな顔で、髯《ひげ》も何もない。睫《まつげ》がみんな抜けてしまって、眶《まぶち》の赤くなった目茶茶である。私は、その顔を見て、俄に心の底が暖かくなった。

「誰もまいったのではありません」と私が云った。

山東京伝は返辞をしなかった。私は怒ったのだろうかと思った。じきに起って、神主が歩く様な風に、しずしずと座敷を出て行った。私は蒲鉾《かまぼこ》をそえて御飯を食い、それから鼻の穴に水の抜ける程、茶をのんだ。そうして、玄関の脇で、丸薬を揉んで居た。

暫らくすると、不意に小さい人が訪ねて来て、玄関の式台から、両手をついて上がって来だした。

私は、山東京伝のところへ、その事を云いに行った。山東京伝は、何だか縁の様な所に、ぼんやり起って居た。私がこう云った。

「只今、まことに小いさな方が、玄関から上がってまいりました」

「何ッ」と山東京伝が非常に愕《おどろ》いた変な声を出した。聞いてる方がびっくりして、飛び上がる様な声であった。私はまた同じ事を云った。

「只今、まことに小いさな方が、玄関から上がってまいりました。式台に、こう両手をついて……」

「そらッ」と山東京伝が、いきなり、馳け出した。私も後をついて走って、玄関に出た。山東京伝が、玄関の閾《しきい》に起って、目を据えて、式台の方を眺めている。私はその後にじっと起っていた。

　すると、山東京伝が、急に後を向いた。その顔が鬼の様に恐ろしい。

「気をつけろ。こんな人間がどこにある」そう云って山東京伝は、にじりよって、私を睨んだ。

「こりゃ、山蟻じゃないか」

私は、尻餅を搗《つ》く程びっくりして、その方を見た。成程、頭から背が、黒い漆をぬった様に光沢のいい山蟻であった。

私は山東京伝に謝りを云った。山東京伝はきいてくれなかった。

「士農工商、云ったって駄目だ。君の様に頼み甲斐のない人はない」

私はうろたえて「誠に申しわけ御座いません」と云った。

「いや、あやまってすむ事でない」と山東京伝が云った。

私は、山東京伝がこんな事を云うのを心外に思った。けれども、自分が誘った様なもんだから仕方がないと諦めた。

「出て行け」と云ったきり、山東京伝は黙ってしまった。もうなんにも云わない。私は、とうとう、山東京伝の所を追い出された。

私は、道の真中に追い出されて、当惑しているごたごたした心持を、どこへ持って行って、片づける事も出来ない、泪《なみだ》を一ぱいに流して、泣いていると、解った。蟻は丸薬をぬすみに来たのである。それだから、山東京伝が、あんなにうろたえて、怒ったのだろう。けれども、山東京伝が、どうしてそんなに丸薬を気にするんだか、それはわからない。

花火

私は長い土手を伝って牛窓の港の方へ行った。土手の片側は広い海で、片側は浅い入江である。入江の方から脊の高い蘆《あし》がひょろひょろ生えていて、土手の上までのぞいて居る。向うへ行く程蘆が高くなって、目のとどく見果ての方は、蘆で土手が埋まって居る。

片方の海の側には、話にきいた事もない大きな波が打っていて、崩れる時の地響きが、土手を底から震わしている。けれども、そんなに大きな波が、少しも土手の上迄上がって来ない。私は波と蘆との間を歩いて行った。

暫らく行くと土手の向うから、紫の袴をはいた顔色の悪い女が一人近づいて来た。そうして丁寧に私に向いて御辞儀をした。私は見たことのある様な顔だと思うけれども思い出せない。私も黙って御辞儀をした。するとその女が、しとやかな調子で、御一緒にまいりましょうと云って、私と並んで歩き出した。女が今迄歩いて来た方へ戻って行くのだから、私は怪《あや》しく思った。丁度私を迎えに来た様なふうにものを言い、振舞う。しかし兎《と》も角《かく》もついて行った。女は私よりも二つか三つ年上らしい。

するとに入江の蘆の生えている上に、大きな花火が幾つも幾つも揚がった。綺麗な色の火の玉が長い光りの尾を引いて、入江の水に落ちて行った。女がその方を指しながら、

「あの辺りはもう日が暮れているので御座います。早く参りましょう。土手の上で夜になると困りますから」と云った。

私はこんな入江に花火の揚がるのが、何だか昔の景色に似ている様に思われた。段段行く内に蘆の脊が次第に高くなって来て、私の頭の上に小さな葉の擦れ合う音がするようになった。すると辺りが何となく薄暗くなって来て、土手が夜に這《は》入《い》りかけたらしく思われた。そうして海の上の空が、鮮やかな紅色に焼けて来た。暗くなりかけた浪がしらに薄い紅をさして不思議な色に映えて来た。私はそれを見て、それから女を顧《かえりみ》た。女は沖の方を指しながら、

「沖の方も、もう日が暮れているので御座います。早くまいりましょう」と云った。

じきに、真赤に焼けていた空の色が何処となく褪せかかって来た。入江の向うの遠くの方から、紙の焼けた灰の様なものが頻《しき》りに海の上の赤い空へ飛んだ。

「あれは海の蝙蝠《こうもり》で御座います。もうここも日が暮れるので御座います」と女が云っ

た。

土手の上が暗くなって来た。私は心細くなった。浪の響や蘆の葉の音が私を取り巻いてしまった。女の淋しそうな姿丈が、はっきりと私の眼に映っている。私はこの陰気な女と一緒に行って、碌《ろく》な事はない様な気がし出した。けれども一筋道の土手の上で、道連れを断るわけには行かないから、黙って歩いて行った。すると道の片側がぼうと明かるくなって来た。驚いてその方を振り向いて見たら、蘆の原の彼方此方に炎の筒が立っていて、美しい火の子がその筒の中から暗い所へ流れて出ては跡方もなく消えている。その辺りの空には矢張り花火がともったり消えたりしていた。花火の火の玉が蘆の中に落ちたんだろうと、その景色に見惚れながら私は思った。

「左様で御座います。今にここいら一面に焼けて参りますから、早くまいりましょう」と女が云った。

土手の妙な所から、女が入江の側に下りて行った。私もその後をついて下りた。もう向うには、牛窓の港の灯がちらちら光っているのに、女と離れられない。私はその灯を見ながら、女について行ったら、浅い砂川のほとりに出た。女がそのほとりを足早に伝って行った。暫らく行くうちに、砂川はじき消えてしまって、長い廊下の入口に出た。女がそこへ私を案内して這入った。私はもう行くまいと思い出した。そう思って女の方を見ると、女は涙をためた目でじっと私の方を見ながら黙っている。私は引き込まれる様な気持がして、女について行った。

　廊下を歩いて行くと、段段狭く暗くなって、足もともわからなくなった。何処かで廊下の曲がった時、向うの端にぼんやりしたカンテラの柱にともって居るのが見えた。その光りが廊下の板にうるんだ様に流れていた。女と私が次第に押しつけられる様になって来た。私は段段息苦しくなって、もう帰り度いと思った。女が私をこんな所へ連れて来たわけが、次第に解って来た様に思われ出した。私は早く土手の上で別かれればよかったと思った。すると左側に広い白ら白らした座敷のある前に来た。まだ日が暮れては居なかったと思って、私はほっとした。その次にもまたも一つ座敷があった。その座敷の本当の真中に、見台《けんだい》がきちんと据えてあって、その上に古びた紙の帳面が一冊拡げてあった。私が何の気もなくその方を見ていると、女が、それを読んでくれれば何もかもわかると云う様な風に見えた。私はあわてて、目を外らしてその前を行き過ぎた。何だか非常に怖いものに触れかけた様な気持がして心が落ちつかない。向うに縁があって、手水鉢《ちょうずばち》の上に、手拭がひらひら舞っている。私はその手拭掛の下まで来て、ぼんやり起っていた。もう帰ろうと思った。すると女が私の前に跪《ひざまず》いて、しくしく泣きながら私の顔を見た。

「もう土手は日がくれて真暗で御座います。どうかもう少し私の傍に居て下さいませ」と女が云った。私は黙って、帰る事を考えながら起っていた。何処かでさあさあと云う風の渡る様な音が頻りに聞こえた。

「蘆の原に火がついて、もう外へは出られません。あれは蘆の茎が何千も何萬も一度に焼け割れている音で御座います」と女がまた云った。けれども私は帰ろうと思った。こんな女の傍にいるのは恐ろしい。

するとが女また云った。「土手は浪にさらわれてしまいました。もう御帰りになる道は御座いません」

そう云ってしまうと、俄《にわか》に大きな声を出して泣き始めた。そうして、顔を縁にすりつける様にうつ伏せになって、肩の辺りを慄わせた。女の上で、手拭掛の手拭がひらひらしている。私はその間に帰ろうと思って、そこからもとの廊下に引返しかけた。その時に、私はふと縁にうつ伏せになっている女の白い襟足を見入っていた。女は顔も様子も陰気で色艶が悪いのに、襟足丈は水水していて云いようもなく美しい。私は、不意に足が竦《すく》んで、水を浴びた様な気持がした。私はこの襟足を見た事があった。十年昔だか二十年昔だかわからない、どこかの辻でこの女に行き会い、振り返ってこの白い襟足を見た事があった。ああ、あの女だったと私が思い出す途端に、女がいきなり追っかけて来て、私のうなじに獅嚙《しが》みついた。

「浮気者浮気者浮気者」と云った。

私は足が萎えて逃げられない。身を悶えながら、顔を振り向けて後を見ると、最早《もはや》女もだれもいなかった。それのに、目に見えないものが私のうなじを摑《つか》み締めていて、私は身動きも出来ない、助けを呼ぼうと思っても、咽喉がつかえて声も出なかった。

件

黄色い大きな月が向うに懸かっている。色計りで光がない。夜かと思うとそうでもないらしい。後《うしろ》の空には蒼白い光が流れている。日がくれたのか、夜が明けるのか解らない。黄色い月の面を蜻蛉《とんぼ》が一匹浮く様に飛んだ。黒い影が月の面から消えたら、蜻蛉はどこへ行ったのか見えなくなってしまった。私は見果てもない広い原の真中に起《た》っている。軀《からだ》がびっしょりぬれて、尻尾の先からぽたぽたと雫が垂れている。件《くだん》の話は子供の折に聞いた事はあるけれども、自分がその件になろうとは思いもよらなかった。からだが牛で顔丈人間の浅間しい化物に生まれて、こんな所にぼんやり立っている。何の影もない広野の中で、どうしていいか解らない。何故こんなところに置かれたのだか、私を生んだ牛はどこへ行ったのだか、そんな事は丸でわからない。

そのうちに月が青くなって来た。後の空の光りが消えて、地平線にただ一筋の、帯程の光りが残った。その細い光りの筋も、次第次第に幅が狭まって行って、到頭消えてなくなろうとする時、何だか黒い小さな点が、いくつもいくつもその光りの中に現われた。見る見る内に、その数がふえて、明りの流れた地平線一帯にその点が並んだ時、光りの幅がなくなって、空が暗くなった。そうして月が光り出した。その時始めて私はこれから夜になるのだなと思った。今光りの消えた空が西だと云う事もわかった。からだが次第に乾いて来て、背中を風が渡る度に、短かい毛の戦《そよ》ぐのがわかる様になった。月が小さくなるにつれて、青い光りは遠くまで流れた。水の底の様な原の真中で、私は人間でいた折の事を色色と思い出して後悔した。けれども、その仕舞の方はぼんやりしていて、どこで私の人間の一生が切れるのだかわからない。考えて見ようとしても、丸で摑まえ所のない様な気がした。私は前足を折って寝て見た。すると、毛の生えていない顎に原の砂がついて、気持がわるいから又起きた。そうして、ただそこいらを無暗に歩き廻ったり、ぼんやり起ったりしている内に夜が更けた。月が西の空に傾いて、夜明けが近くなると、西の方から大浪の様な風が吹いて来た。私は風の運んで来る砂のにおいを嗅ぎながら、これから件に生まれて初めての日が来るのだなと思った。すると、今迄うっかりして思い出さなかった恐ろしい事を、ふと考えついた。件は生まれて三日にして死し、その間に人間の言葉で、未来の凶福を予言するものだと云う話を聞いている。こんなものに生まれて、何時迄生きていても仕方がないから、三日で死ぬのは構わないけれども、予言するのは困ると思った。第一何を予言するんだか見当もつかない。けれども、幸いこんな野原の真中にいて、辺りに誰も人間がいないから、まあ黙っていて、この儘死んで仕舞おうと思う途端に西風が吹いて、遠くの方に何だか騒騒しい人声が聞こえた。驚いてその方を見ようとすると、又風が吹いて、今度は「彼所《あすこ》だ、彼所《あすこ》だ」と云う人の声が聞こえた。しかもその声が聞き覚えのある何人かの声に似ている。

それで昨日の日暮れに地平線に現われた黒いものは人間で、私の予言を聞きに夜通しこの広野を渡って来たのだと云う事がわかった。これは大変だと思った。今のうち捕まらない間に逃げるに限ると思って、私は東の方へ一生懸命に走り出した。すると間もなく東の空に蒼白い光が流れて、その光が見る見る内に白けて来た。そうして恐ろしい人の群が、黒雲の影の動く様に、此方へ近づいているのがありありと見えた。その時、風が東に変って、騒騒しい人声が風を伝って聞こえて来た。「彼所だ、彼所だ」と云うのが手に取る様に聞こえて、それが矢っ張り誰かの声に似ている。私は驚いて、今度は北の方へ逃げようとすると、又北風が吹いて、大勢の人の群が「彼所だ、彼所だ」と叫びながら、風に乗って私の方へ近づいて来た。南の方へ逃げようとすると南風に変って、矢っ張り見果てもない程の人の群が私の方に迫っていた。もう逃げられない。あの大勢の人の群は、皆私の口から一言の予言を聞く為に、ああして私に近づいて来るのだ。もし私が件でありながら、何も予言しないと知ったら、彼等はどんなに怒り出すだろう。三日目に死ぬのは構わないけれども、その前にいじめられるのは困る。逃げ度《た》い、逃げ度いと思って地団太をふんだ。西の空に黄色い月がぼんやり懸かって、ふくれている。昨夜の通りの景色だ。私はその月を眺めて、途方に暮れていた。

夜が明け離れた。

人人は広い野原の真中に、私を遠巻きに取り巻いた。恐ろしい人の群れで、何千人だか何萬人だかわからない。其中《その》の何十人かが、私の前に出て、忙しそうに働き出した。材木を担ぎ出して来て、私のまわりに広い柵をめぐらした。それから、その後に足代《あししろ》を組んで、桟敷《さじき》をこしらえた。段段時間が経って、午頃《ひる》になったらしい。私はどうする事も出来ないから、ただ人人のそんな事をするのを眺めていた。あんな仕構えをして、これから三日の間、じっと私の予言を待つのだろうと思った。なんにも云う事がないのに、みんなからこんなに取り巻かれて、途方に暮れた。どうかして今の内に逃げ出したいと思うけれども、そんな隙もない。人人は出来上がった桟敷の段段に上って行って、桟敷の上が、見る見るうちに黒くなった。上り切れない人人は、桟敷の下に立ったり、柵の傍に蹲踞《かが》んだりしている。暫らくすると、西の方の桟敷の下から、白い衣物を著《き》た一人の男が、半挿《はんぞう》の様なものを両手で捧げて、私の前に静静と近づいて来た。辺りは森閑と静まり返っている。その男は勿体らしく進んで来て、私の直ぐ傍に立ち止まり、その半挿を地面に置いて、そうして帰って行った。中には綺麗な水が一杯はいっている。飲めと云う事だろうと思うから、私はその方に近づいて行って、その水を飲んだ。

すると辺りが俄《にわか》に騒がしくなった。「そら、飲んだ飲んだ」と云う声が聞こえた。

「愈《いよいよ》飲んだ。これからだ」と云う声も聞こえた。

私はびっくりして、辺りを見廻した。水を飲んでから予言するものと、人人が思ったらしいけれども、私は何も云う事がないのだから、後を向いて、そこいらをただ歩き廻った。もう日暮れが近くなっているらしい。早く夜になって仕舞えばいいと思う。

「おや、そっぽを向いた」とだれかが驚いた様に云った。

「事によると、今日ではないのかも知れない」

「この様子だと余程重大な予言をするんだ」

そんな事を云ってる声のどれにも、私はみんな何所となく聞き覚えのある様な気がした。そう思ってぐるりを見ていると、柵の下に蹲踞んで一生懸命に私の方を見ている男の顔に見覚えがあった。始めは、はっきりしなかったけれども、見ているうちに、段段解って来る様な気がした。それから、そこいらを見廻すと、私の友達や、親類や、昔学校で教わった先生や、又学校で教えた生徒などの顔が、ずらりと柵のまわりに並んでいる。それ等が、みんな他を押しのける様にして、一生懸命に私の方を見詰めているのを見て、私は厭な気持になった。

「おや」と云ったものがある。「この件は、どうも似てるじゃないか」

「そう、どうもはっきり判らんね」と答えた者がある。

「そら、どうも似ている様だが、思い出せない」

私はその話を聞いて、うろたえた。若《も》し私のこんな毛物になっている事が、友達に知れたら、恥ずかしくてこうしてはいられない。あんまり顔を見られない方がいいと思って、そんな声のする方に顔を向けない様にした。

いつの間にか日暮れになった。黄色い月がぼんやり懸かっている。それが段段青くなるに連れて、まわりの桟敷や柵などが、薄暗くぼんやりして来て、夜になった。

夜になると、人人は柵のまわりで篝火《かがりび》をたいた。その焰《ほのお》が夜通し月明りの空に流れた。人人は寝もしないで、私の一言を待ち受けている。月の面を赤黒い色に流れていた篝火の煙の色が次第に黒くなって来て、月の光は褪せ、夜明の風が吹いて来た。そうして、また夜が明け離れた。夜のうちに又何千人と云う人が、原を渡って来たらしい。柵のまわりが、昨日よりも騒騒しくなった。頻《しき》りに人が列の中を行ったり来たりしている。昨日よりは穏やかならぬ気配なので、私は漸《ようや》く不安になった。

間もなく、また白い衣物を著た男が、半挿を捧げて、私に近づいて来た。半挿の中には、矢張り水がはいっている。白い衣物の男は、うやうやしく私に水をすすめて帰って行った。私は欲しくもないし、又飲むと何か云うかと思われるから、見向きもしなかった。

「飲まない」と云う声がした。

「黙っていろ。こう云う時に口を利いてはわるい」と云ったものがある。

「大した予言をするに違いない。こんなに暇取るのは余程の事だ」と云ったのもある。

そうして後がまた騒騒しくなって、人が頻りに行ったり来たりした。それから白衣の男が、幾度も幾度も水を持って来た。水を持って来る間丈は、辺りが森閑と静かになるけれども、その半挿の水を私が飲まないのを見ると、周囲の騒ぎは段段にひどくなって来た。そして益《ますます》頻繁に水を運んで来た。その水を段段私の鼻先につきつける様に近づけてきた。私はうるさくて、腹が立って来た。その時又一人の男が半挿を持って近づいて来た。私の傍まで来ると暫らく起ち止まって私の顔を見詰めていたが、それから又つかつかと歩いて来て、その半挿を無理矢理に私の顔に押しつけた。私はその男の顔にも見覚えがあった。だれだか解らないけれども、その顔を見ていると、何となく腹が立って来た。

その男は、私が半挿の水を飲みそうにもないのを見て、忌ま忌ましそうに舌打ちをした。

「飲まないか」とその男が云った。

「いらない」と私は怒って云った。

するとⅹ辺りに大変な騒ぎが起こった。驚いて見廻すと、桟敷にいたものは桟敷を飛び下り、柵の廻りにいた者は柵を乗り越えて、恐ろしい声をたてて罵り合いながら、私の方に走り寄って来た。

「口を利いた」

「到頭口を利いた」

「何と云ったんだろう」

「いやこれからだ」と云う声が入り交じって聞こえた。

気がついて見ると、又黄色い月が空にかかって、辺りが薄暗くなりかけている。いよいよ二日目の日が暮れるんだ。けれども私は何も予言することが出来ない。だが又格別死にそうな気もしない。事によると、予言するから死ぬので、予言をしなければ、三日で死ぬとも限らないのかも知れない、それではまあ死なない方がいい、と俄《にわか》に命が惜しくなった。その時、馳け出して来た群衆の中の一番早いのは、私の傍迄近づいて来た。すると、その後から来たのが、前にいるのを押しのけた。その後から来たのが、又前にいる者を押しのけた。そうして騒ぎながらお互に「静かに、静かに」と制し合っていた。私はここで捕まったら、群衆の失望と立腹とで、どんな目に合うか知れないから、どうかして逃げ度いと思ったけれども、人垣に取り巻かれてどこにも逃げ出す隙がない。騒ぎは次第にひどくなって、彼方此方に悲鳴が聞こえた。そうして、段段に人垣が狭くなって、私に迫って来た。私は恐ろしさで起ってもいてもいられない。夢中でそこにある半挿の水をのんだ。その途端に、辺りの騒ぎが一時に静まって、森閑として来た。私は、気がついてはっと思ったけれども、もう取り返しがつかない、耳を澄ましているらしい人人の顔を見て、猶《なお》恐ろしくなった。全身に冷汗がにじみ出した。そうして何時迄も私が黙っているから、又少しずつ辺りが騒がしくなり始めた。

「どうしたんだろう、変だね」

「いやこれからだ、驚くべき予言をするに違いない」

そんな声が聞こえた。しかし辺りの騒ぎはそれ丈で余り激しくもならない。気がついて見ると、群衆の間に何となく不安な気配がある。私の心が少し落ちついて、前に人垣を作っている人人の顔を見たら、一番前に食《は》み出《だ》しているのは、どれも是も皆私の知った顔計りであった。そうしてそれ等の顔に皆不思議な不安と恐怖の影がさしている。それを見ているうちに、段段と自分の恐ろしさが薄らいで心が落ちついて来た。急に咽喉が乾いて来たので、私は又前にある半挿の水を一口のんだ。すると又辺りが急に水を打った様になった。今度は何も云う者がない。人人の間の不安の影が益《ますます》濃くなって、皆が呼吸をつまらしているらしい。暫らくそうしているうちに、どこかで不意に、

「ああ、恐ろしい」と云った者がある。低い声だけれども、辺りに響き渡った。気がついて見ると、何時の間にか、人垣が少し広くなっている。群衆が少しずつ後しさりをしているらしい。

「己《おれ》はもう予言を聞くのが恐ろしくなった。この様子では、件《くだん》はどんな予言をするか知れない」と云った者がある。

「いいにつけ、悪いにつけ、予言は聴かない方がいい。何も云わないうちに、早くあの件を殺してしまえ」

その声を聞いて私は吃驚《びっくり》した。殺されては堪らないと思うと同時に、その声はたしかに私の生み遺した倅《せがれ》の声に違いない。今迄聞いた声は、聞き覚えのある様な気がしても、何人の声だとははっきりは判らなかったが、これ計りは思い出した。群衆の中にいる息子を一目見ようと思って、私は思わず伸び上がった。

「そら、件が前足を上げた」

「今予言するんだ」と云うあわてた声が聞こえた。その途端に、今迄隙間もなく取巻いていた人垣が俄に崩れて、群衆は無言のまま、恐ろしい勢いで、四方八方に逃げ散って行った。柵を越え桟敷をくぐって、東西南北に一生懸命に逃げ走った。人の散ってしまった後に又夕暮れが近づき、月が黄色にぼんやり照らし始めた。私はほっとして、前足を伸ばした。そうして三つ四つ続け様に大きな欠伸《あくび》をした。何だか死にそうもない様な気がして来た。

道連

私は暗い峠を越して来た。冷たい風が吹き降りて、頭の上で枯葉が鳴った。何処かで水の底樋《そこひ》に落ち込む音がしているけれども、その場所も方角もわからない。も一つ向うの岅の山裾らしい辺りに、灯りが二つ三つ風にふるえてちらちらと光っている。そうかと思うとまた、そんなに遠くない所にも、あいだを置いた小さな灯が、雫の様にちらりちらりと光っている。けれどもそこらに見える灯は、少しも私の便りにならない。みんな私によそよそしく光っていた。折折私は背中がぼうと温くなり又冷たくなったりした。

私は少しも休まずに歩いて行った。私の傍には一人の道連《みちづれ》が歩いている。私はこの男と何時から道連になったかよく解らない。道連はどこ迄もついて来て、時時「栄さん」と私の名を呼んで、それっきり黙ってしまう。聞き返しても返事をしない。冷たそうな足音をたてて、私と一しょに並んで歩いた。私は道連の事を考えたり考えなかったりして、一人の時と同じ様に歩いた。峠を越す時一人であった事だけわかっている。

私は道連とならんで、土手の様な長い道を歩いて行った。土手だろうと思うけれど、辺りに川らしいものもない、暗い中に目を泳がせて見ても、道の両側の低いところには、稗田《ひつじだ》か枯野の黒いおもてが風を吸うている計りであった。それだのに私はさっきから、何処かで水の音を聞いている。淵によどんでいる水を、無理に掻きまわす様な音に聞こえる。道連の足音が時時その音を消した。すると、私はほうと溜息をつく様な心持がする。けれども暫らくするとじきにまた、その水音が何時とはなしに私の耳に返っていた。

空には星が散らかっていた。大きな星や小さな星が不揃いに空を混雑させている。星の光っていない辺りも、どことなく薄白い光りがにじんでいる。一体に明るい空が大地の上に流れて居る。それのに大地は真暗で、一足先の道も見えない。こんな夜のある筈はない。私は次第にうそ寒くなって来た。

暫らく歩いて行くうちに、何処へ行くのか解らない道を、無気味な男と道連れになって、歩いて行くのがたまらない程恐ろしくなって来た。すると道連が変に低い声で、また「栄さん」と云った。私はひやりとして、髪の毛の立つ様な気がした。

「栄さん、己《おれ》が送って上げるからいいじゃないか」と道連が云った。

私は合点の行かぬ気持がした。何とか云うのも気味がわるいから、又黙って歩き続けた。私の足は頻《しき》りに道の枯草を踏んでいる。私は道の外れを歩いては居ない。それのに枯れて固くなった草の葉や茎が、足の裏に折れる音を私は聞き続けに歩いている。この道は人の通らぬ道なのかも知れない。それから又暫らく歩いた。

「栄さん」と道連が云った。

「何だ」と私が聞き返したら、それきり黙ってしまった。「向うの方に灯りが見えるじゃないか」と私の方から続けて云った。

「うん」と道連が同じ様な低い声で答えた。

「あれは人の家の灯だろう」

「あれは他人の家の灯さ、栄さん、己はお前さんの兄だよ」と道連が云った。

「私は一人息子だ。兄などあるものか」と私は驚いて云った。恐ろしい気がした。

「栄さん、己は生まれないですんでしまったけれども、お前さんの兄だよ。お前さんは一人息子の様に思っていても、己はいつでもお前さんの事を思っているんだ」

道連はそう云って、矢張りもとの通りに、すたすたと歩いて行った。私は、生まれなかった兄の事など一度も考えた事がないから、どう思っていいのだか、丸っきり見当もつかなかった。ただ、何とも云えない気味わるさに襲われて、声も出ない様に思われた。黙って、道連の行く方へただ歩いているうち、馬追い虫の鋭い声が何時の間にか私の耳に馴れていた。気がついた時には、何時からそれを聞いていたんだか、たどって見る事も出来なかった。それにしても、草の枯れてしまった後に、馬追いの生き残るのは腑《ふ》に落ちないと私は思った。

その内に、私の足もとが滑らかになり、景色が暗いうちに何処となく伸び伸びして来た様に思われた。空には煙の様に薄白い雲が、形もなく流れて、星を舐《ねぶ》っている。さっき向うの山裾らしい辺りに見えていた灯は、消えたんだか隠れたんだか、みんな無くなってしまった。私は次第に恐ろしくて堪らなくなった。道連の足音を何時とはなしに頼りにして、道の延びている方へ、ただ当てもなく歩いて行った。

すると底樋《そこひ》に落ちる様な水音が、また私の耳に戻って来た。私は同じ所をぐるぐる歩き廻っているのではないかと気にかかり出した。

「栄さん、己はお前さんの兄だよ。己はお前さんに頼みたい事があってついて来たんだ」と道連が云った。

私は息のつまる様な気がした。道連はそう云ったきり、後を云わないで、矢張りすたすたと冷たい音を立てて歩いた。頭の上が暗くなって来た。道が山裾に這入《はい》って、何だか硬そうな枯葉が騒騒しく降って来た。歩いている内に、またぐらだら坂の途にかかった。風が少し荒くなって、時時山土のにおいがする様に思われた。

暫らく行くと、道連がまた「栄さん」と云った。声の調子が変って、泣いている様に聞こえた。

「栄さん、己《おれ》の頼みをきいておくれよ、己はその一ことをきいて貰いたいが為、こうしてお前さんについて来たのだよ」

私は恐ろしくて、口も利けない。

「栄さん、怖くはないよ、己の願いは何でもない事だ、ただ一口己を兄さんと呼んでおくれ」

私はびっくりすると同時に腹が立った。掠《かす》れた様な声で「気味のわるい事を云うのは止してくれ」と云った。

「栄さん、そんな情ない事を云うもんじゃないよ。お前さんはお父さんやお母さんや、おまけにお祖母さんまであって羨ましい。己は一人ぼっちで、お父さんやお母さんは一度だって己の事を思ってもくれないんだ。己は淋しいから、こうしてお前さんについて来たんだよ。兄さんと云っておくれ」

私は益《ますます》気味がわるくなって来ると同時に、何となく悲しい様な気持がして来た。黙って歩きながら考えた。けれども、兄さんと呼ぶ様な気にはなれなかった。道連もまたそれきり黙ってしまって、ただすたすたと、ついて来た。屾を大分登ったのだろう。道の片側が真暗な崖《がけ》になって、その底の方に、青い灯が水に映った様に、きらきらと光っている。私はその灯《あか》りを見ていたら、何時の間にか目に涙が一ぱい溜っていた。

「栄さん、己はお父さんの声がききたい。お父さんの声はお前さんの様な声かい」

「そんな事が自分でわかるものか」と云ってしまって、私は自分の声が道連の声と同じ声なのにびっくりした。頭から水を浴びた様な気がした。

「ああ、矢っ張りそんな声なんだ、ああそうだ、そうだ」と道連が云った。泣いているらしい。

私は恐ろしくもあり、悲しくもなった。

「栄さん、どうか云っておくれ」

「ああ」と私が云った。悲しい気持で、生まれなかった私の兄を、兄さんと呼ぼうかと思った。

「云ってくれるのか、己はどんなにうれしいか知れない。早く云っておくれ」と道連が云った。私は道連の声を聞いているうちに、段段自分の声との境目がわからない様な気がして来た。すると涙が一どきに溢れ出た。

「兄さん」と私は云おうと思った。その途端に自分の声が咽喉につまって、私は口が利けなくなった。

「早く、早く」と道連がうろたえた様に云った。

私は益《ますます》悲しくなって来た。生まれて一度も人を呼んだことのない言葉だと云う事を忘れていた。何処だか方角のたたぬ辺りで、夜鳥が頻《しき》りに戸のきしむ様な声をして鳴いている。私はその声を聞きながら歩いた。道連は矢張り、すたすたと冷たい足音をたてて行っていた。暫らくして、「ああ」と道連が悲しい声をして云った。

「それじゃもうお前さんともお別れだ。栄さん、己は長い間お前さんの事を思ってい て、やっと会ったと思っても、お前さんはとうとう己の頼みをきいてくれないんだ」

道連の云う事を聞いているうちに、私は、何だか自分も何処かでこんな事を云った ことがある様に思われた。さっきから聞いていた水音にも、何となく聞き覚えのある 様な気がしてきた。

「もうこれで別れたら又いつ会うことだかわからない」と道連が泣き泣き云った。

「ああ」と私は思わず声を出しかけて、咽喉がつまっているので苦しみ悶えた。忘れ られない昔の言葉を、私の声で道連が云うのを聞いたら、苦しかったその頃が懐しく て、私は思わず兄さんと云いながら道連に取り縋《すが》ろうとした。すると、今まで私と並 んで歩いていた道連が、急にいなくなってしまった。それと同時に、私は自分のから だが俄《にわか》に重くなって、最早一足も動かれなかった。

豹

坂の途中に小鳥屋が一軒あった。鼻の曲った汚い爺さんが、何時も店頭に胡座《あぐら》をかいて、頻《しき》りに竹を削って居た。その前を通ると、もとは目白や野鵐や金糸鳥《カナリヤ》などが、かわいらしく鳴き交わして居たのに、何時の間にかそんなものはみんな居なくなってしまって、小屋根の上の大きな檻の中に、鷹が番《つが》い、雛を育てて居た。その次にその前を通ったとき、鷹の雛がもう大きくなったろうと思って、屋根の上を見たら、鷹ではなくて、鷲であった。親が雌も雄もどちらも一間ぐらいに、雛は鶏ぐらい大きかった。そうして親も雛も、頭や頸《くび》や背の羽根が、摑んで毟《むし》ったように荒く抜けている、その隣りの檻に豹がいて、じっと雛をねらって居た。大変だと思ってぐるりを見ると、牧師と法華の太鼓たたきと、それから得体の知れない人間が十五六人矢張り起《た》ってみていた。豹が恐ろしい声をして、鷲の巣に手を突込んだ。鷲の雌が鋸《のこぎり》の様な羽根を立てて豹を防いでいた。雛は嘴《くちばし》で毛虫をつんでいた。雄は向うをむいて知らぬ顔をしていた。すると豹が細長いからだを一ぱいに伸ばして、背中に一うねり波を打たせた。その様子が非常におそろしい。その時またすごい声をして哮《ほ》えたので、私は心配になって来た。

「この豹は見覚えがあるね」と云った者がある。今そんな事を云ってはいけないと私は思った。すると果して豹がこちらを向いた。

「ああいけない、檻の格子が一本抜けている。何か嵌《は》めて置かなくちゃあぶない」と云った者がある。わるい事を云った、豹が知ったかも知れないと私は思った。その時に又、

「豹が鷲をねらっているのは策略なんだね」と云った者がある。黙って居ないと大変なことになるのにと私は思った。すると果して豹が屋根を下りて、私等を喰いに来た。私は一生懸命に逃げた。そこいらに居た者もみんな同じ方へ逃げた。両側に森のある馬鹿に広いきれいな道を、みんなが団《かた》まって逃げた。風が後から追掛ける様に吹いて来た。豹が風の中を馳け抜けるように走って私等に近づいた。一番に牧師が喰われた。道の真中を逃げて居たから喰われたのだ。私達は道の片端をすれすれに逃げた。今度は法華の太鼓たたきが喰われた。私は一寸《ちよつと》振り返って見た。広い白い道の真中で、豹が法華の太鼓たたきを抑えていた。太鼓が道の真中に投げ出されていた。その間に私丈はそこから横町へ曲がって、細い長い道を逃げた。何だか町じゅうが寂びれ返って

いる。私は片側町に逃げて来た。みんな骨董屋計りで、店に人は一人も居ない。大きな羅漢の木像があった。庭に水の一ぱい溜まっている家があった。私はそこへ逃げ込んで、二階へ上がった。二階から往来を見ると、豹が向うから、地に腹のつく様に脊を低くして、走って来た。豹は私をねらっているらしい。畳や梯子《はしご》段にぬれた足跡がついていやしないかと思う。私はここも駄目だと思った。けれども、もう表へは出られないから、裏口から田圃《たんぼ》の中へ飛び出して、又逃げた。しかし豹が何故私丈をねらい出したのか解らない。あれは豹の皮を被っているけれども、ほんとは豹ではないのかも知れない。そう思い出したら猶《なお》の事怖くなった。何しろ早くかくれてしまわなければ大変な事になると思った。私は田圃の中を夢中でどのくらい逃げたかわからない。

仕舞いに野中の一軒屋に逃げ込んだ。庭口に大きな柘榴《ざくろ》の樹があって、腹の赤い豆廻しが頻《しき》りにけくけく、けくけくと鳴いて居た。後を向いたら、丁度その時、向うの禿山の頂を豹の越したのが鮮やかに見えた。私は大急ぎで戸を締めてしまった。雨戸がみんな磨硝子《すりガラス》で出来ていた。硝子では不安心だと私が思った。家の中に半識りの人が五六人いた。みんな色つやのわるい貧相な男ばかりであった。私は家の内じゅう戸締りをしてしまった。一ヶ所、扉の上に豹が飛び込める程の隙があるけれど、何もそこを塞《ふさ》ぐものがなかった。その内に私は考えた。木の雨戸よりは却《かえっ》て磨硝子の方がいいかも知れない、豹がいくら爪をたてても、爪が滑ってしまうから。すると豹の爪と磨硝子との、がりがり擦れ合う音が、予《あらかじ》め私の耳に聞こえた。私はからだじゅうにさむさむがたった。

外が余り静かだから、私は磨硝子の戸を細目にあけて、のぞいて見た。内から、

「あぶないあぶない」と云う者があった。

「豹があなたの顔を見るとわるいからおよしなさい」と云った者もあった。その時、豹は向うの黒い土手の上で、痩せた女を喰っていた。その女は私に多少拘り合いのある女の様な気がして来た。私は戸の細目から首をのぞけた。豹がその女を見る見る内に喰ってしまって、著物だけを脚で掻きのけた。そうして私の方を見た。私は豹に見られたと思って、驚いて隠れようとした。その時豹が急に後脚で起ち上がる様にこちらを向いて、妙な顔をした。笑ったのではないかと思う。私はひやりとして、あわてて戸をしめた。

「この扉の上だけだから、ここ丈どうかならんかな。これだけ居るんだから、みんなで豹を殺せない事もなかろうじゃないか」と私がみんなに云った。

みんなは割り合いに落ちついた顔をしていた。矢っ張り私だけなのかも知れない。私は心細くて堪らなくなった。そうして又怖くてじっとしていられない。

「どうかしてくれ、豹に喰われたくない」と私が云って泣き出した。

するとりにいた五六人のものが、一度にこちらを向いた。

「あなたは知ってるんだろう」と一人が私に云った。そうして変な顔をして少し笑っている。

「洒落《しゃれ》なんだよ」と外の一人が駄目を押す様に云った。

「何故」ときいた者がある。

「過去が洒落てるのさ、この人は承知しているんだよ」

「ははん」と云って、その尋ねた男が笑い出した。するとみんなが一緒になって、堪らない様に笑い出した。

私はあわてて、なんにも知らないんだからと云おうと思ったけれど、みんなが笑って計りいるから、兎《と》に角《かく》涙を拭いて待っていたら、そのうちに私も何だか少し可笑《おか》しくなって来た。気がついて見たら、豹が何時の間にか家の中に這入《はい》って来て、みんなの間にしゃがんで一緒に笑っていた。

尽頭子

女を世話してくれる人があったので、私は誰にも知れない様に内を出た。その女が、だれかの妾だと云う事は、うすうす解っていた。人の一人も通っていない変な道を、随分長い間歩いて行ったら、その家の前に来た。二階建《だて》の四軒長屋の左から二軒目の家である。左が北だと云うこと丈は、どう云うわけだか、ちゃんと知れていた。内に這入《はい》ったら、すぐに座敷へ通された。馬鹿に広い座敷で、矢張り何となく白けている。その座敷の真中に、たった一人だけで坐っているのは、あんまり気持がよくない。無暗に顔が引釣るらしい。顔を洗ってよく拭かずに、そのまま乾かしている様な気持がする。大分たってから、そこで御飯を食う事になった。大方晩飯だろうと思う。女がお給仕をしてくれた。広い座敷の真中に坐っているのが、どうも気に掛かって、何だか落ちつかないのだが、仕方なしに女の顔を見ながら、飯を食っていた。女は滅多に話しもしない、私も別に云う事はないから、黙っていた。顔の輪郭などは、はっきりしないけれども、いい女だと思った。ただ時時白い手を動かした。少しふくらんだような手の恰好が、はっきりと見えて、私の心を牽《ひ》いた。ところが、始めの内はよく解らなかったけれども、女はその白い手の甲で自分の鼻の頭を、人の目を掠めるようにすばしこく、頻《しき》りにこすっては知らぬ顔をしている。いやなことだから、よして貰いたいと思ったけれども、云っては悪かろうと思って、黙っていた。狐と一緒にいる様な気がし出した。

暫らくそうして坐っていた。御飯も、ただいい加減に食っていた。段段外が暗くなって、夜になりそうに思われた。変な手附きをするのが気にかかるけれども、女が可愛くなって来た。すると、いきなり表の格子戸が開いて、旦那が帰って来た。私は呼吸が止まる程に吃驚して、うろたえた。逃げることも出来ないし、隠れようたって、家の様子がわからない。捕まったら大変だと思って泣きそうになった。女は矢張り坐ったまま、白い手を二三度鼻の尖《さき》に持って行った後で、こう云った。

「皿鉢小鉢てんりしんり、慌ててはいけません。私がいいようにして上げますから落ちついているといいわ」

そう云ったのだろうと思うけれども、始めの方に云ったのは、何のことだか解らない。その内に、旦那が一人の男を従えて、上がって来た。私の方を、じろりじろりと見ているらしい。私は圧《お》しつぶされる様な不安を感じながら、お膳の前に坐ったまま、

お辞儀をしようか、逃げようかと考えていた。すると、女が旦那に向かって、

「この人がまた今日お弟子入りに来ました。それで、今御飯を上げたところです」と云った。

「有りがとう御座いました」と私は云って、お辞儀をした。旦那はそれを聞くと、そのままうすうと、二階へ上がってしまった。長い顔で恐ろしく色が青い。目の縁に輪が立って、甚《はなは》だ不機嫌な様子をしている。その後から又、旦那の後について来た男が、陰気な顔をして、私をじろりと見た。その男は旦那の弟に違いない。同じ様に長い顔をして、目の縁に輪を起《た》てている。そうして矢張り旦那の通りに不機嫌な様子をして、二階に上がってしまった。それから、その男の後を追うようにして、女もまた二階に上がってしまった。私はほっとして溜息を吐《つ》いた。それから起ち上がって、ふらふらと縁側の方に出て行った。泉水の中に団子の様な金魚が泳ぎ廻っている。大分暗くなっていて、遠くの方はもう見えない。淋しく物悲しくなってしまった。飛んでもない所へ来て、困った事になったと思った。何の弟子になるんだか、ちっとも見当がつかない。女に確めて置きたいけれども、一緒に二階へ行ってしまったから、どうする事も出来ない。外の者のいるところで、そんな事を聞いたら、すぐに事がばれてしまうだろう。すっかり解っているような顔をしていなければならないのは困ると思った。一《いっ》そのこと、逃げてしまおうかとも考えたけれど、そんな事をしたら後で女が困るに

ちがいない、それも可哀想だから止そうと思った。全体旦那の商売が解らないけれども、あんな顔をしている位だから、どうせ碌《ろく》なものではないに極《き》まっていると思った。

縁端で困っていると、二階から弟と女とが降りて来た。二人とも私の前に並んで坐った。弟が懐《ふところ》から赤い紙を出して、

「それでは」と云った。「こう云う号をつけて上げるから、そのお積りで」

「いい号がつきました事、お礼を仰しゃい」と女が傍から云った。

「有り難う御座います」と云って、私はその赤い紙に書いてある字を読んだ。「尽頭《じんとう》子《し》」と書いてある。何の事だか解らない。もとの通りにその赤い紙を畳んで、大事に懐に入れて置いた。そうして女の方を見た。気がついて見ると、もうさっきの様な手附きはしていない。事によるとあれは始めて会って極りがわるいから、胡魔《ごま》化《か》していたのかも知れない。今はただ、ぼうとした様子で坐っている。何か云ってくれればいいと思うけれども、なんにも云ってくれない。弟もただそこに坐っている計りである。号をつけてくれた限《き》りで、知らん顔をしている。どうしていいんだか丸っきり解らない。この上、弟の方から何か云い出されたら、迚《とて》も辻褄を合わしていられなくなって仕舞うに違いないから、早く今の内に座を外そうかと思う。けれども矢張りどうかして、もう少し様子を探って、凡《およ》その見当丈はつけて置く方がいいだろうかとも考えた。腹の中で、うろうろ迷っている内に、女はすうと起ち上がって、又二階へ行ってしま

った。弟と二人限りになっては、いよいよ気づまりだから、私は何かちっとも係り合いのない世間話でもして、この場を胡魔化したいと思った。何を云い出そうかと考えていると、その男はふらふらと起《た》ち上がって、何処からか大きな箱を持って来た。石油箱の様な恰好で、またその位な大きさで、手習の反古《ほご》の様な紙がべたべたに貼り詰めてある。その蓋をあけて、中から汚いむくむくした古綿の様なものを摑《つか》み出して、

「少し揉んで置こう、君も手伝え、尽頭子」と先生の弟が云った。

云う事が馬鹿に横風《おうふう》になったのに驚きながら、

「はい」と答えたけれども、何をするんだかわからない。箱の中に手を突込んで、一摑み摑み出して見ると、綿ではなくて艾《もぐさ》であった。それを、私の前に坐っている先生の弟は、片手の指尖《ゆびさき》で千切っては揉んで、梅干位な大きさの団子を幾つも幾つも拵《こしら》えている。

「尽頭子」と彼が云った。「そんな恰好では、すぐに落ちて仕舞うではないか、気をつけなさい」

それでもう先生の弟は怒っている。どんな顔と云うことは出来ないけれども、何となく怒った様な顔になってしまった。私は当惑して、どうしたらこの場を胡魔化せるだろうと、はらはらしていると、二階で人の動く物音がし出した。私の女は二階で何をしているのだろうかと思い出したら、又それが気になって堪らない。好い加減に艾

を揉んでいると、先生の弟は不意に起って、何だか怒ったらしい様子で、向うへ行ってしまった。もう大方日が暮れて仕舞いそうである。泉水の中の金魚は、いやに赤い色を帯びて来て、薄暗い水の中に浮いたり沈んだりしている。家の中の様子が変に陰気で、薄気味がわるい。こんなにしていて、無暗に艾を揉んでいて、つまりは大変な事になりそうで心配で堪らないから、もう一切思い切って、逃げて帰ろうかと思っていると、女が来た。

「私はもう帰りたい」と私が云った。

「いけませんよ。今夜は泊ってくのかと思ったのに」と云って、白い手を、にゅっと私の方に出した。私がもじもじしていると、女はその手をそのまま私の膝の上に置いた。手の触れているところが、温かいのだか、冷たいのだかよくわからない。

「今夜はねえ、先生はまた出かけますから、途中から抜けて帰っていらっしゃい。貴方は私を忘れてはいないでしょうね」と云った。そう云われて見ると、昔、何かこの女にかかり合いのあった様な気もするけれど、何だか解らない。「じゃそうしよう。けれども――」と云いかけたら、女は私の膝の上に置いた手を急に引込めて、

「心配しないでもいいのよ」と云った。

「けれども、先生がまた帰るだろう」

「いいえ、今夜は大方夜明迄据えても、まだ済まない位だから大丈夫よ」

「据えるって、どうするんだ。先生は何をする人だい」とやっと尋ねた。

「先生は馬のお灸を据える先生だわ」と女が平気で云った。

「馬のお灸――」と云ったなり、私は声が出なくなって仕舞った。馬にお灸なんか据えたら、馬がどんな顔をするだろうと思った。あの、人間の眼の通りな形をした大きな目玉が、どんなに人を睨《にら》むかも知れないと思った。そう思って見た丈で、もう恐ろしくて堪らなくなった。


すると二階から、先生が下りて来た。後から先生の弟が、鞄を提げてついて下りた。女は起って、向うの方に行っている。

「お前は提燈を持って来い、尽頭子」と先生が云った。

「ちっとも揉めていない。何をしていたか」と先生の弟が同じ様な声で云った。私は、もう女の事が知れたのではないかと思って、ぎょっとした。先生の弟は、そう云ったきりで、黙ってしまって、自分で艾を鞄に詰めて、それからみんなで出かけた。女が提燈に灯を点して、私に渡した。外はもう真暗だった。幅の広い淋しい道を、私は二人の先に起って歩いて行った。


道には石炭殻が敷いてあった。道の片側には何処まで行っても尽きない黒板塀が同じ様に続いていた。塀が高くて、提燈の明りは上の方まで届かなかった。道にちらかった石炭殻のかけらの角に灯が射して、黒い道がきらきらと光る事があった。先生も先生の弟も、途途《みちみち》一言も口を利かなかった。

その道をどの位歩いたか解らない。やっと黒板塀が切れたと思ったら、道が曲がった。そうして恐ろしく大きな家の前に出た。雨天体操場の様な恰好で、トタン屋根らしかった。中は真暗がりで何も見えない。

「尽頭子提燈を持って先に這入《はい》れ」と先生が云った。私が提燈を持って、その家の中に這入りかけると、不意に大きな風が吹いて、屋根の上を渡った。その途端に、屋根の下の暗闇の中で、何百とも知れない小さな光り物が、黒い炎を散らした様に、一時にぎらぎらと光った。それを見て、私は提燈を取り落とす程吃驚《びっくり》した。馬の目が光ったのだなと気がついた時には、家の中はもとの通りの暗闇で、馬が何処にいるんだか見当もつかなかった。風も止んでいた。

「何をして居るか尽頭子」と先生が云った。

私はうろたえて、提燈を持ち直した。もう恐ろしくて、歯の根が合わない。呼吸の詰まる様な思いをして、暗い家の中に這入って行った。提燈の薄暗い明りで透かして見ると、奥の方の暗闇に、大きな馬が数の知れない程押し合っているらしい。先生の弟が一人で、つかつかと奥の方へ歩いて行った。どうするのだろうと思って、後を見送っている時、また一陣の風が起って、屋根の棟を吹き渡った。すると暗闇の中にいる馬の大きな目が、さっきの通りに光りを帯びて、爛爛と輝き渡ると同時に、その時馬の間に起っていた先生の弟の姿が、燃えたっている馬の目の光りで、暗闇の中にありありと浮かび出た。その顔を一目見たら、私は夢中になって悲鳴をあげた。いきなり提燈を投げすてたまま、知らない道を何処までも逃げ走った。もう女どころではなかった。先生の弟は馬の顔だった。

流木

寂しい士族屋敷の様な所を通っている時、道に蝦蟇口《がまぐち》が落ちて居たのを私が拾った。その時は何人も見ている者はなかった。そっと中をあけて見たら、十円札が一枚這入《はい》っていた。私は直ぐに警察へ届けようと思って、警察署の在る方へ歩いて行った。途途《みちみち》私は心配になって来た。もし警察署へ行かない内に、巡査に捕まりはしないかと思う。今、これから警察署へ行くところですと云っても、信用するかどうだか解らない。私がこう向いて歩いている丈で、警察署へ行く途中だという証拠にはならない。ひょっと私を泥棒だと思って縛りに来たらどうしよう。拾わなかったらよかったと思って私は後悔した。

私は懐《ふところ》に入れていた蝦蟇口を出して、手に持って歩いた。懐へ入れていると、猶《なお》の事怪《あや》しい。

向うから一人の男が来た。鳥打帽を被って、兵児帯《へこおび》を締めて、懐手をしている。探偵に違いない。私は顔の色をかえて、しかし逃げるわけに行かないから、矢張りその方へ歩いて行った。

すれ違う所迄来る内に私は考えた。探偵なら今ここでその事を話してもいいが、探偵だかどうだか解らない。此方《こちら》から云い出して見て、探偵でなかったら危い。悪い奴だったら、私を殺して銭を取るかも知れない。まあ黙っていた方がよかろうと思った。

すれ違う時に、その男が私の顔を見た。私はひやりとして、起《た》ち止まりかけた。けれども黙って居た。相手はそのまま行き過ぎてしまった。しかしああいう風をして置いて、後で私を拘引するかも解らない。私はその間に早く警察へ届けようと思って、一生懸命に急いで行った。

広い田圃《たんぼ》へ出た。日が照っていた。向うに警察署の白い建物が見える。私は辺りに目をくばりながら、その方へ急いだ。

田圃の向うの方で、巡査が調練をしている。四五十人が一列になって、足並を揃えて歩いている。それが、どうも此方へ来るらしい。私は大変だと思って、道を外らす様にして急いだ。

細い径がうねうねしていて、中中《なかなか》警察署へ行かれない。私は大分労《つか》れて来て、こんなかかり合いになる様なものは拾わなかったらよかったと又後悔した。早くもとの所へ棄てて置けばよかったと思った。

私を後から呼び止めた者がある。私はどきんとして飛び上がった。洋服を著た男が私の手もとを見ている。

「お金を拾いましたね。随分沢山ですか」と訊いた。

「今警察へ届けに行く所です」と私がやっと云った。

「つまらない。――しかし沢山ですか」と又その男がきいた。私はこの男は何だろうと思った。しかし、訊かれるのに隠すのは悪いと思ったから、十円だと云った。

「なあんだ、それっぱかしか。打遣《うっちゃ》っておしまいなさい」とその男が云った。

私も棄ててしまおうかと思い出した。

「もと拾った所へ置いとけば大丈夫です」とその男がまた云った。

その時、私も気がついた。此《この》男はそう云って、私にこの金を棄てさせて置いて、後から拾うつもりに違いない。そう思ったら、俄《にわか》に拾った金が惜しくなって、私は蝦蟇口を一生懸命に握りしめた。この金は私のものだ。警察へも届けなくっていいと思いかけた。

そう思うと、その男が私の顔をじろりじろりと眺め出した。私は猶の事、蝦蟇口が惜しくなった。私は黙って足早に、矢張り警察署の方へ向かって歩き出した。途中から道を外らせばいい。すると、その男も足早になって、私について来た。私はしまいに、追いたてられる様な気がして馳け出した。そうしたらその男がまた馳け出して、私を追掛けて来た。そうして、大きな声で「泥棒泥棒」と言った。私は一生懸命に逃げた。夢中になって逃げて、気がついて見たら、もうその男はいなかった。けれども、何処から私を見ているか解らない。私はどこかへ身を隠そうと思って、辺りを見たけれど、何処にも隠れられそうな場所はなかった。土手があった。片側は狭い川だけれども淵になっていた。私はその土手に上って走った。走り走りそっと蝦蟇口を開けて見たら、十円札が綺麗に中に這入っていた。大分行った頃に、頻《しき》りに足が辷《すべ》りそうなので、気がついて見たら、土手は小さな礫《こいし》計りで出来ていて、私が踏む度にざらざらと川の中へ崩れ込んでいた。じっとして居ても矢張り足もとがざらざらと崩れ落ちて、起って居られない。私は後へ引き返そうかと思った。けれども、後戻りをすると、さっきの男に会うかも知れない。自分の一度通った所は、怖くて迚《とて》も二度とは通れなかった。どうしようと思っている内に、私は段段川の方へ辷り出した。あわてて二足三足向うへ動いたら、却《かえ》って前よりは辷った。そうしてまだ辷って行った。私は夢中でもがいた。そのうち、どこかで、ひょっと止まった。流木の株の様なものが、私の足にかかっている。私は身動きもせずに、じっとしていた。そうしたら涙がにじみ出した。私は泥棒になってしまった。内には妻も子もあるのにと思ったら、咽喉から込み上げる様に大きな声が出て来た。私は泣き泣き又そっと蝦蟇口の中を開けて見た。

柳藻

春の末らしかった。あたたか過ぎる日の午後、空一ぱいに薄い灰雲が流れて、ところどころ、まだらなむらが出来て居た。西日の光りが雲の裏ににじみ渡り、坂や屋根や町なかの森に赤い影が散って居た。その影が薄くなったり濃くなったりして、しきりに動いた。風が坂の上から吹き下りた。私は風を嚥《の》みながら坂を上って行った。

すると、坂の途中の横町から、ひょこりと婆が出て来た。砂風を避けて、少し横向きに顔を振っていた私の目の前に、旱《ひで》りで立ち干いた水杙《みずぐい》の様な姿を現わして、私の道を切った。赤い影が婆の顔にも落ちていた。婆の後から若い女の子がついて来た。赤い帯をしめて、片手に風呂敷包を抱えて、婆の足許《あしもと》を見ながら歩いて行った。婆は脣が一枚しか無さそうに見える口をへの字にまげて、邪慳に女の子を急がせていた。私がふと婆の顔を見た時、婆の瞳が私の顔のまわりに散っていた。私が自分の眼を早く外らせようとあせっている間に、婆の瞳は小渦を巻いて、私の目の底を射た。私はうろたえて、やっと目を伏せた。そうしてもう見まいと思った。婆の裾の外れからは、痩せた脚が二本、地面を突張っている。婆はその脚を棒切れの様に振りながら歩いた。脚は婆の隙をねらって、頻《しき》りに地面を突張ろうとしているらしい。婆は坂を下り出した。黄色い風が後から婆を包んだ。婆は風の粒の様に、風の真中を飛んで行った。女の子が次第に婆と離れて来た。私は、今だと思った。

私は女の子の後を追うた。足を早めて行くとじきに、婆から女の子と、女の子から私との距離が同じくらいになった。それから又段段女の子に近づいて来て、とうとう私の手が女の子の袖に触れそうになった。すると女の子は後を向いて、泣き出しそうな顔をして私を見た。私は今はいけないんだなと思って、そのまま手をひいて、おとなしく、そっと女の子の後について行った。

うねうねした道を風に吹かれて行くと、何時の間にか町が尽きてしまって、妙な野原に出た。向うの方に脊の低い松が一本生えていて、鶫《つぐみ》の群れがそこへ降りた。中に一羽非常に大きな、高い声をして鳴いているのがあった。空が薄く曇っているので、却《かえっ》て平生よりは明かるい光が原一面に流れていて、向うの方の遠く迄、みんなはっきりと見えた。その中に脊の低い松が浮き上がったように鮮やかに樹《た》っている。婆と女の子がその松の方へ歩いて行った。私はこんな原を渡って行く婆の思わくが解らなくて、少し無気味になって来た。

けれども、私は休まずについて行った。辺りになんにもなく、又誰もいない。ただ一本の松の樹の方へ婆と女の子が行く丈である。私は早く婆から、女の子を引き離し度いと思う。しかし婆は時時振り返って、女の子の方を見た。そうして女の子は素直に婆について行った。さっきからあんまり婆と離れもしない。私はもしかすると、女の子が私を捨てるつもりなのかも知れないと思い出した。

私はまた足ばやになって、女の子に追いついた。そうして、もう一度彼女の袖を引いて見た。女の子はまた泣きそうな眼をして私を拒み、そうしてすたすたと婆の後を追うた。私はこの原で婆を殺してしまおうと思った。

私は婆を殺す機会をねらいながら、後をつけて行った。すると空が段段薄暗くなって来た。私は「造化精妙」と考えて次第に近づき、かたっと一打ちに婆を殺した。婆は手も足も折れて、死んでしまった。それから私は女の子の傍に行って、その手を握った。女の子の手は柔らかくてあたたかい。握ったところから女の血が伝わって、私の手が重たく熱くなる様な気がした。女の子は私に寄り添うて来て、一緒に歩いた。そうして広い広い原を何処迄も歩いて行った。何時の間にか原が尽きて、妙な浜へ出た。黒い砂の磯が見果てもなく続いている。変な、年寄りの髪の毛の様な草が、所所砂にべっとりと著いていた。向うは大きな池である。池の上の空は薄暗く暮れかかって居て悲しい。そのくせ池の水は底から明りが射している様に白く映えていた。私は女の子の手を引いたまま、池の沖の方を見ていた。私はそこで何を待っているのだかわからない。辺りになんにもなく又誰もいない。私は一人いる様に淋しくて堪らなくなった。

「行こう」と私が云った。その声が慄《ふる》えた。私は又女の子の手を引いて、磯伝いに歩き出した。自分の声が耳に残って、私は泣きそうな気持になった。そのうち、握っている女の子の手が、段段冷たくなって来た。私は気味がわるくなり出した。一緒に歩いているのに、女の子が頻りにとことこと、よろめく様な歩きぶりをした。私は心細くて堪らない。池の上の空が段段暗くなって来て、その影が明かるい水の表にうるみ出した。すると女の子が、かすれた様な泣き声で、身はここに心はしなのの善光寺という歌を歌い出した。かわいい女の子なのに、声丈はすっかり婆である。私は水を浴びた様に思った。それからまだ向うの方へ歩いて行くと、磯に長い長い柳藻が打ち上げていて、根もとの方は水の中にかくれて居る。磯に上がった所丈が枯れていて、足にからみついた。何本も何本も縺《もつ》れたように磯の砂にうねくって居る。私はこうして、この女の子を自分の傍に引き寄せたけれど、これが本当の私の女だかどうだか解らないと云うことをちらりと思った。すると手を引いている女の子が何だか声を出した。咳《せ》いたんだろうと思ったけれどもわからない。笑ったのかも知れない。私は又ひやりとした。女の子の心の底が、何となく怖ろしくなって来た。けれども、もう考えまい。

そう思って私は女の子の手を力一ぱいに強く握り締めた。冷たい手がぽきりと折れた。私が吃驚して女の子を見たら、女の子だと思っていたのは、さっき原の中で殺した婆であった。

白子

私は誰とも議論をしたのではないのに、独《ひとり》で腹を立てていた。神がいると云う者と、いないと云う者との間には、そのいるとかいないとか云う言葉が、食い違っているんだ。自分が神はいないと云ったからって、それは神がいると云う者のつかったいると云う言葉を、否定にしたのではない。それが解らないのだから駄目だ、と思って一人でむしゃくしゃしながら、懐手をして道を歩いていた。それなら神を連れて来て見せるがいいと私は腹の中で叫んだ。よしんば連れて来て見せたところで、それは神がいると思っている者の神に過ぎないじゃないか、それが神はいないと思う者の目に神と見えるかどうだか受け合われたもんじゃない。それじゃしかし、こう考えたらどうする。それじゃ神はいないと云う者も、その否定する前に、一先《ひとま》ず自分の神を認めた事になってしまう。彼は否定する為の神を祀《まつ》ってるじゃないか、どうだと私は独で駄目を押して、益《ますます》むしゃくしゃして来た。

町の中が何となく混雑していた。道を歩いている人が、どちらへ向いて行ってるのだかよく解らない様な気がした。それから無暗に横町の沢山ある町だった。横町はみんな狭くて、向うの方は薄暗く暮れかかっていた。私は横町の角に起って見たけれども、その方へ這入《はい》る気がしないから、もとの道を歩いて行った。往来の人につき当りそうで、それを避けて歩くのが面倒臭かった。

町の角に黒犬が一匹坐っていた。黒い毛色が漆をぬった様に美しい光沢をしているけれども、前脚が馬鹿に短かくて、下顎が前に飛び出していた。その顎に細かい白い歯がくしゃくしゃと並んでいるのを見たら、誰だかわからないけれども、そんな顔の男がひとりでに心に浮かんで来て、腹がたった。その犬を尻目にかけて歩いて行くと、その先の道の角に、また同じ様な黒犬が坐っていて、下顎の前に出たひちゃげた様な顔に、白い歯が細かく並んでいた。それから気がついて見たら、彼方《あちら》の道の角にも此方《こちら》の道の角にも、軒の下にも横町にも、そんな犬が数の知れない程いるのが解った。そうして根性のわるそうな顔をして、みんな下顎を前に突き出しているのを見ると、何とも云われない程憎らしくて癪《しゃく》に触った。

兎《と》に角《かく》神はいない、と私は腹の中できっぱりと断言した。よしんばいるとしたところで、その神は否定の生贅だ、馬鹿な事を考えるのは止そう、決していない、断じていないと思った。その時気がついて見ると、往来を無暗に行ったり来たりしている人の中に、何時の間にか私と並んで歩いている細長い顔をした女がいた。顔色が青くて元気がなさそうだけれども、年は若かった。その女が、いきなり私の袂《たもと》を執って、「それは貴方いけませんです。神様はいらっしゃいます」と云った。私は吃驚《びっくり》して起ち止まろうとしたら、女がまた、「こちらへ入らっしゃいまし、私がお連れ申します」と云って、丁度そこにある横町に這入って行った。私は何処へ行くのか解らないのに、こんな女について行くのはよくないと思ったけれども、断ることが出来ないから、矢っ張り女と並んで横町へ曲がった。狭い道を何処までも何処までも歩いて行くと、薄暗く暮れかかっている向うの方に、恐ろしく大きな提燈《ちょうちん》が一つ、赤い様な黄色い様な色をして、ぼんやりと道の真中にぶら下がっているのが見えた。それから気がついて見ると、この横町の道端にも、矢っ張りさっきの様な細かい歯をした黒犬が、彼方にも此方にも蹲踞《かが》んでいて、みんな小さな黒い目で、私の来るのを見ていた。そうして、私がその前を通りかかると、退儀そうに起ち上がって、私の行くのと同じ方へ、短かい前脚で、のそのそと歩き出した。どの犬もどの犬も、皆そうして歩き出すから変だと思って、不図《ふと》後を振り向いたら、私の後には、何時の間にか、何十匹とも何百匹とも解らない程の黒犬が、みんな頭を私の方へ向けて歩いて来るのを見て、私は非常に愕《おどろ》いた。

「これは困る」と私が云った。「どう云うわけで犬が私について来るのですか」

「いいえ」と女が落ちつき払った声で云った。「犬は貴方について来るのではありませんです」

そうして平気な顔をして、女は私を引っ張って行った。私は腹の中で、この女は耶蘇教だろうと思った。そうでなければ、こう落ちついていられる筈がない。事によると、私を引っ張って行って、耶蘇教にしてしまうつもりなのかも知れないけれども、なるものかと思った。

そのうちに大きな提燈の下まで来た。提燈の薄い光りが辺りに流れて、もう日が暮れていた。女がその前の格子戸の家の中へ私を連れて這入った。家の中は、がらんとした土間で、隅の方に長い腰掛が一脚置いてあった。その腰掛には、変な男が五六人、何か待っているらしい顔をして腰をかけていた。女が私をその腰掛の所へつれて行って、端の方に腰をかけさして、ふいと奥へ行ってしまった。腰掛に並んでいる外の男は、みんな黙り込んでいて、身動きもしない。私もそこで暫らく待っていたけれど、何を待っているんだか解らない。何だか恐ろしい目に合いそうな気もするから、帰ってしまいたいと思うけれど、さっきの犬のことを思い出したら、それがまた恐ろしくて、一人では外へ出られなかった。

暫らくすると、腰掛の一番向うの端にいた男が、静かに起ち上がった。そうして腰掛を離れて土間を横切って、奥の方へ這入ってしまった。それと入れ違いに、奥から又一人の男が出て来て、黙って往来の方へ出て行った。何だか順番を待っている様な気がして来た。私に順番が廻ったらどうしようかと思って心配になって来た。誰も何とも云ってくれない、隣りにいる人も静まり返っているから口を利くことが出来なかった。土間には黒い土が、何所から射すのか、わからない薄明りの光を吸うて、妙にひろびろと拡がっていた。滑らかそうな土の面の彼方此方に、小さな瘤《こぶ》がいくつも出来ていて、その瘤はみんな冷たく濡れている様に思われた。天井や壁の明りを、土間の土がみんな吸い取ってしまうから、辺りは暗いけれども、土の上にはほの白い明りの層が静かに流れているらしく思われた。その明りをじっと見ていたら、ひとりでに脊筋が冷たくなって来た。暫らくすると、又腰掛の一番向うの端にいた男が、静かに起って奥の方へ這入って行った。それから奥の方から一人の男が現われて、土間を渡って表へ出て行った。さっき奥へ這入った男だろうと思うけれど、よく解らない。そんな事をしているうちに、とうとうみんな起って行ってしまって、腰掛にいるのは私一人きりになった。淋しくて非常に恐ろしくなって来た。何人も見ていないから、逃げるなら今だと思った。けれども犬がまだいるかいないか、一寸《ちよつと》覗いて見ようと思って、何の気もなく腰掛を離れようとすると、腰掛の下の、丁度私の掛けていた足許《あしもと》から、何だか汚れた綿の塊《かたま》りの様な、薄白いふわふわしたものが二つ、不意に土間の真中の方へ転がって出た。私は頭から水を浴びた様な気がして、髪の毛が一本立ちになった。薄白い塊が土間の真中を転げ廻っているのを、よく見たら、それは子供の白子であった。輪郭ははっきりしないけれども、何となく西洋人の様な顔をして、白い毛が生えていた。冷たそうな土間の黒土の上を、その白子がころころと団子のように転げ廻って、時時鶏の雌の鳴く様な声をたてるのを聞いたら、何とも云われない程、無気味で恐ろしくなったので、私は思わず表の方へ馳け出そうとした。すると広い土間を転げ廻っていた白子が、頻《しき》りに私の足許に縺《もつ》れて来て、私は動かれなくなった。じっとしていると、著物《きもの》の裾の中に這入って、白子の顔や手足が私の肌に触れそうに思われた。私は地団太を踏んで、白子を足許から振り払おうとしている内に、冷たい柔らかいものが私の足に触れたので、到頭私は夢中になって馳け出した。するとまだ三足か四足しか歩かない内に、私は一人の白子を踏み潰した。何だかぷりぷりした様なものを踏んだと思う途端に、もうその白子は死んでいた。大変だと思って、ふと向うを見たら、さっきの女が奥から馳け出して来て、いきなりそこに起ち止まると、大きな声で泣き出した。ああ、あの女の子供だったのかと私は気がついた。すると不意に後から、私の腋の下に両手をかけて、締めつける者があった。驚いて振り返って見たら洋服を著た脊の高い男が見下ろしていた。

「どうするつもりです」とその男が私に詰問した。私は返事をしようにも、擽《くすぐ》ったくて可笑《おか》しくて堪らないから、その手を振り払おうとすると、その男は益《ますます》かたく私を締めた。向うではさっきの女が大きな声をして泣き続けている。私は堪らなくなって笑い出した。咽喉につまる様な声が腹の底からこみ上げて来て、笑いが止まらなかった。私は人の子供を踏み殺して可哀そうにもあり、親には気の毒だとも思い、後悔もするし、気味もわるいし、恐ろしくもあり、又私をこんな目にあわした女を憎らしくも思った。けれども、その色色な気持のどれにも、一寸も思い耽ることは出来なかった。気の毒なことをしたと思いかけても、すぐに可笑しくなってしまった。恐ろしい事だと云う気が起こりかけても、又すぐに可笑しくなってしまった。私がただ、げらげらと笑いこけていると、今まで泣いていた女が、急に怖い顔をして私の方に迫って来た。

「貴方はこんなお験《ため》しに遭っても、まだ神様のいらっしゃる事を信じませんですか」と云った。私は可笑しくて堪らないから、夢中になって、「いるよ、いるよ」と云いながら笑いつづけた。

「あなた、この人を離してはいけませんよ、しっかり捕まえていらっしゃい。まだ、ほんとうに神様を信じなさるまでは、この人は許されません」と女が私の後の男に向かって云った。

この女も男も、私が何故こんなに可笑しがっているのだか、気がつかないらしいから私は困った。けれども擽《くすぐ》ったいから離してくれと云うことは、可笑しくて迚《とて》も云われなかった。

「大丈夫です、お前はこの人の為に祈っておやりなさい」と男が云った。

私は、もう余り擽ったくて、可笑しくて、呼吸がつまりそうになって来た。

「それでは、貴方は神様を信じて、私と一緒に神様を祈りなさいますか」と女が私に近づきながら、尖《とが》った顔をして問うた。

「祈ります、祈ります」と私は可笑しさを堪えて、やっとこれ丈の返事をして、また身を悶えながら笑いこけた。

短夜

私は狐のばける所を見届けようと思って、うちを出た。暗い晩で風がふいていた。町を少し行ってから、狭い横町に曲がり、そこを通り抜けて町裏の土手に上った。私はその土手を伝って、上手の方へ歩いて行った。土手の下は草原で、所所に水溜りがあった。歩いている拍子に、時時その水溜りが草の根もとに薄白く光ることがあった。向う側には竹藪が続いていて、その向うに大川が流れているのだけれども、此方の土手からは見えない。大水の時にはこの土手の下にも水が流れて川になるから、所所に橋が架かっている。私はその橋の袂《たもと》まで来て、渡ろうかどうしようかと考えた。橋を渡れば藪の方へ行ってしまう。狐は藪の中にいるのだけれども、もっと先の方がよかろうと思って又土手の上を伝って行った。するとふと何だか気にかかったので、何の気もなく後を振り返って見たら、大きな蛍が五六十四一列になって、さっき渡ろうかと思った橋の真上を、向うの藪の方へすうと流れて行った。変だなと思うと、蛍が一度に消えてしまった。

　大水の時の水が残って、そのまま大きな池になっている所まで来た。私はそこで土手を下りて、池の辺りを伝った。水の乾いた所に好い加減な石があったから、それに腰をかけて、向うを眺めていた。時時風が吹いたり止んだりした。空は一体に低く曇っているけれども、雲が薄いと見えて、所所に光りのない白い星の見える事があった。

　暫らくすると、向うの暗い藪の中から、大きな狐が一匹、のそのそと出て来た。真暗な中に狐の姿丈がはっきりと浮かんで見えた。狐はうろうろとそこいらを見廻してから、池の縁まで来て、前脚で水の中を頻《しき》りに掻き廻した。小さな波の輪が薄白い池の面に拡がって、ぴちゃぴちゃと云う水の音も微かに聞こえた。狐はその前脚に引掛かったあめんどろを引き上げて、妙な風に頭からかぶり出した。すると池の真中の辺で、不意に水音がしたから、驚いて見たら、暗い水面の一尺ばかり下を、大きな鯉が一匹勢よく泳いでいるのがはっきりと見えた。そう思って見ると、そのもっと底の方に、その鯉よりも遥かに大きな鯉が、矢張り同じ方に向いて、勢よく泳いでいるのが一枚一枚の鱗《うろこ》の数えられる程はっきりと見えた。おやと思う拍子に鯉は二匹とも消えてしまった。そうして池の向うに、何時の間にか若い女が起《た》っていた。話に聞いている通り、はっきりした竪縞《たてじま》の著物を著ているのが一番目についた。丸髷《まるまげ》に結って、美しい顔をしているんだけれども、目鼻立ちはわからなかった。

その女が、見ていると、池の縁に蹲踞《かが》んで又何かしているらしい。暗いけれども、その廻りだけは矢っ張りはっきりと見えた。女は両手でその辺りの樹の葉や草の葉を掻き集めて、頻《しき》りに押し丸めていると思ったら、それが何時の間にか赤ん坊になってしまった。女がその赤ん坊を抱いて、池の縁を向うに廻って、土手の方へ上って行き出した。田舎風の可愛らしい神さんで、うっかり見ていると惚れ惚れしそうな様子だった。私はその辺りに転がっていた手頃な棒切れを拾って、そっと女の後からついて行った。

女は土手の上を、何処までも何処までも、急ぎ足にすたすたと歩いて行った。私は女から一寸《ちよつと》も目を離さない様に注意しながら、その後をつけた。到頭向うの藪がなくなって、今迄歩いた空川の土手が、大川の土手と一緒になる所まで来た。その土手の股になったところに、小さい家が一軒あった。女がその家の門口に起《た》ち止まって、戸を軽くとんとんと敲《たた》いている。私は少し手前に起ち止まって、じっと様子を見ていた。女は頻りに戸を敲いて「お母さん、只今」と云った。家の中にごとごと音がして、それから戸を開く音がした。内から年を取った女の声が、二声三声聞こえたと思うと、赤ん坊を抱いて門口に起っていた女の姿が家の中に消えて、それから又戸を閉める音がした。その時、私は飛び出して行って、閉めかけている戸口に起ちふさがった。五十許りの小さい婆さんが戸の内側にいた。

「おばさん、その女は狐だ」と私はいきなり云った。

婆さんは吃驚して私の顔を見た。何時までも顔計り見ていて、何とも云わなかった。女はさっきの通りに子供を抱いたまま、まだ婆さんの後に起っていた。矢っ張り吃驚したような顔をして、私の方を見つめていた。

「おばさん、そいつは狐だ、敲《たた》き出してしまえ」と私が重ねて云った。

「己《おれ》は化けるところを見て来たんだ。これから其奴の化の皮を剝《は》いでやるんだ」と私が又云った。

「飛んでもないことを云いなさんな」と婆さんが怒った。

「これはうちの嫁です。全体お前さんはこの夜更けに何用があって来なさった」

「おばさん、そいつは大藪の狐なんだよ。誑《たぶら》かされてはいけない」

「何を云いなさる。お前が狐に摘まれているのだろう。狐憑きでなければ色気違いにちがいない」

「そうじゃないよ、おばさん」と私は怒らずに云った。「己は大藪の大池の所で、狐がこの女に化けるところを見て来たんだ。あの女の抱いている赤ん坊は樹の葉だ。己はすっかり見て来たんだ。あんな女に化けて赤ん坊を抱いて、誰かを誑かすつもりに違いないと思ったから、ついて来たんだ。そうしたらこの家に這入《はい》ってしまったんだ。嘘だと思うなら、赤ん坊を青松葉で燻《くす》べて見ろ。すぐ正体を現わすにきまってるから」

「まあお前さんは飛んでもない事許り云いなさる。孫を青松葉で燻べたりして、若し樹の葉でなかったらどうしなさる。倅《せがれ》の留守に萬一の事でもあったら、私が倅に申しわけがありません。何と云ってもそんな事は出来んから、もういい加減にして早く帰っておくれなさい」

「おばさんは、すっかり誑《たぶら》かされてしまっているんだ」

「いいえ私は誑かされては居らん、お前さんこそ気を落ちつけて見なさるがいい。こんな夜更けに人の門口に起ちふさがって、真性根の者にそんな事が云えますかい」

「もし本当の狐だったらどうするんだ」

「どうもこうもあるものか、さっさと帰ってくれなさい」

「けれどもおばさん、もしあいつが本当のお神さんだったら、己がさっきから此処でこんなに狐だ狐だと云ってるのに、ああおとなしく黙っていられるわけがないじゃないか、己に化ける所を押えられているもんだから何も云われないんだ。おばさんはそこに気がつかないのだから、彼奴がいい気になっているんだけれども、もしこの儘こいつを内に入れて寝てしまおうものなら、夜のうちに、おばさんはどんな目に会わされるか知れたものじゃないよ」

私がこう云うと、女が二足三足前に歩き出して来て、いきなり大きな声をして泣き出した。

「お母さんどうしましょう、どうしましょう」と云った。

「いいよ、いいよ」と婆さんが云った。「こんな者を相手にせんでもよろしい。そんな大きな声をすると、赤さんが起きますよ」

「ふふん」と私が云った。「赤さんが起きたら樹の葉がばらばらになるよ」

「お母さん」と女がまた大きな声をして泣いた。「口惜《くや》しい、どうしましょう」と身を慄わせる様にして云った。

「口惜しければ赤ん坊を燻べて見ろ古狐め」と私が云った。

「ええ燻めます」と女が上ずった声で云った。

「何を云うんです」と婆さんがびっくりして止めた。

「ほうって置きなさい、今に己がこいつの化けの皮を剝《は》いでやるんだ」

「いやそんな事はさせん、赤子はおもちゃじゃない」

「いいえ燻めます。その代りもし怪しいものでなかったら、この人は帰しませんから」

「おばさん心配しないでもいいよ、一寸青松葉《ちょっと》の煙にかけて見ればすぐわかるんだ。もしおばさんの心配する様な本当の赤ん坊だったら、一寸やそっと煙をかけたからって、どうもなる筈がないじゃないか。見ていなさい、赤ん坊は樹の葉になって、あの女は尻尾を出して逃げるにきまってるんだ。その時己はあいつをこの棒でもって、脊骨が微塵《みじん》になる程殴りつけてやるんだ」

　そう云っている内に、女が奥の方から青松葉を一握り持ち出して来た。私はそれを門先の道に積んで、火を点けた。赤い火が針のような葉の間を這って、消えかかったり又燃え上がったりする間に、青黒い色の噎《む》せ返るような煙が立ち昇った。

「さあその赤ん坊をよこせ」と私が云って、女の手から赤ん坊を引き取った。女にさせて置いたら、どんな胡魔化《ごまか》しをするか知れない。赤ん坊は私の手の中でむくむく動いていた。それを私は両手で支えて、渦を巻いている青煙の中へ突込んだ。すると赤ん坊は可愛らしい咳を二つ三つ咳いた。それから、からだをぴくぴくと動かした。変だなと思って、煙の中から出して見たら、もう赤ん坊は死んでいた。「あれ」と引裂く様な声をしたと思うと、女がその場に卒倒してしまった。

「それ見た事か、こいつ奴《め》が」と婆さんが泣くような、噛みつくような変な声をした。けれども真青な顔をして、手足を慄《ふる》わしている丈で、倒れた女を助けようともしなかった。

　私は途方に暮れてしまった。何時の間に狐に致されたのだかわからない。鯉を見ている内に誑《たぶら》かされたのかと思ったけれども、その後まで私はたしかに狐のする事を見ていたのだから、そうでもないらしかった。女の後をつけて土手を歩いていた間は、決して誑かされる様な事はないと思った。けれども、こうして赤ん坊が死んでしまい、狐だと思った女はその為に気絶したのだから、私はもう何とも申しわけが立たなくなった。一寸の事だからと思って、赤ん坊に色色手当をして見たけれども、あんまり小さい子だから、どうしても助からなかった。神さんにも顔に水を吹いたり、抱き起したりして、一生懸命に手を尽したけれども、中中正気に返らなかった。婆さんは土の様な顔色をして、きょとんとしたまま、何も手伝ってくれなかった。

私は知らない家の軒の下で、どうしても気のつかない女を後抱きにして、大きな溜息をついた。色色の事が心に浮かんで来るのだけれども、みんなぼんやりした纏《まと》まりもつかないままに消えては、又後から外の事が浮かんで来た。何時の間にか涙が止め度もなく流れていた。今私の手で殺した赤ん坊の事を考えようとすると、どう云うわけだかそれ丈けは、外の事よりも猶《なお》一層ぼんやりしている様に思われた。

その時、土手の下の大川の上に人声が聞こえた。提燈の灯が一つ、水の上に揺れながら、此方へ近づいて来た。暫らくすると櫓臍《ろべそ》の音が聞こえて、舟が土手の下へ漕いで来るのが解った。私は今こんな破目に陥っているところを人に立ち合われるのは非常に心苦しい、第一相手によっては、どんな目に合わされるか解らないと思った。けれども又亭主のいない留守に、赤ん坊は死ぬし、婆さんは気抜けの様になってしまって、神さんは気絶したまま、まだ正気に返らない今の場合だから、誰かが来て手をかしてくれるなら、私の急場に取って有り難いとも思った。

その内に舟が土手の下に著いて、五六人の男がどやどやと上がって来た。土手から上がると、みんなが申し合わせた様に、私共のいる前に集まって来た。そうしてこの場の有様を見て、非常に愕《おどろ》いているらしかった。戸が開いているから、どうしたのかと思ったと誰かが云った。一連れの中に年を取った坊さんが一人いて、その坊主が婆さんを頻りになぐさめた。鳥打帽を被った若い男が、私の抱いている女の横から、脇腹を突いてどうかしてくれたら、女がやっと正気づいた。そうして私に抱かれているのに気がつくと、女はいきなり私を突き退けて起《た》ちながら、又引裂くような大きな声をして泣き出した。

私は皆の人に一部始終を隠さずに話した。この連中は平生渡しの乗り降りに、この家の者と懇意になっている隣村の若い衆だった。坊さんは遠くの山の頂にあるお寺の住職だった。婆さんはやっと気が落ちついて、住職の前に、私の軽率から、大事な一人孫を死なした災難を繰り返し繰り返し嘆いた。明日倅が帰って来たら云いわけの途がないと云って泣いた。神さんは死んだ赤ん坊を抱いて、泣いて計りいた。

「この人の一存でこんな大事が起こったのだ。うちの者が止めてくれと云うのを強いて赤子に煙をのませると云う法があるかい。その強情なところは飽くまで憎むべきじゃが、しかしこの男にも悪気は毛頭ない、うちの人が狐に誑かされると思い込んだからこそ、そんな事も申し出たので、云わば親切から出た過ちじゃ、つまりこちらの男が狐に摘まれていたのだから、理窟を云ってもとんとつまらない話さ、悪く思ってした事じゃなし又狐に憑《つ》かれたとしたら、何人にしたって、何を仕でかすか解らないのだから、まあお前さん方の災難だと思って許してやりなさい。わしが此男に代わって謝りを云う。赤子は何とも可哀想な話だが、これもこれ丈の因縁と諦めなさるが何よりじゃ、息子さんにはわしからよく得心の行くように話してあげよう」と住職が云った。妙に早口な調子で、一息に云ってしまった。私は心の底から有り難く思って、ふと其顔を見たら、恐ろしく大きな眼鏡を鼻の先にかけていたので吃驚《びっくり》した。

「どうも私の不心得から何とも申しわけのない事を致しました」と私はみんなに詫《あやま》った。

「何しろ人一人殺したのだから、それぞれの方へも届け出ねばなるまいが、兎《と》に角《かく》一応わしが預かる事にしよう。お前さんこれから一まずわしの寺までついて来なさい。それじゃこの若い衆はとも角もわしが手に預かって行く事にするから」と住職が云った。

一緒に舟から上がって来た連中も、それがよかろうとみんな住職に口を添えた。それで婆さんも神さんもやっと納得して、私は住職の手に渡された。住職は死んだ赤ん坊に簡単な枕経をよんで、それから私を連れてその家を出た。若い衆はみんな後に残ってしまった。お通夜でもするのだろう。

私は住職に連れられて、暗い知らぬ道を何所までも何所までも歩いて行った。蛙の鳴いている声が、時時聞こえたり又止んだりした。何だか夜明けの近い声のようにも思われたけれども、何時まで経っても空は白まなかった。藪と藪との間を抜けたり、狭い空樋の上を伝ったりしてやっと山の麓に出た。住職は途途《みちみち》一度も口を利かなかった。山へ登りかけた時、ただ一言「途中で後を振り向いてはならんぞ」と云われた言葉が非常に恐ろしくて、私は足の立ち竦《すく》む様な気がした。

山の道は恐ろしかった。先に登って行く住職の足に蹴落とされる山土の塊りが、ころころと転がって来て、私の爪尖に触れる度に、私は頭の髪が一本立ちになる様な気がした。真暗闇で空と山との境目が解らなかった。頭を底の知れない空に突込んでいるのが、息苦しい様な気がした。

漸《ようや》く絶頂に登りついたら、すぐ目の前の暗闇に、大きな寺があった。暗い玄関に住職が這入って行くと、奥から真白な小さな小僧が手燭を持って出て来た。私は住職に連れられて、広い部屋をいくつもいくつも通りぬけて本堂に這入った。幽《かす》かな常燈明の灯が二つ冷たそうに澄んでいた。住職は私を如来様の前に坐らして、合掌させた。そうして後ろへ廻って、私の頭の毛を剃ってくれた。私はその間じゅう南無阿弥陀仏南無阿弥陀仏と唱えつづけていた。それから私の殺した赤子の為に念仏をしろと云われて、念仏鉦《がね》と打ち鳴らしとをあてがわれた。そうして住職は何処かへ行ってしまった。私は広い本堂の真中に一人坐って、頻りに念仏鉦を打ち鳴らした。時時何処からともなく風が渡って、柱に懸かった重い幢幡《どうばん》を微かに動かした。銀を流すような鉦の音が四辺に澄みわたった。私の心も次第に冴え渡って来るらしかった。私の手に脆くも死んだ赤ん坊の俤《おもかげ》を目のあたりに描きながら、私は心の底から幼い魂の冥福を祈りつづけた。私は何時迄も何時迄も鉦を敲《たた》いて止めなかった。そのうち不意に、短か夜が明け離れた。黄色い朝日がぎらぎらと輝いて、じかに私の顔を照りつけた時、私はふと気がついて辺りを見廻した。そこには柱も幢幡も如来様も念仏鉦もなかった。禿山の天辺《てっぺん》の、赭土《あかつち》のざらざらと散らかっている凹みに私は坐り込んで、手には枯木の枝を持っていた。膝の前の、念仏鉦のあった辺りに、瓦のかけらが一枚あった。その外にはなんにもなかった。髪の毛を嚙み挘《むし》られた頭の地が、ぴりぴりと痛んで来た。私は驚いて起ち上がったけれども、どちらへ歩いていいのだか、方角もたたなかった。

蜥蜴

私は女を連れて、見世物を見に行った。横町のない、恐ろしく広い町を、随分長く歩いて来たのだけれども、何処まで行っても道が曲がらなかった。道の真中にところどころ小石が散らかっていて、石の間から草が生えて、蜥蜴《とかげ》が遊んでいた。時時人が歩いて来て、擦れ違いに私と女との顔を見た。始めのうちは何とも思わなかったけれども、歩いている内に、段段それが心配になって来て、早くこんな道を曲がってしまいたいと思った。けれども、道にはかんかん日が照っていて、何処迄行っても横町がないから、矢っ張り同じ道を歩いて行った。歩きながら、私は時時女の手を握って見た。女の手はつるつるしていて、手ざわりが冷たくて、握って見ると底の方が温かかった。長く握っていると、段段熱くなって来るから、私はまた女の手を離して歩いた。女は私のする通りにして、黙ってついて来た。

そのうちに、今まで静まり返っていた町が、何となく騒騒しくなって来た。行き違う人の数も次第に殖えて来て、犬が吠えたり、太鼓の音が聞こえたりすると思ったら、向うから見世物の広告がやって来た。大きな幟《のぼり》に、熊が牛の横腹を喰っている絵がかいてある。熊に喰われたところから血が流れて、幟が真赤に染まっていた。私はその絵を見たら、もう見世物へ行くのが厭になったから、女にそう云って止めて帰ろうと思うと、丁度その時、手を握っている女が急に私の手を強くしめて、

「まあ面白そうね、早く行きましょう」と云った。私は吃驚して、自分の思った事が云われなかった。

向うの空に、黒雲が拡がって来た。雲の色に濃いところと薄いところとのある大きな斑《まだら》が出来て、雷がどろどろと鳴り出した。今までかんかん日の照っていた町が俄《にわか》に暗くなって来た。足許《あしもと》を風が吹いて、小石の間に縺《もつ》れていた草の葉が解けて、ふらふらと揺れ出した。私はこんな日に、女を連れ出したのを後悔したけれど、もう後へ引返すことも出来なかった。女の手が次第に温かくなるように思われた。それも私には何となく恐ろしかった。

とうとう、見世物小屋の前に来た。大きな青竹に乳《ち》を通した赤い幟が幾本も起ち並んでいる。時時風が吹いて来ると、幟が一度にぱたぱたと重たそうな音をたてた。空に黒雲が流れているから、赤い布に薄暗い皺が出来て、その陰に坐っている木戸番の男の顔も陰気に見えた。木戸番は時時大きな声を出して、何だかわからぬ事を喚きた

てた。客を呼んでいるんだろうと思うけれども、小屋の前には私と女の外に、一人も人はいなかった。私はこんな景色を見て、猶《なお》のこと中へはいるのが厭になった。

女にせきたてられて、木戸銭を払ったら、木戸番が大きな木札を敲《たた》いて、「一枚、二枚」と怒鳴った。中から法被《はっぴ》を著た青坊主が出て来て、私と女を薄暗い奥へ連れて行った。這入《はい》る時にまた雷が、さっきより余程近いところで、ごろごろと鳴った。

小屋の中は恐ろしく広かった。その中に見物人が、柘榴《ざくろ》の実を割った様に、一ぱいに詰まっていた。その癖、四辺《あたり》は森《しん》としていて、身動きをする者もないらしい。私はそんな所へ女を連れて這入るのは気がひけたけれども、案内の坊主は構わずに、ずんずん奥の方へ私達を引張って行った。木戸から這入った所の横に舞台があって、その向うが桟敷だった。桟敷の一番前は、跨いで上れる位の高さで、後の方へ行くに従い、段段高くなっていて、私と女の坐った辺は、地面から何丈も高くなっていそうに思われた。

私は女と並んで坐って、舞台の上を眺めた。舞台の上には何もなかった。奥の方は薄暗くて、よく見えなかった。暫らくすると、松明《たいまつ》の様な焰《ほのお》を持った裸の男が、その薄暗い奥の方を通って、何処かへ行ってしまった。その時、舞台の奥の暗いところに、大きな檻がいくつも並んでいるのが、ぼんやり見えた。あの中に熊がはいっているのだろうと思ったら恐ろしくなった。女が私に、

「何か食べさして頂戴」と云った。私は熊の檻が気にかかって、それどころではないのだけれど、それでもそう云う女が可愛くもあった。桟敷には一面に蓆《むしろ》が敷いてあった。その上に座蒲団を敷いて坐っているのだから、座蒲団の外に食《は》み出している足の先に、蓆の藁があたって痛かった。女は猶のこと痛かろうと思った。兎《と》に角《かく》、何か売りに来たら買ってやろうと思った。

不意にどこかで、ごうごうと云う響が聞こえた。始めに聞いた時は、また雷が鳴ったのだろうと思った。すると暫らくして、またそんな声がした。今度は、舞台の奥に聞こえたので、熊が吼《ほ》え出したのだろうと思った。大きな穴の底に、上の塊りが崩れ落ちる様な声だった。その声が止んで暫らくすると女が、

「まあ」と云って、うれしそうな溜息をついた。

それから、まだ長い間待っていた。仕舞に舞台の上へ四五人の男が出て来て、忙がしそうに動き廻った。私はこれから飛んでもない事が起るのではないかと心配しながら、一生懸命に見ていた。すると、今まで舞台の上を彼方此方動いていた男が、一人もいなくなってしまったと思ったら、間もなく薄暗い奥から、大きな檻を押し出して来た。檻の中には、話にきいた事もない様な大きな黒熊が、横を向いて蹲踞《うずくま》っていた。今迄水を打った様に静まり返っていた見物が、一度にぱちぱちと手を拍《う》った。それでも熊は知らぬ顔をして、向うを向いていた。その様子が又非常に恐ろしかった。「も

う帰ろう」と私が女に云った。

「だってまだ一番も見ないのに」と女が云って、起ちかけている私の袂《たもと》を引張った。私は腰を落ちつけて、ふと舞台を見たら、熊は何時の間にか四つ足で起ち上がって、首を低くして、格子の間から見物席の方をねらっていた。

　それから暫らくすると、今度は裸の男が二人で、舞台の奥から、大きな黒牛を牽《ひ》いて来た。牛は舞台に出て、檻の中の熊を見ると、いきなり恐ろしい声で吼え出した。そうして、熊の檻の方へ近寄ろうとするのを、裸の男が二人で、一生懸命に後へ引張っていた。熊は牛を見ると腹這いになる程脊をひくくして、牛の方へ向いたまま、黙ってじっとしていた。その様子が、吼えたけっている牛よりも、猶怖《なおこわ》かった。

　その内に、何処からか又裸の男が二三人出て来て、熊の檻の戸を開けそうにしている。今熊を出したら大変な事になると思って、私は腰を浮かしながら、よく見たら、熊の頸には鉄の輪が嵌《は》めてあって、それから二本の鎖が垂れていた。それを両側から二人の男が手に取って、熊がどちらへも寄れない様に左右から身構えをした。その時、外の男が檻の戸を開けてしまった。熊は鎖に引かれる通りに、おとなしく、のそのそと檻を出て来た。

「とうとう出たのね。本当に死ぬまでやらせるのか知ら」と女が待ちかまえた様に云った。

熊が広い舞台の上に四つ足で起っている。その姿が何とも云われない程気味が悪い。見物がみんな平気でいるらしいのが不思議だった。私は自分がこんな所へ何故来る気になったのだろうと思った。そうして、連れて来た女が、次第に無気味に思われ出して来た。

牛がまた大きな声で吼えた。すると、今まで二人の男の間におとなしくして居た熊が、いきなり前肢をあげて、起ち上がりそうな身構えをした。それを両側の男が、鎖を張って抑えつけようとすると、今度は後にのめる様にして、首をはげしく振り始めた。両側にいる男が非常に驚いたような様子をした。舞台がどことなく不穏になって来て、五六人の男が熊のまわりに集まった。

「ずい分力が強いらしいわね」と女が云ったので、私は吃驚した。女が面白くて堪らない様な顔をしているのが、憎らしくもあり、又何だか合点が行かなかった。

熊が益《ますます》はげしく首を振り始めたので、廻りの男が段段狼狽し出したらしい。大きな声で何か罵り合った。「駄目だ、駄目だ」と云う声がその中に混じって聞こえた。その時、牛がまた恐ろしい声をして吼えた。

「もう帰ろう」と云って、私は女の手を執った。女の手は火の様に熱くなっていた。

「何故」と云って、女はにこにこと笑った。

その時、また牛が吼えた。その声がさっきよりは変っている。太いなりに上ずった様な声で、二声三声続け様に吼えた。すると、女は熱い手で、私の手を痛い程握り締めた。

「ねえねえ、あなたは何故帰るの」と云った。女の云うことが、何となく今の場合と食い違っている。私はびっくりして女の顔を見た。女は溶ける様な笑顔をして、私の目を見つめていた。私はまたそれが恐ろしくなって、思わずあたりを見廻したら、何時の間にか見物人は誰もいなくなってしまっていた。広広とした桟敷に、座布団が彼方此方へかたまった様になって散らかっているのが、非常に淋しかった。私はもうじっとしていられなくなった。女を振り離して逃げようと思って、女の握っている手を力まかせに後に引こうとすると、舞台の方で人の悲鳴が聞こえた。裸男の中の一人が、側腹《わきばら》を熊にくわえられていた。血が流れて、からだが真赤になった。もう舞台にはだれもいなかった。熊がその死骸をほうり出して、後肢で起ち上がった。牛に飛びかかろうとしている。私は今逃げなければもう駄目だと思って、女を突き飛ばした。夢中になって、桟敷を馳け下りようと思った。その時、ふと向うの舞台を見たら、熊が飛びかかって、牛の頸に前肢を巻きつけたところだった。その様子が余り恐ろしかったので、顔を背ける様に後を向いたら、その途端に、女がいきなり飛びかかって来て、私の頸に両腕をかけて、しがみついた。私は苦しくて身悶えをした。今にも舞台の熊が来やしないかと思って、女を振り離そうとするのだけれども、女は頸に巻いた両腕を益《ますます》かたく締めて、私を離さなかった。私は恐ろしさと苦しさとで夢中になって、もがいているうちに、段段力が衰えて来た。冷汗をかいて、ぐったりして来た。すると、女が私の耳もとに口をよせて、

「あなたはまだ本当のことを知らないのでしょう」と云った。

私はどうでもいいと思って黙っていた、だが一体この女は誰だったのだろうと思って、考えて見たけれど解らなかった。

「あたしがこれから教えて上げるわ」と女がまたやさしい声で云って、私を軽軽と抱き上げた。そうして、どんどん桟敷を下りて、舞台の方へ歩いて行き出した。私は吃驚して悲鳴をあげた。手足を一生懸命に動かしてあばれた。女が一足ずつ舞台の熊に近づいて行く足取りが、私のからだに恐ろしく伝わって、仕舞には声も出なくなってしまった。手足もしびれて動かなかった。ただ抱かれている女の顔ばかりが目さきにちらついて、外の事はなんにも解らなくなった。

梟林記

去年の秋九月十二日の事を覚えている。夜菊島が来て、暫らく二階で話をした。帰る時私も一緒に外に出て、静かな小路をぶらぶらと歩き廻った。病院の前の広い道に出たら風がふいていた。薄明りの道が道端に枝をひろげている大きな樹のために、急に暗くなったところに坂があった。坂の上に二十日過ぎの形のはっきりしない月が懸かっていた。

私は家に帰って、また二階に上がった。部屋に這入ろうと思いながら、縁の手すりに靠《もた》れて空を見ていた。隣りの屋根の上に、細長い灰色の雲が低く流れて、北から南へ棟を越えていた。さっき坂の上で見た月がその中に隠れていた。雲の幅は狭いのに、月はいつまで経ってもその陰から出て来なかった。雲の形は蛇の様だった。

十一月十日の宵、細君が二階に上がって来て、

「大変です、今、お隣りに人殺しがあって」と云った。「ああ怖い、旦那さんも奥さんも書生さんも殺されてしまって、台所の上がり口に倒れています」

私はその言葉がすぐには感じられなかった。

「外から見えるんですって」と細君が云った。

辺りはいつもの夜の通りに静まり返っていた。夜風を防ぐ為に早くから閉めて置いた雨戸の内側には、明かるい電気の光りが美しく溢れていた。

私は何故と云うこともなく、細君の恐ろしい言葉をきいた始めから、九月十二日の夜の細長い雲を思い出していた。

隣りは私の家の大家であった。

私は主人に面識がなかったけれども、家の者はみんな知っていた。温厚な敬虔な人らしかった。赭顔《あかがお》の老人なので、私のうちの子供達は「赤いおじさん」と呼んでなついていたそうだけれど、それも私は知らなかった。

奥さんには私も一二度会った事があった。私に遊びに来いと云って、隣りから呼びに来たことがあった。私は行かなかったけれども、その時、裏の上がり口で二言三言話した挨拶が、十一月十日の夜、恐ろしい隣りの変事を聞いた時、すぐに私の記憶に甦って来た。

養父母となる筈だったこの平和な老夫婦を殺害して、その場に自殺した大学生については、私は何も知るところがなかった。去年の春、私の家の子供がファウストの中にある鼠の歌を、家に遊びに来る学生達に教わって、頻りに歌っていた時分、隣りの二階の縁で、その歌のメロヂーをハモニカで吹く人があった。大学生と云うのは、その人ではなかったかとも思ったけれど、またそうではないらしくも思われた。あくる日新聞に出た写真を見ても、私はその顔に見覚えがなかった。

十一月十日は金曜日で、私が毎週横須賀の学校に行く日であった。午後帰って来て、夕食を終った後、私は二階の部屋に這入ってぼんやり坐っていた。その日は午前中三時間の中の一時間が休みになっていたので、私は一人、海岸につづいている広い校庭に出て見た。空が薄く曇って、寒い風が吹いていた。時時細い雨が降って来る事もあったけれど、またすぐに止んだ。

一面に枯草の倒れている原の中に、私の外だれの人影もなかった。不意に、海から引き上げたボートの舳に恐ろしく大きな鳥が止まっているのを見て私は吃驚した。鳶の様な形をしているけれども、大きさは鳶の何倍もあった。私がその鳥に気がつくと同時に、鳥は長い翼をひろげて、静かに空にのぼって行った。その姿を見て、私は恐ろしくなった。翼は一間もあった様に思われた。私の頭の上をゆるく二三度廻った後で、急に速さを増して、海を横切って三浦半島の方へ飛んで行った。

机の前にぼんやり坐っている私の頭の中に、その大きな鳥の姿が浮かんで来た。あれが鷲《わし》だろうと後で私は考えた。

それから私はまた磯の方へ歩いて行った。その時私の踏んで行く枯草の中に、何か動くものがあると思ったら、私のすぐ前から、一時に、何百とも知れない雀と鶸《ひわ》との群が飛び立って、入江を隔てた海兵団の岸に逃《に》げて行った。

私はまたその鷲に逐われて、地面にひそんでいた小鳥の群のことを、ぼんやりと考え続けていた。

海岸に、四五尺許りの高さで、一間四方位の座を張った台があった。私はその台の上に上がって、仰向にねて空を見ていた。雨気をふくんだ雲が、ゆるく流れて行った。遠くで水雷艇の吼《ほ》える様な汽笛が聞こえた。時時後の山で石を破る爆音が聞こえた。それに交じって海兵団の方から軍楽隊の奏楽の声が聞こえて来た。長い間私はその台の上にねたまま、じっとしていた。

「あの時己は泣いて居たのではないか知ら」と私は自分の部屋の明かるい電燈の下に坐って考えて見た。けれども、何の為に泣くのだと云う事を考え当てることは出来なかった。ただ何となく、九月十二日の夜、隣りの棟にかかった細長い雲の中から、何時迄まっても月が出て来なかった時と同じ様な気持がした丈であった。

そのうちに、私は少し眠くなって来た。机の前に坐り直して、暫らく転寝《うたたね》をしようと思った。懐手《ふところで》をして目をつぶっていたら、廃艦になった橋立艦が目の前に浮かんで来た。学校の庭続きの海岸に、橋立は何ヶ月以来、茫然と浮かんでいる。煙突はあっても煙が出なかった。甲板の上に人影を見た事もなかった。そうして何時出て見ても、同じ所に同じ方を向いて浮かんでいた。

私は半ば眠りながら橋立の事をぼんやり考えていた。大砲を取り外した後の妙にのっぺりした姿が、段段ぼやけて来る様な気がした。それから少しずつ前後に動く様に思われ出したら、じきに私は寝入ってしまった。

私は目がさめてから、煙草を吸っていた。坐ったまま眠った膝を崩して、胡座《あぐら》をかいていた。どの位眠ったか解らなかった。けれどもまだそんなに夜が更けているらしくもなかった。ただぼんやりして、まだ何も考えていなかった時に、下から細君が上がって来た。そうして恐ろしい隣りの変事を告げた。

私は下に降りて行った。四肢に微かな戦慄を感じた。時間は九時前であった。その少し前に家の者が外へ用事に出て、始めて隣りの騒ぎを知ったのであった。殺害の行われたのは後になって知った時間から推すと、私が横須賀から帰って来て、夕食をした前後らしかった。私が二階の部屋に這入った頃には、もう老夫婦は斬殺せられて座敷や台所に倒れ、加害者の青年は二階に縊死《いし》していたらしい。私も亦私の家の者もだれ一人そんな事は何も知らずに夕食をすまして、私は自分の部屋に無意味な空想を弄び、子供や年寄はもうとっくに寝てしまっていた。

私は内山と一緒に外へ出て見た。外は暗くて、寒かった。隣りの家はひっそりしていて、門の潜り戸が半分程開いていた。私はその前に立ち止まりかけた。

するといきなり向側の門の陰から巡査が現われて、

「立ち止まってはいけない。行きたまえ行きたまえ」と云った。

私は吃驚したけれども、

「私は隣家のものです。何だかこの家の人が殺されたと云う話をきいて、今出て来たのです。事によれば見舞わなければなりませんが一体どうしたのですか」ときいて見た。

「まあ、それはもう少しすれば解ることだから、兎《と》に角《かく》そこに立っていてはいけない。行きたまえ行きたまえ」と巡査が云った。

その時、半分開いていた潜り戸をこじ開ける様にして、中から別の巡査が出て来た。そうして、私に向かって、話しかけた。

「あなたは御隣りの方ですか、この家は全体幾人家内だったのです」と私に尋ねた。

ところが私はそんな事を丸っきり知らなかった。

「実は今、この家の者はみんな逃げ出してしまって、だれもいないのです。それでちっとも様子がわからないのですが」

とその巡査がまた云った。巡査の声が耳にたつ程慄えていた。殺されているところを見て来たのだろうと私は思った。私はその巡査の声を聞いている内に、恐ろしさが段段実感になって来るのを感じた。

私は内山と二人で角の車屋に行った。車屋の庭に五六人の男が立ち話をしていた。神さんが私を見ると、いきなり、

「旦那大変で御座いますよ」と云った。

庭に立っている男は新聞記者らしかった。

奥さんは台所に倒れて、辺り一面に血が流れている。主人は全身に傷を負うて座敷に死んでいる。そうして青年は二階の梁に縊死していると云う事がわかった。

「犯人は外から這入って、やったんだ。座敷に泥足の跡が一面に残ってると云うじゃないか。その学生も同じ犯人に殺されたのさ。殺して置いてわざと縊死した様に見せかけたのさ」と一人の記者らしい男が云った。

「そんな事があるものか。その二階に縊死している書生が犯人だよ。わかり切ってる

じゃないか」と他の男が云った。

私は帰る時、神さんに、だれも知らなかったのですかと尋ねて見た。

「ええ旦那さっきだれだかこの前を、ばたばたと駈けて行ったんですよ。するともう、あれなんで御座いますよ」と神さんが云った。


私は家に帰って、頸巻《くびまき》をまいて、一人で裏の通りにあるミルクホールへ行った。途中の酒屋の前にも二三人、人が立っていた。そうして声をひそめて、恐ろしい話をしあっていた。

みんなの話を聞いて、大学生が老夫婦を殺して自殺した事はわかった。愛の為に、踏み止まるべき所を乗り越えて、恐ろしい道を蹈んだのだと云うこともほぼ解った。

私はぼんやり牛乳を飲んで帰った。牛乳を持って来てくれた女は、頻《しき》りに著物の襟を搔き合わせながら、「怖い、怖い」と云い続けた。

私が家に帰ってから後、二三人の新聞記者が色色な事を聞きに来た。けれども凡そ彼等を満足させる様な事は、私は勿論《もちろん》、家の誰も知らなかった。

子供には、学校で友達から聞いて来る以上に委《くわ》しい事は何も知らせてはいけないと云いつけて置いて、私は寝た。蒲団が温まるにつれて、私の心から恐ろしさが薄らいで行った。不意に隣りに落ちかかった恐ろしい運命の影が、ただ一枚の板塀に遮られて、私は次第に宵の出来事を忘れそうになって来た。そうして寝入った。夢もその前の夜の如く穏やかであった。

その翌日はうららかな小春日和であった。子供は何も知らないで、いつもの通りに学校へ走って行った。

「今朝早く葬儀自動車が来て、書生さんの死骸だけ連れて行ったんだそうです」と細君が小さい声で話した。

ひる前、私は二階に上がった。美しい日が庭一面に照り輝いていた。隣りの二階には、雨戸と雨戸との間が細く開けてあった。その隙間から見える内側は暗かった。

ひる過ぎに、日のあたっている茶の間の縁側で、小学校から帰った女の子が、大きな鋏を持って、毛糸の切れ端の様なものを頻りに摘み剪《き》っていた。そうして、ふわふわした、毛むくじゃらの球の様なものを、幾つも拵《こしら》えていた。

「何だい」と私がきいて見た。

「これは殺された人の魂よ」と彼女が云った。そうしてその中の一つを手に取って、ふわりと投げて見せた。

大宴会

　私は大宴会に招かれたから、燕尾服を著《き》て、シルクハットを被って出かけた。夕日が明かるく照って、往来に旗がたっていた。入口には兵隊がいて、私に敬礼をした。私が威張って中へ這入って行くと、道の両側に天幕を張った小屋があって、その中に団《まる》まっている鶏の様な洋服を著た男が、みんな私に御辞儀をした。顔を見るとどれもこれも血の気のない退儀そうな様子をしている癖に、著ている洋服の色は綺麗な赤や青で、金の筋が這入《はい》っていて、短かい剣をさげて、紫色に光る靴をはいていた。

　私はその前を通って広い庭に出た。賑やかな騒ぎだろうと思ったのに、何処を見ても、人は一人もいなかった。森閑としていて、時時風がふいた。向うに美しい芝の植わった大きな丘が二つ並んでいて、その上に日が照っていた。丸く膨れた様な恰好で、樹が何も生えていないから、暫らく見ているうちに、巨《おお》きな女のすべすべした尻を眺めている様な気がし出した。その丘のもっと近くへ行って見ようと思っているところへ、一人の少年が出て来て、又私に御辞儀をした。そうして、私を案内して庭の中の細い道をうねうねと伝って行った。森があったり、橋があったり、池があったりして何処まで行っても庭がつづいていた。池には水鳥が五六十羽茫然と浮かんでいて、みんな同じ方へ頭を向けているのが何となく荘厳に見えた。それから渡しを渡って、並樹のある道を曲がったら、宴会場の前に出た。

大きな建物の入り口に階段があった。私を案内して来た少年が、その階段を拍子のついた様な足どりで上がって行った。そうして一番上まで上がった途端に、急に右手を前に出して、その手を段段右の方へ廻わした。その工合が丁度今まで踏んで来た拍子に合わそうとしているらしく見えた。そうして、次第に円を描いて行って、しまいに止まったと思ったら、その手が奥の方を指していた。私にそちらへ這入《はい》って行けと云うことだろうと思ったから、私は長い廊下を寒い気持でただ一人奥の方に這入って行った。

靴の裏に絨氈《じゅうたん》の毛が一足毎《ごと》に吸いつくような気持がした。廊下を歩いているうちに、私は労《つか》れて足がだるくなり、又何となく腹が一ぱいになった様に思われた。そうして到頭大広間の入口に来た。私は遅れて来たと見えて、もうお客はその広間一杯に著席していた。その前に、だれも人のいない演壇があった。お客はみんなその方を眺めたまま、静まり返っていて、咳払《せきばら》い一つする者もなかった。私は広間の入口に立ち止まったまま、這入《はい》ろうかどうしようかと迷った。そんなに大勢の人が静まり返っている所へ、一人だけ這入って行きたくなかった。若しどうかしたはずみに、私が演壇へ登るのだとでも思われたら大変だと云う心配もあった。すると何処からか、顎の下にだけ短かい鬚《ひげ》を生やした男が出て来て、私の前に丁寧に御辞儀をした。矢張り燕尾服を著ている。けれどもお客ではなかろうと思った。前髪が額に垂れ下がって、顔が平ったくて、口許《くちもと》が泣いてる様に見えた。

「閣下が御見えになるところです。早く御這入りなさい」とその男が云った。吃驚する様な大きな声で、横柄な口の利き方をした。言う事が、その様子と丸っきり勝手がちがうので私は驚きながら、ふらふらと広間の中に這入って行った。みんなの目が一斉にこちらを見たらしい。早く何処かへ腰を掛けようと思ったけれども、そこいらには空いてる席は一つもなかった。みんなの見ている中をうろうろしながら、椅子と椅子との間を馳け抜ける様にして探し廻ったら、やっとうしろの方に一つだけ空いた席があった。私はそこへ隠れるように腰を下ろして、あたりを見廻した。もう誰もこちらを見ていなかった。労れているから、椅子を後に引いて、足を重ねて休み度いと思ったけれど、ほかのお客は皆立派な様子をしているから止めた。そっと時計を出して見たら、七時だった。それから向うを見たら、演壇の後に大きな時計が掛かっていた。それも丁度七時を指していた。

そうして広間の片側の窓からは、春の夕日が暖かそうに射し込んでいた。「おや」と私は思った。そうして不思議な気持がしたけれども、考えて見てもよく解らなかった。もう一度時計を出して見たら、矢っ張り七時だった。演壇の時計もはっきり七時を指していた。

それから長い間ぼんやり待っていた。ほかの人達もみんなじっとして待っていた。身動きするものもなかった。けれども、何を待っているんだか、私にはよくわからなかった。そうして日の照っているのが気になった。そうして長い間、じっと腰をかけたまま、身動きもしないで待っていた。時時、私のまわりにいる人が、そっと手を動かして、チョッキのかくしから時計を出して見た。向うの大時計は、何時の間にか七時半近くになっていた。昨日の今頃はもうとっくに夕飯をすまして、私の部屋にいたと思った。夕飯の時は日がくれていて、電燈がともっていたに違いないと思い出したら、急に心配になって来た。しかし、何がどうなっているんだか、はっきりと解らなかった。西の空は明かるく焼けて、美しい夕日が広間の窓に射し込んでいた。

それから暫らくして、広間の入口に人が立った。恐ろしく威張った様子をして、演壇の方に歩いて行くのを見たら、何処かで一度見たことのある渋沢男爵だった。渋沢男爵は演壇へ上がると一番に大時計を見た。大時計はもう七時半をよほど過ぎていた。それから渋沢男爵はこちらを向いて、何か書附の様なものを机の上にひろげたらしい。

それですぐ演説を始めるのかと思ったら、大きな手をチョッキのかくしに入れて、金時計を引き出して暫らくじっと眺めていた。それから、また後を振り向いて、うしろの大時計を見た。渋沢男爵がそんな事をするのを見て、私は益《ますます》心配になって来た。

それから演説が始まった。大きな声だけれども、何だか牝牛がないている様な調子だった。演説は解りにくかった。五升枡の中に一升枡を五個入れようとしても、這入らない。これと同じ様なわけでありまして、と渋沢男爵が云った。それから、旱魃《かんばつ》に凶年なしと申しまするのでありますから、と云った時、渋沢男爵は右手で卓子の上から、何か抓《つま》み上げる様な手真似をした。しかしそれは何の話なのだか、私には解らなかった。演説は長い間続いた。其の間に渋沢男爵は幾度も時計を出して見た。窓から射し込む夕日は何時迄も美しく明かるかった。そうして演壇の大時計はもう八時半を過ぎていた。

演説の終り頃になって、広間の外の廊下を頻《しき》りに人が行ったり来たりしだした。大門の時計も、矢っ張り八時半だとだれかが云った。人声が騒騒しくなって、演説がよく聞きとれなかった。

どこかで鳶の啼《な》いている声が聞こえた。

すると聴衆の後の方で、だれかが大きな声をした。急に泣き出した様な声だった。太陽、太陽と云う声が聞こえた。そうしてみんなが総立ちになって、広間の外へ出て行った。渋沢男爵はどうしたのだか解らなくなってしまった。私は人に揉まれて廊下に出て来た。美しい夕日が庭の芝生に照っていた。

「町に出れば、日が暮れているかも知れない」とだれかが云った。

それを聞いたら、一刻も早く町に帰りたくなった。広い庭のうねうねした道を、息を切らして走って来た。さっきの池に水鳥が矢張りみんな同じ方を向いて浮いていた。水鳥の背中に日が照っていた。

門の所まで来た。鶏の様な著物を著た男は一人もいなくなっていた。門の外に出て見たら、さっき私に敬礼した兵隊も何処かへ行ってもういなかった。日の照り輝いている広い道に、私と一しょに出て来た黒い洋服の人人が、あちらこちらに散らばって行った。

私は急いで家の方に帰って行った。広い道を通っている人の数が段段少くなって来た。私の家に近づくに従って、辺りは森閑として、真夜中の様に静まり返って来た。そうして明かるい日がいつまでも照り輝いていた。

明かるい空に大きな樹の枝が蔓っていた。樹の葉の形が一枚一枚はっきりと見えた。

波頭

私の家の犬が、また隣りの子供に噛みついたので、もう飼って置くわけに行かなくなった。私は伯父と二人で、犬を海に捨てに行った。

犬を連れて、広場を通ったら、雲の影が大地をまだらに走っていた。犬が影と日向《ひなた》との間を縫うように馳け廻った。空を見たら、小さい千切《ちぎ》れ雲の塊りが、目に見える位の早さで流れていた。

それから、川添いの長い土手に出た。土手の川に近い側に松が列《なら》んで、それが何処迄も続いていた。犬がその松の幹に一本ずつ身体をすりつけたり小便をかけたりして、段段に先の方へ離れて行った。伯父は目尻の下がった顔をにこにこさせて、遠くに行った犬を呼び戻して見たり、又私に釣の話をしたりしながら歩いた。

土手の上を風が吹いて、松の樹の鳴ることがあった。すると私は急に辺りが真面目になって、淋しい様な気持がした。

川尻まで来て、船を借りて、犬をつないで一しょに乗った。伯父がどこからか頭ぐらいの大きさの石を抱えて来た。私が艪《ろ》をこいで、沖の方に出た。大分波が打っていて、小さな船だから、ぐらぐらと揺れた。私の艪をこいでいるうちに、伯父はさっきの石を、犬の首輪につないだ綱に結びつけた。そうして伯父が何だか私に目配せする様な顔をした。私は、はっとした。

「もういいだろう」と伯父が内緒声で云った。

辺りに船は一艘もいなかった。波が不規則に立ち騒いで、所所に白い波頭を立てていた。

私はぐらぐらする船の中にしゃがんで、犬を抱いて頰ずりをしてやった。犬の日向臭い毛のにおいがした。それから伯父がまた犬を抱いた。犬は伯父の顔を舐《な》めていた。

伯父が犬を抱いた儘、又私の方を見た。私は犬の綱の先に結びつけた石を手に取った。そうして伯父のいる方の舷に寄ったら、船が急に傾いた。その拍子に伯父は犬を海に投げ込んだ。水につく迄の一尺か二尺かの間に、犬が四本足を宙にぴくぴくさせたのが、はっきり見えた。私の手に持っていた石が、後から飛んで、先に水の中に這入ってしまった。その時、私も伯父も頭から、ひどい繁吹《しぶ》きを浴びた。そうして、もう犬はいなかった。私はだまって、力一杯に艪を漕いだ。犬の沈んだ辺りから、白い泡がいくつも浮き上がって来るのが見えた。しかし私はその方を見ない様にして、一生懸命に岸の方へ漕いで来た。伯父はどこを見ているのか、わからなかった。

陸に上がってから、又同じ道を帰って来た。伯父は一言も口を利かなくなった。私は伯父の顔を見るのがいやだった。長い土手の松並樹に風が強くなって、さあさあと云う音が絶えなかった。

残照

私は女と喧嘩をして別れた。その為に女が外の男の許《もと》に行くだろうと思うと口惜しくて堪らない。女に小さな弟がいたから、その子を連れ出して、山の奥に捨てて来て、敵討ちをしようと思った。

女の家の前に大きな柳があった。私は柳の幹にかくれて、家の中の気配を窺っていた。蚊柱が柳の陰に立って、あちらこちらゆれていた。もう日が暮れかかっていたけれど、向うの山には、明かるい日が照っていた。

暫らくすると女の家の戸が開いて、年を取った知らない男が帰って行った。風呂敷包を片手に持って、非常に急いで、真直い道を向うの方に行ってしまった。私はその男の方に気を取られて、遠くの方を見ていると、真直い道の向うから、段段に日が暮れて来るのが、はっきりと見えた。その男の行ってしまった後、女の家にはだれもいる様に思われなかった。二階の窓の障子の紙ばかりが、いやに白く光っていた。

そのうちに、空を鴉《からす》が啼《な》いて通り、遠くで風の吹く音が聞こえて、辺りが益《ますます》暗くなった。早くしないと、日が暮れて、弟がついて来なくなるだろうと思って、向うの山を見たら、向うの山には、まだ明かるい夕日が一ぱいに照らしていた。

私は、しまいに、戸口に近づいて、泥棒の様にそっと戸を開けて見た。家の中は、上り口から奥まで障子が開け放してあった。そうして家の外は薄暗くなりかけているのに、座敷の中は変に明かるかった。ただ上り口の真正面に暗いところがあって、その中に神棚があるらしく思われた。座敷にはだれも人がいなくて、綺麗に片づいていた。そこに暫らく起っている内に、何だかまた女に会いたくなったから、弟を捨てに行くのは止そうかと思いかけた。すると、その時、表に人声がして、女が変な男と帰って来た。私はまだ会った事はないけれど、これが女の男で、この男がいるから、女があんなに強く私と喧嘩をしたのだろうと思った。

女は私を見ても、ちっとも驚いた様な風をしないで、だまって男の手を引張る様にして、明かるい座敷を通って、二階に上がってしまった。

私はまた弟を捨てる気になって、外へ出て真直い道を歩いた。そうして顔の幅の無暗に広い、色の青い、髪の長い、荒い絣《かすり》の著物を著た男の事ばかり考えつづけた。

道の四辻になったところの薄暗がりに、女の弟が長い竹竿を持って蝙蝠《こうもり》を敲《たた》いていた。私はその弟を連れて山の方へ歩いて行った。

「暗くなるからいやだ」とその子が云った。

「だって山にはまだ日が照っているじゃないか」と私が云った。山は夕日が一面に赤く照らして、ただ裾の方だけが一筋、帯の様に暗くなっていた。

道を歩きながら、私はこの子を捨てたら、女が泣くだろうと思った。その泣き声を聞きたいと思った。子供は長い竹竿を肩にかついで、黙ってついて来た。途の途中に私の家があった。その前を通る時、子供が立ち止まってうしろを見るから、私も見たら、女の家も真直い道ももう日が暮れていた。そうして向うの山の山裾の暗いところも段段ひろがって、上の方に延びて来た。

子供が「怖いから帰る」と云って泣き出した。私は「だってまだ山の上はあんなに明かるいじゃないか」と云って、子供を負ぶって馳け出した。子供は竹竿をすてて、両手で私の背中に獅噛《しが》みついた。

山まで来たら、まだ峰に夕日が残っていた。

私は子供を負ぶって、一生懸命に山を登って行った。小石が何処からともなく、ざらざらと落ちて来た。空は明かるいけれども、足許《あしもと》は暗かった。私は子供をどこに捨てようかと思いながら雑木の茂みの中を奥へ奥へと上って行った。

赤土が平らになって、樹の生えていないところへ出たから、私は子供をそこに下ろした。樹のないところにはまだ薄明りがあった。そこで私は子供に隠れん坊をして遊ぼうと云った。そうして私はいきなりうしろの茂みに馳け込んで、一息に山を走り下りた。

もうすっかり日が暮れていた。空には星が光り始めた。今私の下りて来た山は、真黒い大きな塊りになって、獣の鼻の様な峰の頂を、薄明るい空に突込んでいた。

私は家に帰って、自分の部屋の窓の側に坐っていた。女の事や、さっき会った男の事を考え続けていた。考えても考えても口惜しくて堪らなかった。そのうち次第に夜が更けた。時時強い風が急に吹いて来て、すぐに止んだ。後は恐ろしい程辺りが静まり返って、身動きも出来ない様な気持になった。そうして考えまいと思っているのに、山に捨てて来た子供の泣き声が聞こえる様な気がし出した。

それから、長い間坐っていた。どこかで不意に犬が二声三声吠え立てる声が聞こえて、それなり静まったと思ったら、その後から遠くの方に女の泣き声が聞こえた。それから二三人の足音がして、段段私の窓の方に近づいて来るらしかった。途切れ途切れに聞こえる泣き声はあの女に違いなかった。

男と女の足音が入り乱れて、窓の前を通り過ぎた。女が聞き取れないことを云って泣いているのが聞こえた。しかし、女の訴えている相手が、あの男ではないかと思ったら、私はじっとしていられなくなって、みんなの足音が山の方の道に遠ざかるのを待ちかねて、家の外に馳け出して見たら、暗い道の遥か向うの方に、提燈の灯がゆれて行った。時時かすかな女の泣声がその道を伝って戻って来る様に思われた。山の方は真黒で、空も真黒で、山と空との境い目がなくなってしまっていた。

旅順入城式

五月十日、銀婚式奉祝の日曜日に、法政大学の講堂で活動写真の会があったから、私も見に行った。

講堂の窓に黒い布を張って、中は真暗だった。隙間から射し込む昼の光は変に青かった。

色色取り止めもない景色や人の顔が写っては消えて行った。陸軍省から借りて来た煙幕射撃の写真などは最も取り止めのないところがよかった。無暗に煙が濛濛《もうもう》と画面に立ち罩《こ》めて、何も見えなくなってしまった。その煙が消えて画面が明かるくなると思うと、写真が消えてしまって、講堂の中が明かるくなった。

それから亜米利加《アメリカ》の喜劇や写真などが、明かるくなったり消えたりした後、旅順開城の写真が始まった。陸軍省から来た将校が演壇に上がって、写真の説明をした。この写真は当時独逸《ドイツ》の観戦武官が撮影したもので、最近偶然の機会に日本陸軍省の手に入った。水師営に於ける乃木ステッセル両将軍の会見の実況も這入《はい》って居り又二龍山爆破の刹那も写されている、恐らく世界の宝と申してよろしかろうと思いますとその将校が云った。そうして演壇に立ったまま、急に暗《やみ》の中に沈んでしまった。そのカーキ色の軍服姿がまだ私の瞼の裏に消えない時、肋骨服を著て長い髭を生やして、反り身の日本刀を抜いた小隊長に引率せられている一隊の出征軍が、横浜の伊勢佐木町の通を行く写真が写った。兵隊の顔はどれもこれも皆悲しそうであった。私はその一場面を見ただけで、二十年前に歌い忘れた軍歌の節を思い出す様な気持がした。

旅順を取り巻く山山の姿が、幾つもの峰を連ねて、青色に写し出された時、私は自分の昔の記憶を展《ひら》いて見るような不思議な悲哀を感じ出した。何と云う悲しい山の姿だろう。峰を覆う空には光がなくて、山のうしろは薄暗かった。あの一番暗い空の下に旅順口があるのだと思った。

大砲を山に運び上げる場面があった。暗い山道を輪郭のはっきりしない一隊の兵士が、喘ぎ喘ぎ大砲を引張って上がった。年を取った下士が列外にいて、両手を同時に前うしろに振りながら掛け声をかけた。下士の声は、獣が泣いている様だった。

私は隣りにいる者に口を利いた。

「苦しいだろうね」

「はあ」とだれだか答えた。

首を垂れて、暗い地面を見つめながら、重い綱を引張って一足ずつ登って行った。首のない兵隊の固まりが動いている様な気がした。その中に一人不意に顔を上げた者があった。空は道の色と同じ様に暗かった。暗い空を嶮《けわ》しく切って、私共の登って行く前に、うな垂れた犬の影法師の様な峰がそそり立った。

「あれは何と云う山だろう」と私がきいた。

「知りません」と私の傍に起って見ていた学生が答えた。

山砲を打つところがあった。崖の下の凹《くぼ》みに、小さな、車のついた大砲を置いて、五六人の兵士が装塡しては頻《しき》りに打った。大砲は一発打つと、自分の反動で凹みの中を前後にころがり廻った。砲口から出る白い煙は、すぐに消えてなくなった。音も暗い山の腹に吸われて、木魂《こだま》もなく消えてしまったに違いない。弾丸は何処に飛んで行くのだか、なお心もとなかった。しかしそれでも打たずにはいられないだろうと思った。打たずにいたら、恐ろしくて堪るまい。敵と味方と両方から、暗い山を挟んで、昼も夜も絶え間なしに恐ろしい音を響かせた。その為に山の姿も変ったに違いない。恐ろしい事だ。そこにいる五六人の兵隊も、怖いからああして大砲を打っているのだ。砲口の白い煙が消えてしまうと、私は心配になった。狙いなど、どうでもいいから、早く次ぎを打ってくれればいいと思って、いらいらした。

遠い山の背から、不意に恐ろしい煙の塊りが立ち騰《のぼ》って、煙の中を幾十とも幾百とも知れない輝くものが、筋になって飛んだ。そうしてすぐ又後から、新らしい煙の塊りが湧いて出た。二龍山の爆破だときいて、私は味方の為とも敵の為とも知れない涙が瞼の奥ににじんで来た。

そうして、とうとう水師営の景色になった。辺りが白らけ返っていて、石壁の平家が一軒影の様に薄くたっていた。向うの方から、むくむくと膨れ上がって、手足だか胴体だかわからない様な姿の一連れが、馬に乗ってぼんやりと近づいて来た。そうして、いくら近づいても、文目《あやめ》がはっきりしないままに消えてしまった。

それから土蔵の様なものの建ち並んだ前を、矢張り馬に乗った露人の一行がふらふらと通り過ぎた。そうして水師営の会見が終った。乃木大将の顔もステッセル将軍の顔も霧の塊りが流れた様に私の目の前を過ぎた。

悪戦二百有余日と云う字幕が消えた。鉄砲も持たず背嚢《はいのう》も負わない兵隊が、手頸の先まで袖の垂れた外套をすぽりと著て、通った。道の片側に遠近のわからない家が並んでいるけれど、窓も屋根も見分けがつかなかった。兵隊はみんな魂の抜けた様な顔をして、ただ無意味に歩いているらしかった。二百日の間に、あちらこちらの山の陰で死んだ人が、今急に起き上がって来て、こうして列《なら》んで通るのではないかと思われた。だれも辺りを見ている者はなかった。ただ前に行く者の後姿を見て動いているに過ぎなかった。

「旅順入城式であります」

演壇にさっきの将校の声がした。

暗がりに一杯詰まっている見物人が不意に激しい拍手をした。

私の目から一時に涙が流れ出した。兵隊の列は、同じ様な姿で何時までも続いた。

私は涙で目が曇って、自分の前に行く者の後姿も見えなくなった様な気がした。辺りが何もわからなくなって、たった一人で知らない所を迷っている様な気持がした。

「泣くなよ」と隣りを歩いている男が云った。

すると、私の後でまただれだか泣いてる声が聞こえた。

拍手はまだ止まなかった。私は涙に頬をぬらしたまま、その列の後を追って、静まり返った街の中を、何処までもついて行った。

大尉殺し

山陽線鴨方駅の待合室に、四五人の男が腰をかけたり起《た》ち上がったりしている。影が固まって動き出したような風で、顔にも姿にも輪郭などはなかった。丸い火屋《ほや》のかかった大きな釣洋燈《つりランプ》が天井から下がっていて、下を向いた赤い焰《ほのお》の伸びたりちぢんだりする度に、薄暗い部屋が、膨らんだり小いさくなったりする様に思われた。

辺りの様子が重苦しく又眠たそうであった。

ぼんやりした塊りの中から、鳥打帽を被って二重廻しを著《き》た男が出て来た。はっきりした姿で、出札口の前に出て、その上に懸かっている時計を見た。それから二重廻しの前をあけて、袴《はかま》の下から金側の時計を出した。

あれが殺される大尉だなと私は思った。

待合室の外に、ごうごうと云う音がしている。大きな風のかたまりが、同じ所を往ったり来たりしているらしい。それから急に辺りが明かるくなったと思ったら、大尉がまともに此方《こちら》を向いた。幅の広い顔に大きな髭が生えている。二重廻しの前をひろげた儘、帯の間に手を入れて、ゆうゆうと待合室の中を歩いている様子が、却《かえっ》て今じき殺される人の姿らしく思われて恐ろしかった。

出札口があいて、中から声がした。「上り姫路行」と云ったらしい。隅隅に居た人の姿が動き出して、その前に団《かた》まった。大尉はもとの所にいて、そっぽを向いている。何故だか大尉のそうしているのが私は不安であった。どうせ殺されるに極まっていても、矢っ張り私はいらいらする様な気がした。

今までと違った強い風の音がした。木を擦るような音だった。その時、一人の男が待合室に這入《はい》って来た。竪縞《たてじま》の著物を著て、懐手《ふところで》をしている。色が白くて、美しい顔だけれど、額が暗かった。外を歩いて来たままの足どりで、大尉の前を通って、薄暗い隅に這入って行った。

弁当売りが何処からか出て来て歩いている。大尉はみんなの済んだ後で出札に行った。「岡山まで中等」と云ったに違いない。懐の金入れから、金を払っている。いつの間にか竪縞の男が大尉の傍に起っていた。

それから大尉は改札の方へ行った。改札口の辺りは薄暗くて、ただプラットフォームの柱が一本だけ、白ら白らと起っていた。大尉の姿は、そのぼんやりした薄闇の中にわからなくなってしまった。すると竪縞の男が切符を買っていた。大尉がいなくなったら、またこの男の姿が濃くなって、そのいる辺りまではっきりして来た。そうして「中等岡山まで」と云った。この男が大尉を殺すのだと私は思った。大尉よりはやさしそうで、年も若く無理なように思われたけれど、矢っ張りそれに違いなかった。竪縞の男が弁当を買っている。そうして弁当の折を手拭に包んだ。あたりにだれも人がいなかった。弁当売りと竪縞の男と二人だけで何だか話をしている。何を云っているのだか解らない。或《あるい》は人に聞かれない様に話しているらしくもあった。弁当売りが大尉殺しの仲間なのかも知れなかった。不意にまともを向いた時、その目を見たら、下瞼が前に出て受けた様になってる奥に、目の玉が動いて恐ろしい光を放った。

風の吹いている闇の中を、夜汽車の近づく響が伝わって来た。私はその音をきいて身ぶるいした。大尉は何のために殺されたのだか知らない、三十年も或はそれよりも昔の話だから、聞いてもそんな事は解らなかったに違いない。ただ鴨方から岡山までの、二時間に足りない夜汽車の中で、大尉が殺されていた。遠くの山裾を伝う夜汽車の汽笛を聞いても、私は恐ろしかった。

汽車の窓が妙なふうに動いている。いくつもいくつも目の前を通っては又同じ窓が帰って来る。私は恐ろしさに身動きも出来なかった。竪縞の男の弁当を食っている横顔が見えた。大尉がそれに向かって腰をかけているのが窓から見えた。高梁《たかはし》川の土手には、鉄橋の上手に一かたまりの藪がある。暗闇の中で藪が大きく動き出した。いつ迄も遠くに響ばかり聞こえる夜汽車を、おびき寄せている様に思われる。夜汽車の窓に大尉の顔が大きく写った。汽車が藪の陰まで来た。竪縞の男が起ち上がって大尉の上にのしかかった。大尉が二重廻しを著たままで抵抗している。二つの男の影がもつれて来た。細い、青い光りが二つの影の中に見えたり隠れたりする。汽車が恐ろしい音をたてて、鉄橋を渡った。土手の藪の中にその響が残って、汽車の行ってしまった後まで、藪はいつまでもごうごうと鳴りながら、ゆらゆらと動いて止まらなかった。

遣唐使

私は遣唐使となって支那に来た。一緒について来た者はどうなったか判らない。一人で広い町の道端に起って景色を眺めていた。前には大きなお寺の様な家があって、屋根の端が空に巻き上がっている。黄色い日が辺りを照らして、生温かい風は、ふわふわと吹いて来た。向うの空に鶴が二羽飛んでいて、蜻蛉《とんぼ》のつるんだ様な形につながっているのが、非常に壮厳に思われた。

長い間見ていたけれど、だれも往来を通る者はなかった。それから何処にも樹が一本も生えていなかった。家ばかり何処までも続いていて、横町もなかった。真直い町の遥か向うに、薄い煙が空に昇って、ゆらりゆらりと揺れていた。見ている内に煙が撚《よじ》れて、龍の尻尾の様な形になった。私は煙の上がる方に行って見ようと思って、町を歩いた。

町には変な臭いがしていた。川魚の鱗《うろこ》の様な臭いだった。そうして所所に犬より大きな黄色い獣が寝ていた。毛が長くて、目も鼻も隠れているから、どんな顔だかわからなかった。気がついて見ると、道の両側にいくらでも寝ていた。みんな同じ位の大きさで、又どれもこれも見分けがつかない様な同じ姿で、じっと寝ていて、むくむくするばかりで、走っているのは一匹もなかった。私は気味がわるいから、道の真中を歩いて行った。

私はごわごわした神主の著るような著物を著て、木の靴を穿《は》いている。歩く毎《ごと》に私の足音が両側の家の戸にあたって返るのが心配になって来た。暫らく行くと橋があった。長い橋で、橋板は拭いた様にきれいだった。川には水がなくて、からからに乾いている。どちらが上だか下だかわからないけれど、どちらにも同じような形の黄色い山があって、麓の辺りは薄青くなりかけていた。

晩になるのだなと思ったら、私は急にいらいらして来た。すると辺りの様子も何となく落ちつかなくなって来た。橋の向うの真直い通が、歩いて行くうちに段段狭くなって来るように思われ出した。

往来が薄暗くなって、風が吹き出した。さっき迄静かだったのに、急に辺りが騒騒しくなって、色色の物音が聞こえ出した。しかし何の音が聞こえて来るのだか私には一つも解らなかった。どこから出て来たのか大勢の人が歩き廻っている。無暗に擦れ違って、急いでいるのもあるし、ゆっくりしたのもあり、非常にうるさかった。

私は人にぶつからない様に避けながら急いで行った。すると私のうしろで時時変な声をする者があった。咳払いをしているらしくもあり、又人を呼んでいる様にも聞こえた。しかし私は後を向かないで、真直に道を歩いて行った。

町の様子がすっかり変って、方方に空地があって、両側の家は出たり引込んだりしている。空が段段暗くなって来て、所所にまだらが出来た。さっきの変な声が聞こえなくなったと思うと、不意に大きな男が私の前に起って何か云っている。非常に脊が高くて、私の頭は、その男の肩ぐらい迄しかない。何と云ったのだかよく分らないけれど、丁寧な様子で頻《しき》りに御辞儀をしているから、私を迎えに来たものだろうと思った。私は兎《と》に角《かく》一緒に行こうと思って、ふとその顔を見たら、顔と鼻との境目がなくて、顔全体のむくれ上がった尖《さき》に穴があるばかりであった。そうして口はそれよりもまだ前にあった。私はびっくりして、恐ろしい顔だと思ったけれど、そんなに怖くはなかった。その男が変な愛想笑いをして、私を誘った。両側の家の燈《とも》し火が点《とも》っているのもあり、消えている所もあり、慈姑《くわい》の様な頭をした子供が大勢空地にかたまっていて、町を真直に風が吹いている。

その男と並んで歩いて行ったら、長い塀の前に来て、すっかり日がくれてしまった。何とも云わないけれど、今晩私を饗応するつもりだと云う事はわかった。塀を伝って行くうちに、急に夜が更ける様な気がした。そうして塀はどこ迄行っても尽きなかった。

何時の間にか塀が切れて、大きな玄関に明かるい灯が点っていた。ふやけた様な新月が軒に懸かっている。私は例の男について行ったら、座敷の中には真赤な卓子と椅子とが据えてあって、私の来るのを待っていたらしい。例の男は、私をその席に案内したまま、何処かへ行ってしまった。辺りがしんとしていて、その癖何となく生温かった。時時部屋の外に人の近づく気配がするけれど、何時迄たっても、何人も這入って来なかった。

私は一人で何人を待っているのだか解らない。故郷の山川草木がぼんやり心に浮かぶ様な気がしたけれど、又それきり消えてしまった。するとさっきの男が、何時の間にか帰って来て、私の傍《そば》に坐って、しきりに愛想笑いをしている。笑う拍子に上顎をこさげる様な妙な声を出した。その声をきくと、何だか私の顔が濡れるような気がするので、指で撫でて見たら、ずるずるしていた。

それから又暫らく待っていた。じっとしていると、矢張り部屋の外に人の近づく様な気配が頻《しき》りにしている。そうして仕舞いに何処から這入って来たのか知らないけれど、若い美しい女が五六人私のまわりにいた。そうしてみんなそっぽを向いて笑っている。どれを見ても肌が白くて、温かそうで、脣が赤くてぬれていた。私は手を伸ばして、その美しい顔を撫でて見たくなった。

外には重たそうな風がふいている。軒《のき》にあたる風の音を聞いていたら、眠むたい様な気持になった。色色の御馳走が卓の上に並んでいるけれど、私は何も食おうとは思わなかった。それよりも私の近くにいる女の美しい顔に見入って、もっと傍に寄らせたいと思った。眠むたい様な、女に凭《もた》れたい様な変な気持だった。それで私は思わず手を伸ばして、その中の一人の肩を押えようとした。けれども、その時ふと気がついて見たら、其処にいるだけの五六人が、どれもこれもみんな同じような様子で、顔にも姿にも丸で見別けがつかなかった。私がびっくりして、出した手を急に引込めると、その途端に五六人の女が、一どきに片手をあげて、手の甲を口と鼻との間にあてたまま、同じ調子でほほと云うような変な笑い声をした。私は益《ますます》驚いて、からだ中が一時に冷たくなる様な気がした。さっきの男も卓子の傍にいるのだけれども、そんな事にはちっとも構わない様なふうに、そこいらにあるものを片っ端から食っている。脣が食物を包み込む様にして食っているのが、非常にいやしく思われた。

私は無気味になって来たので、何もしないで、ただじっとしていた。すると一人の女が、妙なにおいのする甘い酒を薦めるので、私はそんなに欲しくもないけれど、受けては飲んでいるうちに、女がまた段段美しくなって来た。私は女に何か云いたいと思ったけれど、何と云っていいのだか解らなかった。みんなが同じような顔をしている事も、あまり気にかからなくなって、ただ恍惚と一人の女の顔を眺めていた。するとその女が私の膝に手を乗せて、何か云い出すような様子をした。次第に顔を私の方によせて、私語するつもりらしい。私は陶然として、自分の耳を女の口へ近寄せようとしたら、女の鬢《びん》の毛が私の耳朶《みみたぶ》のうしろに触れた。私は不意に身ぶるいがした。髪の毛がつららの様に冷たくて、おまけに女の頸の辺りに、犬の鼻の様な臭いがしている。

私は恐ろしくなって、もう帰ろうと思い出した。すると女がにこりと笑って、私のうしろから頸に腕をかけた。女の温りが私の肌に伝わって、何とも云われない程温かい。外には風の音も止んで、辺りは静まり返っている。ほかの女は何時の間にかみんないなくなってしまって、ただ一人の女が私のからだに絡みつき、私は段段気が遠くなって、この儘眠ってしまおうかとも思いかけた。すると例の男がこちらを向いて、また愛想笑いをしている。それから汚い舌を出して、今迄いろんな物を食っていた口の廻りを舐《な》め出した。そうして私の方をまともに向いたまま、いつ迄も口の廻りを舐めてばかりいるので、私は気味がわるくなって、私の顔を舐めに来るのではないかと思った。すると、女が私の頸を抱えている腕を急に締めて、片方の腕をにゅっと私の前につき出した。その手の甲から手首にかけて、もじゃもじゃと黄色い毛が生えていた。

私はどんなにして逃げ出したかわからない。知らない道を、夢中になって走って、漸《ようや》く立ち止まった所で、振り返って見たけれど、方角も見当もたたなかった。町の中には温かい風が退儀そうに吹いていた。顔に当たって、うなじに廻る風の長さがわかる様な気がした。月の落ちた長安の闇に、影絵の如く立ち並んだ屋根の辺りから、猫の毛を吹き散らした様な雨が、ふわりふわりと降って来た。

鯉

私は恐ろしいものに追掛けられて、逃げ廻っていたらしい。暗い空が低く覆いかぶさって、遠くの方に何ともわからない響きが聞こえている。広い野原の中に私の外だれもいなかった。時時日昼《ひかげ》が見えそうになっては、またそのままに陰ってしまう。すると辺りがその度毎《ごと》に、今までよりもなお一層暗くなるらしかった。道の色も暗く、向うに見える山の陰は夜よりもまだ暗かった。

遠くの響きが段段弱くなって行くようだった。私は何時からこの野原を歩いているのだか解らない。けれども私が恐ろしいものに追われていた時は、もっと大きな響きが聞こえていたらしい。それが次第に遠ざかって行って、又時時止んでしまう事があった。すると広い野原は何の物音も聞こえなかった。辺りが森森と静まり返って、大地も空も次第次第に縮まって来る様に思われた。私は何物かにつかまっていたい様な気がする。するとまた遠くの方から、わからない響きが伝わって来た。それを聞くと、私はほっとした様な気持になった。そうして、その響きは恐ろしかった。

山の峰がいくつも続いて、低く垂れた空に食い込んでいた。そうして暗い山は暗さを増すと共に、段段にふくれて、野原の方へひろがって来るらしく思われた。

私は山の方に向かって、ただあてもなく野原を歩いて行った。野の果てから果てまで続いた恐ろしい山の形が、辺りの暗くなるに従って、刻刻にその姿を変えた。大きな獣が幾匹も蹲踞《うずくま》って、暗い空を仰いでいる様でもあった。嶮しい峰の列《なら》びが、恐ろしい牙をむいて空に嚙みついている様でもあった。又は山全体が一つの大きな裂目に見えて、空と大地がそこから割れるのではないかとも思われた。しまいには山の彼方此方が、むくむくと動く様に思われ出した。そうして、いきなり一匹の大きな鯉になった。背中の鰭《ひれ》がそそり立って、低い空を刺していた。尻尾は恐ろしい崖になって、暗い空に、はね上がっていた。

辺りはもう日が暮れかけているらしかった。空が段段下に下がって来るように思われた。道の小石の色も黒ずんで来た。小川に映る空の色は、上にある空よりも暗かった。その内に、鯉の姿も次第次第にぼやけて、私はただ暗い屛風《びょうぶ》の様に行手をふさいだ山の方へ歩いて行った。すると山の陰に一ところ明かるいものが見え出した。ぼんやりした薄白い輪が急に明かるく、はっきりして来て、益《ます》々《ます》暗くなって行く空と大地との間に的礫《てきれき》と輝いた。私は早くそこ迄行きたいと思った。山に近づくに従って、恐ろしい響きも次第に遠ざかって行った。

山の麓に一筋の川が流れていた。水は柔らかい塊りの様にふくらんで、音もたてずに山の影を流していた。狭い橋の上には気味の悪い風が吹いていた。風は川の中から吹き上げて暗い山に入るらしかった。私は風の中を馳け抜けるようにして坂を上がった。

とうとう山の中腹にある明かるい穴の入口に来た。眩しいような光りが一面に漲《みなぎ》っていて、穴の向うは空とも水ともわからなかった。途中で今来た野原の方を振返って見たら、うしろの空は真暗だった。そうして足許《あしもと》の石に私の影がはっきりと写っていた。その影は私が動けばついて来るけれど、不思議な形で妙に長くて、私の影の様ではなかった。

穴の外は大きな湖だった。きれいな水が一面に輝いて、廻りを明かるい山が取り巻いている。すがすがしい空に薄い白雲がたなびいて、岸によせる漣《さざなみ》は絵のように美しかった。

私は暫らくその岸に起っていた。柳のような樹に白い花が咲きこぼれていた。風が吹くとその樹が風情をつくって、所所の白い花が散った。

広広とした湖の面は澄み渡って、明かるい水が空の白雲に映えていた。すると遥か遠くの沖の方に、鯉が一匹あざやかに泳いでいるのが見えた。鱗の光りが一枚一枚見別けられる様にはっきりしていた。そうして広い湖の中には、その鯉の外に何の魚もいないらしかった。その鯉が私の方に泳いで来て、私の前で色色の様子をして見せた。湖の底の白い砂に鯉の影が写っている。それから鯉がまた向うの方へ行ってしまった。空を見たら白い雲にも水の中の鯉の姿がはっきりと映っていて、湖の中の鯉が動くに従い、雲の中の影も彼方此方と泳ぎ廻った。私は非常に心を牽《ひ》かれて、水の中の鯉と底の影と雲の中の影とを飽かず眺めていた。

そのうちにまた鯉がこちらへ泳いで来た。私は岸に起って待っているような気持になった。近づいたのを見たらさっきよりもその姿がなお美しく思われた。私が起って居るところの前を泳ぎ過ぎて、少し離れた岸に近く泳いでいる。そちらに来いと云っているらしく思われるので私は白い花の咲いた樹の間を通って、岸を伝った。私が近づくと、鯉は暫らく色色の姿で泳ぎ廻った後、また底の白い砂と空の白雲とに影をうつして、遠くの方に泳ぎ去った。私はどこまでも見えるその姿を見つめながら、湖の岸をいつまでも離れなかった。

空は何時迄も明かるく、湖の面もはればれとしていた。私は長い間鯉が近づいたり遠ざかったりして泳ぎ廻るのを見ていた。鯉が近づく毎に、前よりも一層その姿が私の心をひくらしかった。又鯉が私の起っている所より離れた辺りで泳ぐのを見ては、こちらに来いと云っているのがはっきりと解る様な気持になって来た。そうして私は次第に湖の岸を伝って遠くの方まで歩いて行った。どこから見ても、湖の景色は同じ様だった。白い花も尽きなかった。私は外のことは何も彼もみんな忘れてしまって、ただ鯉の近づくのを待ち、その姿を眺めていた。鯉は浅く、漣《さざなみ》をからかう様に泳いで来ることもあった。柔らかい水をえぐる様に、深く泳ぎ廻ることもあった。尻尾を水面に残して底にもぐる姿を見ては、堪らなく可愛いと思った。いきなり頭を水の外に出す時は、すぐに行ってつかまえてやりたい様な気がした。水の中に、ひらりと腹を返すのを見ると、私の胸がどきどきした。勢いよく水の外に躍り上がって、そうして再び底に沈むのを見る毎に、私も一緒に水の中に飛び込みたくて堪らなくなって来た。

流渦

私は一人で女の帰るのを待っていたけれど、女は中中《なかなか》帰って来なかった。次第に夜が更けて、風も静まり、辺りが森閑として来た。私は女がどこで何をしているかと色色考え廻している内に、段段腹が立って来た。女は外へ出たら何をするかわからない。何処かの座敷で私の知らない男と、ひそひそ話をしているらしくもあり、又私と一緒に通った事のある道を、外の男と寄り添って歩いている様にも思われた。

私は柱に凭《もた》れて、向うの壁の一所を見つめながら、じっとしていた。顔が少しずつ、むくれて来て、段段に大きくなる様に思われ出した。帰って来たら、何と云って怒ろうかと思う丈で、もう腹が立った。そうして、何か得体の知れない物音が、時時どこかで微かに聞こえる度に、私は飛び上がる程、吃驚《びっくり》した。

それから私は長い間待っていた。女は何時迄たっても帰って来なかった。そのうちに、私は腹が立って、ひとりでに歯ぎしりをする様な気持になったり、又何だかわからない熱いものが咽喉の奥から出て来て、口の中じゅうに拡がるように思われたりした。すると私は急に顎の裏や、頬の内側がくすぐったくなって来たので、舌で撫《な》でるようにして見たら、口の中一杯に、毛が生え出しているらしかった。私は驚いて、口の中に指を突込んで見たら、柔らかな湿《ぬ》れた毛が、口の内一面に生え伸びていた。そうして、まだ段段伸びて来そうだった。もっと長くなれば、仕舞には脣の外にのぞくかも知れない。女が帰って来て、私に接吻しに来たらどうしようかと思った。すると又、急に女が今どこかで、何人かと接吻している様な気がした。すると又、咽喉の奥から、熱いものが出て来て、口の中の毛が少しばかり伸びた様に思われた。

私はいらいらするような、恐ろしい様な気持になった。女の事よりも口の事が気にかかり出した。そうして女の事を毛の生えた口と一緒に考えると、なおの事じっとしていられなくなった。長い間、私は起ったり、坐ったり、口の中を撫でたり、鏡を見たりした。鏡にうつる私の顔が、何だか思い出せない獣に似ている様に思われたりした。不意に表を流れている川の水音が聞こえたり、又聞こえなくなったりした。渦の潰れる音が、流れに乗って遠ざかって行くのが解るようにも思われたりした。その内に、急に又女の事が気にかかったり、口の毛が心配になったり、又は、そんな事はどうでもよくて、何だか辺りに緊《しま》りがなくなって来る様にも思われたりした。部屋の中が何となくぼやけて、外の闇もふわふわと揺れているらしく思われて来た。

するといきなり襖《ふすま》が開いて、女が帰って来た。廊下の足音も、入口を開ける音も聞こえなかった。いきなり私の前に坐って、惚れ惚れする様な姿で、お辞儀をした。「只今」と云った。そうして上目で私の顔を見ている様子が、可愛くて堪らなかった。「どうもすみません。とうとうあの人に会ってしまったの」と又女が云った。私はびっくりして、聞き返そうと思ったけれど、一生懸命に口をつぶっていた。「どうかなすったの、お怒りになったの、あんまり遅かったもんだから」何だかそんな事を云ったらしかった。そうして段段私の方に近よって来た。それから、「二人で泣いて来たの。しまいには後向きになって泣いたのよ。おほほ」と云った。私は黙っていられなくなって、一言聞きただしたいと思ったけれど、矢っ張り一生懸命に口をつぶっていた。「もうこれきり会えないんですかって泣くんですもの。でも一度は云わずにすまない事だから仕方がないわ。ねえ、だからもうこれでいいよいよ」女が次第に私の方に近づいて来た。私はもっともっと聞きたくもあるし、逃げたくもあるし、もじもじしていた。

すると、急に女が起ち上がった。馬鹿に脊が高くなっている様な気がした。そうして私の方に歩いて来るらしい。私は吃驚して、起ち上がった。その拍子に、女はいきなり私に抱きついて、私の胸に顔を埋めながら、こんな事を云い出した。

「あなたは怒っていらっしゃるんでしょう。いいわ。人がどんなつらい思いをして来たか知りもしないで。むうむうして口も利かないんですもの。癪《しやく》にさわるなら、さわったで何とか仰《おつ》しゃい。けだものの様に押し黙ってしまって。おおいけ好かない」

そう云いながら女は益《ます》益《ます》私を固く抱き締めた。私は身もだえしたけれど、女は中中《なかなか》離さなかった。そうして、胸から顔を離して、私の顔を仰ぎ見た。私は女の美しい顔に見入って、他の事を忘れかけた。すると、女がいきなり、

「あらっ」と云った。そうして、私を突き離す様にして、襖の方に逃げ出した。

「いやいやいや」と云いながら、何かに躓《つまず》いた拍子に、私の方を振り返った顔を見たら、真青だった。

私は夢中になって、女を呼び止めようとした。すると咽喉の所に何かつかえた様になって、犬が狼泣きをする様な声しか出なかった。その声をきいたら、私は女も何も忘れてしまう程恐ろしくなった。そうして、出かけた声は止めようとしても、中中止まらなかった。何時の間にか口の中の毛が伸びて、脣の両端から覗いた尖《さき》が、顎の辺りまで垂れていた。

水鳥

水車尻の川の広くなったところに、大きな椎の樹が、片側の岸から覆いかぶさっていた。その影の流れる辺りは水の色が暗かった。私は川波のひたひたと寄せる砂岸に起って、長い間水面を見ていた。嘴《くちばし》の赤い水鳥が一羽、さっきからその辺りを泳ぎ廻っていた。椎の樹の陰になったところに、小さな渦巻があって、水鳥はその周りを泳いだり、時時渦の上を渡ったりした。川上から、水車の油と糠《ぬか》との臭いが伝わって来る事があった。その臭いを嗅いで、水鳥の遊ぶのを見ている内に、急に水鳥が可愛くて堪らなくなった。一寸《ちよつと》でいいから、その柔らかそうな胸を抱いて見たくなって、しまいに岸から下りて、川の中に這入《はい》って行ったら、何時の間にか私も水鳥の様に水の上に浮いていた。強い流れが間を置いて、私の胸を打つのが快かった。相手の水鳥は、始めのうちは私に構わないで、小さな渦を越したり、流れて来る藁屑を嘴で拾ったりして遊んでいたが、何時の間にか段段に私から離れて、川下の方へ流れるように泳いで行き出した。

　川尻は暗い大きな藪と藪との間を通って、その向うを流れる大川に注いでいた。大川は一面にきらきらと輝きながら、盛り上がった様に高くなって流れている。水鳥は私の方を見向きもしないで、次第に川尻の方に流れて行って、大川に出るつもりらしかった。片側の藪の岸に生えたひょろ長い草の葉が、水の上に覗き出して、葉の尖《さき》を小さな波に躍らしているのが、此方から影絵のように、はっきりと見えていた。水鳥がその傍まで行って、その葉の尖を嘴でくわえたり、離したりした。私は益《ます》益《ます》その鳥が可愛くなって、その傍に泳いで行きたいと思った。

　藪の間の水は冷たかった。水車の音が藪の中に響いて、木魂《こだま》を返すのが妙に恐ろしかった。向うに大川の水が白く光っていて、竹の葉裏にその影がさしていた。水鳥は段段に大川の方へ出て行くらしい。私も後をついて行くと、急に目がぎらぎらして、大きな波が胸にあたった。向う岸には、お城の天守閣が聳《そび》えて、お城下の淵にその影を涵《ひた》していた。水鳥が川の真中に泳いで出るから、私もついて行くと、辺りが広広して、岸が遠くなり、思わず知らず大きな息を吸う様な気持がした。

　そうして私は何時までも水鳥と並んで泳いでいた。川下の大橋を渡る車の響が、時時水を伝わって聞こえたり又止んだりした。相手の水鳥は、私から逃げるのでもなく、私を待つのでもなく、ただ、すいすいと泳いで川下の方に行くらしい。私はこうして一緒に泳いでいるだけでも、うれしいと思った。しかし、もっと傍に近づいて、身体をくっつけたかったので、その後を追う様にすると、水鳥はずんずん先に泳いで行ってしまって、中中《なかなか》一緒になれなかった。それでも私は別にあせるでもなく、何時までも、ぼんやりした気持で、流れにまかせて泳いでいた。

その内に気がついて見ると、両方の岸が次第に低くなって、川幅が馬鹿に広くなって来た。そうして水が段段に高くなるのが解るような気がした。すると両方の岸に、今まで何人もいなかったところへ、大勢の人がむくむくと湧き出す様に現われて来て、何だか頻《しき》りに騒いでいるらしかった。空にも無数の鳥が何処からか飛んで来て、水の上に低く降りたり、又塊まって遠くの方へ行ったりした。

水嵩《みずかさ》が増すにつれて、相手の水鳥は元気がよくなるらしかった。長い頸を前後に動かし、時時は水の中に漬けて、その雫を勢よく撥《は》ね散らした。何時の間にか空が曇って来て、水の色は今迄のように、きらきらと輝いてはいなかった。大きな泡が幾つも幾つも続いて流れて、時時私の身体にあたって潰れる時は、泡の中から泥臭いにおいが出て来た。

岸にいる人の数が次第にふえて、辺りが非常に騒騒しくなった。水嵩は益《ますます》高くなり、両岸をひたして、橋を浮かす程になって来た。空の雲が低く垂れて来て、水の上におおいかぶさり、風がつのって藪が轟轟《ごうごう》と鳴った。

その時、相手の水鳥は、急に水の上に起ち上がるような様子をした。羽根を一ぱいにひろげて、ばたばたと水を搏《う》ち、その勢で、大きな泡を潰しながら、川下に向かって泳いで行った。私は急いでその後を追った。辺りが騒がしくなり、川が次第に膨れ上がって来るに従い、私は益《ますます》水鳥が可愛くて堪らなくなった。

そうして水嵩は愈《いよいよ》増して、もう両岸も水の下にかくれ、橋も流されてなくなり、それから藪も次第に沈んで行って、見えなくなった。私は段段に身体が高く浮かぶにつれて、岸の向うにあった家家の屋根が沈み、立ち樹が浸されて行くのを見ていた。しまいには、お城の石垣がかくれて、天主も沈んでしまった。そうして、どこ迄も一面に広広とした海のようになって、処処《ところどころ》に浪の騒いでいるのが見えるばかりだった。岸に集まっていた人も、空を飛んでいた鳥も、みんないなくなってしまい、ただ見果てもない水の上に、私と相手の水鳥とが浮かんでいるばかりだった。

私はこうなっても、まだその水鳥が可愛くて堪らなかった。こんなに水嵩が増して、何もかもみんな沈んでしまう様になったのも、何となく私にかかわりがある様な気がして、恐ろしかった。しかしそう思えばなおの事、私は相手の水鳥が可愛かった。私はどうかして水鳥の傍に寄り添い、その柔らかそうな身体を抱いてやりたいと思いつづけた。そうして何時までもその後を追って止めなかった。水は次第に高くなり、空は益低くなった。そうして空と同じ広さにひろがった水が、矢張りそのままに、ぐんぐん流れて行く様に思われた。空も水につれて一緒に流れて動くらしかった。

それから、長い間私は水に浮かんでいた。過ぎ去った事は、なんにも思い出せなくなってしまって、ただ傍にいる水鳥のことばかり思いつづけた。何故こんなに可愛いのだか解らなかった。けれども、私はどうしてもこの水鳥を自分のものにしなければならないと思った。又そうすれば、この恐ろしい水も引いて、もとの通りに岸も藪も現われて、私達はまた水車尻の川に帰って行かれる様な気がした。私は一生懸命に水鳥の後を追って泳いだ。水鳥は矢張り私に構うのでもなく、又逃げるのでもなく、何時までも休まずに、ただ泳ぎ続けるばかりだった。

その内に、遠い水の上が暗くなりかかって、その暗い影が水の上を這い、空の雲にもひろがった。もう夜になるらしかった。処処に躍り上がる様になって騒いでいる波の色も、見る見る内に暗くなって行った。私は次第に心細くなって、もう帰りたいような気もし出したけれど、何処に帰るのだか解らなかった。辺りが暗くなるにつれて、水は益《ますます》高くなり、空と水とすれすれに低く垂れ下がって来た。私は息苦しく、又相手の水鳥が堪らなく恋しくて、ただぼんやりと泳いではいられなかった。

すると、急に暗くなりかかった遠くの水と空の間から、大きな山の様なものが、幾つも幾つも此方に近づいて来た。水の上に暗い影を走らして、低く垂れた空の皺を千《ち》切《ぎ》り取るようにうねりながら、次第に此方に迫って来るものを見たら、それは話に聞いた事もない様な大きな浪だった。まだその浪の来ない内から、私の浮いている水が、底の方からゆらゆらゆらと揺れ始めたのが、私の身体に感じられた。私は恐ろしくなって、何処かへ逃げたいと思った。浪の来ないうちに、早く遠くへ行きたいと思ったけれど、相手の水鳥を残して行く事は出来なかった。水鳥は、私の事は構わないらしく、その波の方を見ながら、頸を高く伸ばして、はたはたと立ち泳ぎをした。見る見る内に辺りは暗くなった。恐ろしい浪は、もう間近まで打ち寄せているらしかった。雲が下りて水を押えているのが、息苦しさで解るように思われた。

山高帽子

私は厠《かわや》から出て来て、書斎の机の前に坐った。何も変った事はないのに、何だか落ちつかなかった。開け放った窓の外に、夕方の近い曇った空がかぶさっていた。大きな棗《なつめ》の枝に薄赤い実がなっている。私はその実の数を数えながら、何となく頻《しき》りにそわそわした。今出て来た厠の中に、何人かいる様な気がした。何人かが私を待っているらしく思われた。

家の中には私の外に、誰もいなかった。みんな買物や使いに出たきり、まだ帰って来なかった。近所の家から、何の物音も聞こえなかった。日暮れが近いのに辺りは静まり返っていて、ただ遠くの方で、不揃いに敲《たた》く法華《ほっけ》の太鼓の音が聞こえるばかりであった。私は淋しい様な、どこかが食い違った様な気持で、頻りに厠の中を気にした。

その時、窓の外の、庇《ひさし》を支えた柱を、家《うち》の猫が逆に爪を入れながら、がりがりと音をたてて下りて来た。そうして私の向かっている窓の敷居に飛び下りて、こちらを見た。私がじっとその顔を見ていると、猫は暫らくそこに起ったまま、私を見返して、それから、何か解らないけれども、意味のあるらしい表情をして、そうしてふと目を外らすと、そのまま開け放してある入口の方に行った。私はその後姿を見て、いやな気持になった。猫は短い尻尾を上げたり下ろしたりしながら、廊下を向うの方へ、そのそと歩いて行った。私は段段不安になって、早くどうかしなければいけない様な気がし出した。猫はその廊下を突き当って、左に曲がるらしい。曲がった所に厠がある。

「一寸《ちよつと》待て」と云う声が、私の咽喉から出そうになって、私は吃驚した。そうして、水を浴びた様な気がした。

するると、猫が立ち止まって後《うしろ》を向いた。私の方を見ながら、二三歩返って来た。

「何だ」と云った様に思われた。

「この野郎」と思うと同時に、私は夢中で机の上の文鎮を取り上げた。すると猫はその途端に廊下の向うで一尺許り飛び上がった。そうして、その儘一方の庭に下りて、何処かへ行ってしまった。

私は文鎮を握ったまま起ち上がった。猫の歩いた廊下を歩くのがいやだった。

廊下の突当りまで行って見ると、さっき出る時、閉めておいた筈の厠の外側の戸が少し開いている。

「おや」と思った拍子に、ふと後を振り返ったら、塀を隔てた隣りの庇《ひさし》の上に猫がいて、此方《こちら》を見ていた。私は急いで厠の中に這入《はい》って見た。内側の戸はちゃんと閉まっていた。そうしてその中の、閉め切った窓の磨硝子《すりガラス》の面に、恐ろしく脚の長い蚊蜻蛉《かとんぼ》が一四、脚を曲げたり、羽根をぶっつけたりしながら、頻りに外に出たがっていた。私が片手で窓の硝子を開けると、蚊蜻蛉は、あわてた様にその格子の間から飛んで行った。

私は厠を出て、自分の部屋に帰って来た。もう隣りの庇に猫はいなかった。間もなく家の者が前後して帰って来た。そうして、気がついて見ると、近所の家からも色色の物音や人声が聞こえていた。

夕食の膳《ぜん》についた時、猫はどこからか帰って来て、穏やかな顔をして片隅に坐っていた。外には雨がざあざあと降っていた。

私は毎朝学校に出かけて行くのが、段段億劫《おっくう》になった。教授室に集まって来る同僚の顔を見るのも面倒臭く、教室で見る学生の顔は一層うるさかった。なるべく教室に出る時刻を遅らし、そうして時限の前にどんどん帰ってしまう様になった。

道で擦れ違う人の顔も、電車の中で向う側の腰掛に並んだ人の顔も、どれを見てもみんな醜くて、薄っぺらだった。

人ごみを逆に通り抜けると腹が立った。だから道を通る時は、なるべく左側を守って、人の後姿ばかり見て歩くようにした。その癖そうして行くうちに、どうかしてその人を追い越す時は、きっと後を振り返って、その顔を見なければ気がすまなかった。すると何人でも申し合わせたように、急に鋭い目を輝かして、私を見返した。

そうして家に帰ると、じっと自分の机の前に坐りつくして、夜になるとじき寝てしまう。大儀になれば、昼のうちからでも寝込んでしまう。

もと支那人の合宿所だったとか云う借家なので、間取りの工合が変だった。二階は一間きりで、それが十二畳半だった。縁側の敷居の真中にある柱は、板の覆いで包んであり、畳は高低がそろわなくて波が打っていた。その座敷の北窓に近く寝床を敷いて、私は昼でも、夜でも暇さえあれば、ぐうぐう寝ていた。そうして又寝床に這入りさえすれば、いくらでも寝られた。家の者から、この頃は恐ろしく大きな鼾《いびき》をかくと云われて、それを聞くたびにいやな気持がするのだけれど、しかしその声は、いつ迄たっても、私の耳に聞こえるわけはなかった。

どんなに早く寝ても、朝は起こされなければ目が覚めなかった。そうして、いつも寝不足の気持で学校に出かけた。

同僚の顔が、段段きたなくなる様に思われた。偶然向かい合せに坐っている相手の顔をつくづく見ていると、どう云うわけでこんな顔なのだろうと思い、急に吹き出したくなる事が屢《しばしば》あった。

「何です」と、ある時相手の男がいやな顔をして云った。

「そう聞かれると困るんだけれど」

私はそれだけ云って、こみ上げて来る笑いを制する事が出来なかった。「君が小汚い顔をしてこっちを向いてるもんだから」

その、年の若い教師は、少し顔を赤くして云った。

「青地さんはこの頃少しどうかしているんですよ。大丈夫ですか」

そこへ別の同僚が仲間入りをした。

「面白そうですね、何です」

「青地さんが僕の顔を見て、いきなり笑い出しちゃったんです」

「成程ねえ、可笑《おか》しな顔だ」

「どこが可笑しいんです」

「何処って云う事もないが」私が説明した。「目でも鼻でもちゃんと当り前の方に向いて納まってるからさ」

若い教師は頭を抱えて、他の席に逃げてしまった。その後へ今の、も一人の同僚が坐って、私と向き合った。

「貴方の顔は長い」と私が云った。

「貴方の顔は広い」相手は負けていなかった。

「一月ぐらい前から見ると、倍ですよ」

私は自分の事を云われたので、漸《ようや》く笑いが止まった。同時にあぶくが潰《つぶ》れて、苦い汁が出た様な気がした。

「寝てばかりいるから太るんですよ」と真面目になって説明した。

「いやいや、それは太ったと云う顔ではありません。ふくれ上がっているのです。はれてるんです。むくんでるんです」

私は思わず自分の顔を撫でた。

「そう。もう一息で、のっぺらぼうになる顔です」

相手はそう云って、椅子の背に反り返った。

その晩、私は顔の長い同僚に宛てて手紙を書いた。その文案を練る為に、学校から帰って丸半日を潰したのだった。

「長長御無沙汰致しましたと申し度いところ長ら、今日ひるお目にかかった計りでは、いくら光陰が矢の如く長れてもへんですね。長長しい前置きは止めて、用件に移りたいのですけれど、生憎《あいにく》なんにも用事長《がな》いのです。止むなく窓の外を長めていると、まっくら長《なか》ラス戸の外に、へん長らの著物を著た若いおん長たっているらしいのです。びっくりして起ち上がろうとすると、女は私の方に長し目をして、それきり消えました。私はふしぎ長っかりした気持がしました。同時に二階の庇《ひさし》でいや長りがりと云う音が聞こえました。おん長のぞいたのは、家の猫のいたずらだったのでしょう。秋の夜長のつれづれに、何のつ長りもない事を申し上げました。末筆長ら奥様によろしく」

私はこの手紙を書き終ると、自分で近所のポストまで出しに行った。そうして、そこいらをぶらぶら歩き廻って来た。出してしまった後までも、その文章は、繰り返し繰り返し頭の中に甦って来て、歩きながらその妙味を味わうのが愉快だった。

翌《あ》くる日は、私の学校に出ない日だった。その次の日に、教授室で手紙をやった同僚にあったら、

「あのお手紙には一本まいりましたね。しかしそんなに長いですかねえ。自分では立派に均斉が取れてるつもりなんだけれど」

「立派な芸術ですよ。だから」

「解りました、解りました。だからars longaだと云うのでしょう」

そんな事を云って、面白そうに笑った。

後になって聞いたら、その同僚は、私の懇意なある先輩に向かって、「青地さんは用心しないといけませんよ。どうもあの偏執するところが当り前じゃありませんね」と云ったそうだ。

私は、そう云う事に、素人の知ったかぶりを振り廻されるのは随分迷惑だった。そうして、何とも云われない、いやな気持がした。

十二月の初《はじめ》に細君の妹が死にかけた時、その病院の前の蕎麦屋《そばや》の二階で、私と細君とが話しをした。ひとりでに声が小さくなって、ひそひそ話になった。

「どうして、昨夜はあんな事を云ったのでしょう」

「どんな事を云った」

「聞いていらしたのではないんですか。お台所の戸棚に鱈《たら》の子があるから、兄さんに上げて下さいって」

「兄さんて己《おれ》の事かい」

「そうらしいんですの。そう云ったきり又寝てしまったから、よく解らないんですけれど、中野の兄の事ではないと思いますわ。だけど、うちに鱈の子なんかあったか知ら」

「有るじゃないか」

私がそう云ったら、細君が私の顔を見た。それよりも、私自身が、云った後で吃驚《びっくり》した。鱈の子があるかないか知りもしないで、うっかりそんな事を云ってしまった。

「どうしたんだろう」と云って、私は苦笑いをした。

「この二三日ろくろくお休みにならないから、きっと神経衰弱ですわ」

「ぼんやりしてるんだね。しかし本当にもういけないのだろうか」

「今日はお午過《ひるす》ぎから目に光沢《つや》がなくなっていきます」

「見える事は見えるんだろうね」

「どうですか。私達を見てるようにも思うんですけれど、何だかよくわかりませんのね」

その時、急にチャブ台の上の電気がついた。

しかし外にはまだ夕方の変に明かるい光が残って、屋根瓦の重ね目の陰を、一つ一つ墨で描いた様に濃くしていた。

「それに、小鼻の形が変って来たように思うんですけれど」

細君は、片手でそろそろ丼を重ねていた。

「十九で死んでは可哀想だな」

「でも事によると、もう一度は持ち直すかも知れないと云う気もしますわ」

「何故」

「何故って」

「駄目だよ」

私は真蒼《まつさお》になって細君の顔を見た。それと同時に、細君の「あれ」と云う声が、引く息で聞こえた。そうして丼が二つに破《わ》れていた。

「駄目だよ」と云ったのは、私ではなかったのだ。

「それは君が云ったのさ。しかしそれにしても危《あぶな》いね。自分の考えていない事をいきなり云ったり、自分の云った事が他人の声に聞こえたりするのは、もうそろそろ本物だよ、君」

野口はそう云って、恐ろしく指の長い両手を、くねくねと変なふうに揉んだ。彼のまわりには、帯封をしたままの雑誌や、綴じ目の切れた画帖などが乱雑に積まれて、その間にゴールデン・バットの函《はこ》が五つも六つも散らかっている。野口はその函から、手当り次第に巻莨《まきたばこ》を抜き出しては、又もとと違ったところへ投げ出して置くらしい。

「怖《こわ》いねえ、用心したまえよ」と野口が又云った。本当に怖そうな顔をしている。

「大丈夫だよ。どうも君にはこんな話は出来ない」

「だって君、今の話なんぞは、既に怪異や神秘の領域を超えているからね。君の奥さんだってびっくりするだろうよ。その時の君の顔を想像した丈でも僕はいやだね」

「しかしフラウもその声を聞いたと云うんだぜ」

「その声と云うのは君の声なんだ」

「そうじゃないよ。第一、僕の声を聞いて吃驚する筈がない」

「奥さんが驚いたのは君の顔附きさ。しかしだね、萬一本当に君が云ったのでなかったとしたら、一層怖くなるよ」

「だから恐れているのさ」

「いやいや君の云う意味とは違うのだ。もし本当に君の声でなかったとすれば、君には既に幻聴が現われているんだ。いよいよ本物だね、おどかしちゃいけないよ」

野口はそう云うと急に寒そうな顔をして、どう云う了見だか、机の向うにころがっていた麻姑《まご》の手を、一生懸命に手を伸ばして取り上げた。そうして無暗《むやみ》に振り廻している。


五六年前に死んだ祖母が、夜明けに餅を焼いてくれる夢を見たら、朝起きてから胃が痛かった。

それはつまり、寝ているうちに胃が痛んだので、そんな夢を見たのだろうと考えて見たけれど、そうでもないらしい。現にその前の晩寝るまでは何事もなく、又後で胃の痛み出すような原因を思い出す事も出来なかった。だから目がさめた後私はいつ迄もその夢にこだわり、なつかしい祖母がついそこに、襖《ふすま》の向うにでもいる様な気がした。祖母はしきりに餅を裏返しながら、もっとお食べ、もっとお食べと云って焼いてくれた。餅の焦げる香ばしい匂いが、まだ鼻の奥に残っている様に思われた。丁度年末の休み中だったので、私は午過《ひるす》ぎまで愚図愚図した揚句《あげく》、久し振りに祖母のお墓に行って見ようと思い出した。寒いので洋服を著て、洋服には必ず山高帽子をかぶる事にしていたから、山高帽子を被り、洋杖《ステツキ》をついて町外れの墓地へ行くうちに、今まで薄日の射していた空にすっかり重たそうな雲が覆いかぶさって、その雲の層の厚みが不揃なため、ところどころ赤味を帯びた陰が出来た。それが辺りの暗い雲に映えて、云いようもなく無気味だった。しかし、暫らく歩いている内に、その赤雲も忽《たちま》ち消えて、場末の往来は急に暗くなって来た。そうして思い出した様に吹く風に散らされたまばらな雨が、ぱらぱらと降り出した。私は墓地の入口まで行かないうちに、今日のお墓詣りは止めたくなった。それは雨の為ではなかった。しかし、鬱陶《うつとう》しい天気に致された所為《せい》か、段段に祖母の思い出が新らしくなって、いつの間にか瞼の裏に涙がたまっていた。私は急に気をかえて、墓地の外郭を斜にそれる道をどんどん降りて行った。そうしてその丘を背に負った銀杏《いちよう》の森の中にある大きな料理屋の前に出てしまった。

私は何の躊躇もなく、その中へ這入って行った。前に友人と何度か来た時の顔なじみの女中が座敷に案内した。家の中には、もう燈《あかり》が点いていた。

「入らっしゃいまし、今日《きよう》はお一人ですか」

私はその座敷に通ると、急に変な、はしゃいだ気持になった。墓参を止めて、こう云う所に来た事が、その気持をあおるらしい。

「いや、二人だ」

「お後《あと》から入らっしゃるのですか」

「そこにいるじゃないか」

「まあ気味のわるい。いけませんよ、そんな御冗談仰《おっ》しゃっては」

私は口から出まかせの出鱈目が止められなかった。

「ええと僕はこちらへ坐ろう。その手套《てぶくろ》のようなものを取りたまえ」

「まあいやだ、こちらは。どうかしていらっしゃるんですか」

私は急に女中の方に顔を向けて云った。

「心配するな、今日は少し鬱しているんだから、御馳走してくれたまえ」

女中は無気味な顔をして、下りて行った。

間もなく、今度はお神が火鉢とお茶を持って来た。女中が何か云ったらしい。

「入らっしゃいまし」

「今日《こんにち》は」

「何だか降り出しました様ですのね」

「そうらしいですね」

「お濡れになりませんでしたの」

「いや僕の方《ほう》には風が吹かなかったから」

お神が「はてな」と云う顔をした。私にはそう思われて、益《ますます》面白そうだった。

「お竹さんが気味わるがってるのですよ。何かおからかいになったのでしょう」

「ううん、冗談云ったのですよ。あの人は馬鹿だな、いい年をして。それでお神さんがいらしたのですか」

「いいえそんな馬鹿な、いつも入らして頂いているのに、じゃいつもの人達をお呼び致しましょうね、どうぞ御ゆっくり」

そう云って、お神は何でもない顔をして降りて行った。

いつもの人達は、今まで私達の席に二三度侍《はべ》った芸妓二人と半玉《はんぎょく》一人だった。

それから、女中がわざとにこにこした様な顔で、お酒を持って来た。

「小ゆかさんも小えんちゃんもいないのですよ。〆寿さんは今じき明きますから、間もなく伺いますって。こちらは、それでよろしいのでしょう」

「こちらはそれでよろしいけれど」

「お連れの方《かた》の思惑ですか」

「黙ってろよ、今折角」

「何ですの」

「又出て来たら、うるさくって仕様がないじゃないか。いやだなあ。いいよ。よせよ」

「まあ気味のわるい。本当に今日はどうかしていらっしゃるのね」

それから一時間許りも酒を飲んで、いろんな物を食い散らした頃、漸《ようや》く芸妓が来た。出ているると云った年下の方も一緒で、矢っ張りいつもの二人だった。

「さて」と私が云った。もう大分酔っていた。

「なに」と二人がきいた。

暫らくして、「変なのね、後を何も仰《おっ》しゃらないの」と年上の〆寿が云った。

「いや今、あんまり静かだから」

「それはこちらが何も仰しゃらないからよ」

「そうじゃない、この家の外《そと》が静かなのさ」

「本当ね、しんとしているわね」

「しんと云う音が聞こえるだろう」

「あら、そんな音は聞こえやしないわ。何も聞こえないから、しんとしてるのじゃないの」

「僕には聞こえるんだがなあ」

私はたて続けに二三杯酒を飲んだ。小ゆかと云う年下の方のが酌をしながら、私の顔をじろじろ見ている。

「何だかこちらは少しお肥《ふと》りになった様ね」

「ううんそうじゃない。顔が大きくなるのだ」

「どうしてですの」

「どうしてだか知らない」

「何だか今日は少し変なのね」と年上が口を出した。「下でお竹さんがそう云ってたわ」

「気違いなのか知ら」と小ゆかが面白そうに云った。

「気違いと云えば、あたし気違いさんに呼ばれた事があるわ。お二人連でいらしたのよ。一人の方《かた》がそうらしいの。あたし知らないもんだから、その方《ほう》の方へ御挨拶したのよ。そっぽ向いて、知らん顔してるじゃないの。それからいかがですってお酌しようとしたら、ひょいと頸を縮めて、左手でチャブ台の上に何だか英語の様な字を書き出したの、それが高高指《たかたかゆび》じゃないの。その恰好ってないのよ。あたし始めて、はてなと思ったわ」

「それからどうして」と小ゆかが乗り出した。

「お連れの方はただにやにやしていらっしゃるのよ。後でその方がお下《しも》にいらした時、あの男は少し頭が労《つか》れてるんだから、へんな事を云っても気にしないでくれって云うんでしょう。でも気にするわねえ。一緒に端唄《はうた》なんか歌ってくれって、気違いさん中《なか》中《なか》うまいのよ、一生懸命歌ってるかと思うと、不意に止《や》めて、鴉《からす》がいますねって話しかけるんですもの」

「鴉がどうかしたの」

「ええほんとに鴉が飛んだの、お昼のお座敷なのよ、だからお庭にでもいたらしいのね。その影がさしたら、もうそれで歌はお止めなの。あたし何だか気をつかって、つくづく労《つか》れてしまったわ」

「愉快だなあ」

私は小ゆかのお酌を受けながら、面白くなって来たので、大きな声を出した。

「あら又こちらは変によろこんじゃったのね」小ゆかが云った。「おつむりが少し労れていらっしゃるらしいわ」

「おつむりは今朝からじんじく痛んでる」

「順序よくって」

「順序よくじゃあない、じんじく痛いのさ。だから少しお酒でも飲んで見ようと思って来たら、早速気違いの話だろう。しかし気違いさんのおなじみは乙《おつ》だ。面白いね」

「ええ全くよ」〆寿は、私のやった盃を受けながら、云った。「それから後《あと》、まだ二三度も呼ばれましたわ、いつでもお二人なの、あぶないからでしょうね。そのうちに段段馴れて来て、いろんな事を云うんですの」

「どんな事を云うのだい」

「どんな事って、いろんな事を云うんですけれど、そんな時はちっとも変ったところなんかありませんわ。あなたのおうちは、どちらの方角だなんて聞きますの。それから、どこかの大学の先生だったらしいんですけれど、語学の先生って何を教えるんでしょう」

「語学って外国の言葉を教えるのさ」

「ああそうそう、そんな事云っていましたっけ、言葉は便利なもので、今私がお茶って云ったら、あなたはそこで先《ま》ず右手を動かして、急須の蓋を取り、左手でどうとかして、又右手でお茶碗を取って、それにお茶をついで、そうしてその右手で以てそのお茶碗を私の前に出した。お茶っと云った丈で、これだけの事が出来るとか何とか、そんな事を六ずかしい言葉で云うのでしょう。そんな事云われると、あたし一寸手を動かすのも気ぶっせいで困っちまうわ」

「面白いねえ」

「それはいいんですけれどね、困った事には何かと云うと人をつねるのよ。今の歌は気に入ったとか、あなたの様な人を妻にしたいとか、そんな事を云いますの。その度に、ぎゅっぎゅっと手でも膝でも、手あたり次第につねられるので、ひやひやしちゃうわ。その方《かた》に限らず、気違いと云う程でなくっても、何となく変なお客様ってちょいちょいあるものよ。そんな方《かた》はきっと人をつねりますのね」

「己《おれ》も少少つねろうかな」

「全くよ、こちらも少しはつねりかねない方《ほう》らしいわね。それからもう一つ、その方《かた》はいついらしても、山高シャッポなのよ。変なものねえ、お帰りの時の、その様子ったら、矢っ張りどこか変な方は、あんなものを被りたがるらしいわね」

私は、急に顔がつめたくなるのを感じた。しかし、それは決して相手の云った事を恐れたのではなかった。ただ、私の根もない冗談の引込みがつかなくなったに過ぎないのだ、私には、そんな事を気にする理由は、勿論何もなかった。

「己だって山高帽子だぜ」

私は帰る時にわざわざ披露した。

「だってこちらはお立派よ」と年下の方が取りなす様に云った。

私は昔から山高帽子が好きで、何処へ行くにも被り廻った。

私の卒業後、最初に奉職した学校が陸軍の学校だったので、服装の点が特に八釜しく、その当時から山高帽子をかぶり始めたのだった。

就任匆匆《そうそう》、主任が私に申し渡した。

「本校教官の制服はフロック・コートが原則でありますが、平常はモーニング・コート、或《あるい》は地味な色であるならば背広服を著《き》られても大目に見ます。しかし帽子、ネクタイ等萬事そのお心掛けを以て、不体裁にわたりませぬよう」

そうして、現に毎日フロック・コートを著て来る老教官が二三人はあった。モーニング・コートの若い教官もいた。窮屈な学校だなと思ったけれど、それから何年かいるうちに、私にも漸《ようや》くフロック・コートやモーニング・コートの味が解って来た。背広だとずぼんのお尻が抜けたら最後、それっきり著られなくなるけれど、フロック・コートやモーニング・コートなら、どんなに大きな穴があいていても、中からワイシャツの裾が食《は》み出《だ》す程になっていても、その不体裁を曝《さら》す事なく、なお厳然たる威容を調《ととの》えることが出来るのだった。

同様に、古くなっても平気でかぶれるのは山高帽子であった。それに、その学校では、講堂まで帽子をかぶって行く規則なので、埃だらけの教壇の机の上に乗っけて惜し気もなく、又そこに据えて眺めた形も、俗な中折型より山高帽子の方が、遥かに雅味があった。

その当時から私は常に、背広を著た時でも山高帽子をかぶるのが癖になった。被り馴れて見ると、非常に気持のいい帽子だった。

それから又山高帽子なら山高帽子ときめて置かないと工合の悪い事もあった。校門の出入に門衛の小使が一一起立して敬礼する。それに答える時、幾日か山高帽子をかぶった後《あと》、急に中折帽で行くと、うっかり鍔《つば》に手をかけて帽子を脱ごうとする。手ごたえがなく、ぐにゃぐにゃとなるので、あわてて天辺《てっぺん》の折り目を探さなければならない。そうかと思うと、又中折帽に馴れて、その折り目を摘まむのが癖になると、今度は山高帽子をかぶった時、丸い山に指が辷《すべ》って、うろたえてしまう。

それで私は一切山高帽子にきめて、後《のち》には学校に限らず、どこに行くにも、凡《およ》そ洋服を著る限り、必ず山高帽子をかぶるようになった。

「それが抑《そもそ》も可笑しいのだよ」と野口が誰かに云つたと云う話を聞いた。「山高帽子と云う奴はあぶないよ。二重橋からどんどん這入って行って、お廻りさんの御厄介になる連中を見たまえ、みんなきまって山高帽子を被ってるから」

その事を私に伝えた人が、笑いながらこんな事を云った。

「野口君は又無暗《むやみ》にそんな事を気にする性質《たち》だからね、僕もまさかとは思ったけれど、しかし君にしても、そう云われて見れば、あんまり安心の出来る人でもないんだから、実は少少心配してたのさ。まあそんな風でもなくて安心しましたよ」

「冗談じゃない」と云って、私は無理に笑った。笑うより外に、私は挨拶の仕方がなかった。

その陸軍の学校に広い中庭《ちゅうてい》があった。四辺を同じような二階建の寮舎と講堂とで取り巻かれた長方形の空地で、その狭い方の差し渡しでも、こちらの廊下から庭を隔てた向うの廊下を通る人の顔などはわからない位だった。長い方の距離はその三倍くらいもあった。

数年前の一月のある朝、薄い雪が降り出して、人の踏まない道端や、風を受けた側の屋根だけが、見る見るうちに白くなった。私は何かの都合で、その日は学校の裏門から這入って行った。裏門の方から私達の控室に行くには、その中庭を斜に渡るのが一番近道だった。中庭には今降ったばかりの雪が美しく積もって、まだ人の足跡もなかった。ところどころに残っている枯草の株も隠れて見えなかった。

私はその浅い雪をさくさくと踏んで、中庭を五六間も歩いたと思う時、不意に何とも知れない恐怖を感じて立ち止まった。いきなり足が竦《すく》んで動けなくなった。広い海の真中に一人浮かんだ様な気持だった。顎に迫って来る波が、目の高さにきらきらと光っている様に思われた。

私は最早一歩も先に進む事が出来なかった。進むどころではなく、じっとしていても倒れてしまいそうだった。

私はあわてて後に引き返した。そうして、三角形の二辺にあたる廊下を廻り道して、自分の控室まで来た。胸の動悸はいつ迄も静まらなかった。

煖炉《だんろ》の傍で、その話をしていたら、仏蘭西語《フランス》の教官の小林が云った。

「私なんぞはいつだってそうですよ。一人であの中庭を歩いた事はありませんね。それに今日は又特別ですよ。雪が積もって目印がなくなってるから、平生《ふだん》の広さの何倍にも感じるのですよ。しかし、それにしても、今のお話では、君にも矢っ張り広い所を恐れる傾向はあるらしいですね」

「僕はしかし今日のような気持は始めてですよ」

「尤《もっと》もそれも程度問題で、誰だって広い所は怖いに違いないけれど」

「そんな馬鹿な」と傍の同僚が口を出した。「僕なんざどんな広い所を歩いたって平気だ。広いところが怖いなんて、聞いた事がない」

「それはまだ君がその経験をしないからだ」と小林が云った。「私なんざ練兵場を入口から見ただけでも、いやな気持がする」

「どうも可笑《おか》しいな、高い所なら誰だって怖いけれどね」

「何それだって、人によって違うだろう。要するに程度問題だよ」

春になってから、その仲間の懇親会のあった時、小林はべろべろに酔っ払った。今までにも、同僚同志で酒を飲んだ機会は何度もあったけれど、その時のように小林の酔ったのを見た事はなかった。

すると又鴨志田と云う老教官が、どうした機みか非常に酔っ払って、そうして頻《しき》りに小林を呼びたてた。

「ここにお出でよ、お出でったら」と云う声に、平生聞き馴れない、いやな響きがあった。私もいい加減酔っていたので、はっきりしたいきさつはよく解らないけれど、それから小林と鴨志田の二人がぐにゃぐにゃになって、縺《もつ》れ合ったり、抱き合ったりしたらしい。しまいには、二人が顔や頸をげたげたと舐め合っていたのを見たような気がした。

後でその時の有様を思い出して見ても、何だかはっきりしないところがあった。しかし、そう云う事実を見ただけは間違いないらしかった。それが何年たっても忘れられない悪夢のように私の記憶にこびりついて、同時に私の彼と共通するらしい広所恐怖の不快な連想を促しつつ、いつまでも私をおどかして止まなかった。

私は一人息子の所為《せい》だと思うのだけれど、どうも姪だとか従兄弟《いとこ》だとか、或《あるい》はだれそれさんの片づいた先の縁続きだとか、凡《およ》そそんな話になると急にはその関係が解らない。

慶さんは、私の父が養子なので、その実家の兄の子だから、即ち私の従兄である。その慶さんが若い時、何でも二十歳にならない頃の話だと云うのだが、急に色色の事を気にして、考え込むようになった。

「手がどうして動くのだろう。不思議だなあ」

一時は、慶さんの気が触れたと云う噂もあったらしい。

しかし、それでどうなったと云うのでもない。間もなく直ってしまって、今も達者である。

私は後になってその話をきいて、どこが変なのだか解らないと思った。手が何故動くかと云う事も、考え様では不思議な話だ。又そう思って見れば、人間の手ぐらい目まぐるしいものはない。朝から晩まで、動き通しにちらくら動いている。おまけに尖《さき》が各五本の指に裂けて、その又一本ずつが、めいめい勝手な風に曲がったり、からまったり、不思議な運動を続けている。しかも大概の場合、本人はそんな事に気づかないから、手や指は本人の意識と無関係に、ぴくぴくはねたり、うねくね曲がったりしているのだ。不思議でもあり又無気味でもある。

「君のような手を見ると、なおの事そう思う」と私はある時、野口に云った。野口はそれまで、中指と人指し指との間に巻莨《まきたばこ》をはさんでいた右の手と、緩《ゆる》い拳《こぶし》を造って、その上に頤をのせていた左手とを一寸見た。

「そうだよ、手は変だよ。僕はあんまり好きじゃない」と彼が云った。

「いやなものだね」

「手は変だよ。しかしそうすると、君にはその従兄の系統があるのか知ら」

「だって君、従兄はその後何ともありゃしないよ。今はもう五十近いと思うんだけれど。つまり若い時の神経衰弱だったのさ」

「でも怖いねえ、本当に何ともないのかい」

「従兄は何ともないさ。しかし、だからその系統なんかに関係はない話なんだけれど、その従兄の二度目の細君は、立派な気違いになって死んでしまった」

野口は急に寒そうな顔をした。その癖彼は無暗にそんな話を聞きたがった。

従兄の細君は、それ迄全然そんな徴候も見えなかったのだが、或時近所の人から仕立物を頼まれて、それが約束の日を過ぎてもまだ出来なかったので、内気なおとなしい人だったから、そんな事を気にしていたらしい。ある日その仕事を頼んだ人が訪ねて来たら、顔を一目見るなり悲鳴をあげて気絶してしまった。それからすっかり調子が狂って、もとに直らないうちに死んでしまった。

「その近所のおばさんの顔が、大きな狐の顔に見えたらしいのだ」

「いやだなあ、僕の顔が何かに見えやしないか。君の顔も、見ている内に、段段何かに変りそうだぜ」

野口は気味わるそうな目を転じて、自分の手を見ていた。私の事を色色無気味に解釈したり、今にも私の頭が狂い出すような忠告をしたりする癖に、野口自身は非常にそう云う事を恐れていた。そうして、どう云う根拠だか知らないけれど、いつかは自分自身がそう云う事になるものときめているらしかった。或は、そう云う事を恐れながら待っている様にも見えた。同時に自分のその不安に比例して私をおどかしている様にも思われた。

私が二三年前金銭上の事で非常な窮地に陥り、無断で学校の講義を休んだ儘、二月ばかり中国地方をうろついていた当時、野口は私が再び帰っては来ないものと思って、今に何処からか自殺の知らせを受けるだろうと、ひやひやしていたらしい。その実、私は割合に平気で、方方知らない所を歩き廻っていた。自分の本心を欺いていると云うかすかな自識はあったにしろ、兎《と》に角《かく》自殺する程に思いつめた事もなく、又自分の気持にどこか食い違ったらしいところもあって、当時の一切の事が、何となく他人事《ひとごと》のようにばかり感じられていた。

しかし、その間にただ一度、ある夜伯耆《ほうき》の米子《よなご》の町外れを歩いていたら、真暗な道の傍に不意に思いもかけない浪の音を聞いた事があった。丸で不案内の土地だったので、現にその繁吹《しぶき》を浴びるまでは、漠然ながら反対の方角にあるものと考えていた海の音を、いきなり脚下に聞いた時の事を思い出す。事によれば、或《あるい》は私自身の知らない定めがあって、野口の心配してくれた事も、全くの杞憂《きゆう》ではなかったかも知れない。

しかし、兎に角私は無事に帰って来た。

私の帰った事をきいて、野口は非常によろこんでくれた。まだ会わない前にその言伝てを聞いて、私は彼の親切を今更の如くうれしく思った。しかし、それと同時に、彼の私に対する警告は益《ますます》物騒になって来た。

「気をつけたまえよ、君の顔は丸で変っている。行方不明になった前とは別人の様だぜ。第一その太り方ってないよ」

私が、その間に痩せもしないで、反対に妙に太って帰って来たのは事実だった。

それから後も、次第に肥えて来るのを私は息苦しさで感じた。特にこの秋以来、夜《よる》昼《ひる》眠りつづける様になってからは、顔が無暗に大きくなるらしかった。私は鏡に向って、長く自分の顔を見るに堪えなかった。


私はこの頃少し疲れたらしい。

今まで覚えのないような大きな欠伸《あくび》が出る。ひとりでに咽喉の奥がかあかあと鳴って、見苦しいと思っても止めるわけには行かない。そんな欠伸が出だしたら、三十から多い時は五十も、或はもっと出るらしい。ある時燐寸《マッチ》の軸で数えていたら、しまいに数が足りなくなってしまった。そんな時は何をする事も考える事も出来ない。ただ手をつかねて、欠伸の止むのを待っている。

それから、鼾《いびき》の音が益《ますます》大きくなるらしい。この頃は寝ている自分の耳に聞こえ出した。鼾が聞こえると云う筈はないと思うのだけれど、しかし私は殆ど毎夜自分の鼾を聞いて眠っている。咽喉にひっかかるかすかな節も、にぶい調子の高低も、おぼろげながら耳の中に記憶がある。私は醒めている時、自分の鼾の節と調子を真似ることが出来る。

そうして相変らずよく眠る。いくら寝ても寝足りない。夜昼《よるひる》暇さえあれば寝床の中にもぐり込む。そうして中途で目がさめると、枕許《まくらもと》の水を飲んで又眠る。飲み下した冷たい水が、腹の中で暖かくなると同時に寝入ってしまう。水に催眠の力があるのではないかとさえ思う。

だから私の寝床には、いつでも家《うち》の者が気をつけて、お盆に水を載せて置いてくれる。その水が時時、私の飲まないうちになくなる事がある。夜中に目がさめて、いつもの通り水を飲もうとすると、寝る前には一ぱいあったコップの中が、半分足らずになっている事がある。始めの内は寝惚《ねぼ》けて自分の飲んだのを忘れるのだろうと思ったけれど、段段そうではないらしくなって来た。これから寝ようと思って寝床に行って見ると、枕許のコップに水がないから、家《うち》の者を呼んでそう云ったら、さっき一ぱいに注いで置いたと云った。そう云えば、コップの底がぬれていた。どう云うわけなのだか解らなかった。ある晩は、宵のうちから眠っていると、いきなり顔に水をかけられた様な気がして目がさめた。まだ下では家のものの話し声が聞こえていた。私は夢ではないかと思って、額《ひたい》を撫でて見たら、その手がぬれたので、驚いて半身起こして辺りを見廻したけれど、何の事もなかった。

それから時時遠くの方で、宵とも夜半とも時刻を定めずに、何だかわからない声が一声ずつ聞こえた。多くは北の方から来るらしいのだけれど、それは余りはっきりしなかった。その声は、何の声に似ているとも云われなかった。又余り無気味でもなかった。ただ同じ声を何度も聞くのが気がかりだった。

そうして眠っている間は、何の面白味もない同じような夢を、繰り返し繰り返し見続けた。変によそよそしい顔をした見知らない男が二三人ずつ出て来て、いつも私の顔をしけじけと見ている計りだった。目がさめてから、夢のあとを追って見ても、何の聯想《れんそう》も判断も浮かばなかった。その男たちは時時顔が代わるのか、いつも同じ仲間なのか、それもはっきりしなかった。

学校も段段休み勝ちになった。しかし私は努めて出るようにはした。同僚はみんな何だか知らないけれども、云いたい事を隠している様な顔をしていた。或《あるい》は何かを申し合わせているような風でもあった。尤《もっと》も、彼等がそんな顔をしていると云うだけで、特に私にそう思われたと云うわけではない。だから私は誰にでも構わずに話しかけた。相手はいつも浮かぬ顔をしていた。

二月末になって、二度目にぶり返して来た西班牙《スペイン》風《かぜ》の為に斃《たお》れる人が沢山あった。しかし私の学校の職員は、だれも死ななかった。

「ここの人はみんな割合に達者ですね」とある教師が云った。

「死ぬ程生きてる人がいないからさ」と私が云った。

その相手が聞き返した。

「それはどう云う意味ですか」

すると、その近くにいた他の教師がそこへやって来て、

「どうも朝の省線の混むのには閉口ですよ」

そんな事を云い出して、さっきの相手との話のつぎ穂をなくしてしまった。それをどう云うわけだと考えるのが私には退儀だった。

ある時食堂がこんでいたので、私の隣りにいる男に、「君の腕を食いそうだ」と云ったら、その男は返事をしなかった。

私は不用意に出る冗談を控えようなどとは思わなかった。しかし、学校に行って同僚達にあうのは段段億劫《おっくう》になった。

野口を訪ねて行ったら、女中が二階の書斎に案内して、今下で来客にあっているから、暫らく待ってくれとの挨拶だった。

床の間の前に並んだ大きな本箱と本箱との間の壁際に、椅子が一脚置いてあったので、私は洋服の膝をらくにする為に、それに腰をかけてぼんやりしていた。三月に入ったばかりなのに、急に世間が暖かった。硝子戸《ガラスど》の向うに低く見える西の空に霞の様なものがかかっていた。

その内に、後から二人連れの訪客が通された。それから間もなく、若い婦人の客も一緒になった。私はそれ等の人人に椅子の上から会釈して、もとの通りぼんやりしていた。

いつ迄たっても野口は顔を見せなかった。暈《かさ》のかかった大きな太陽が、硝子戸の向うに傾いて行くのが見えた。誰も口を利かなかった。不思議な事には、二人連れで来た男も、お互同志の間に何の話もしなかった。私は余り長い間椅子に掛けていたので、却《かえっ》て窮屈になり、今度は座布団の上に下りて、胡座《あぐら》になりたいと思ったけれど、無言の人人の中に、からだを動かすことも出来なかった。

それから暫らくして、漸《ようや》く野口が現われた時、私はその顔を見てびっくりした。もともと痩せた顔が一層細くなり骨立って、額にかぶった髪の毛には色も光沢もなかった。しかしそれよりも不思議な事には、どことなく顔の輪郭が二重になっているような感じがした。

野口はいきなり入口の方にいたお客に挨拶をした。そうして、「そら、大学の西島さんを知ってるでしょう。あすこのお嬢さんが家出してね、今それでお母さんが見えて、僕はどうも弱っちまった」と云った。

「そりゃもう大分前の話しじゃないですか。いつか新聞にありましたね」と一人の男が云った。

「いや、それとは又別で、今度は姉さんの方なのだ。あすこは、みんな少し変なのだね」

「そうですか」

「こんな事を云っちゃ悪いか知れないけれど、今度のだって、なんにも原因がわからないんだからね。ラヴか何かではないらしい」

「あなたの所によく来たのですか」

「姉さんの方は二三度来た事もあるんだけれど、それよりも、しょっちゅう僕の小説を読んでいたと云うのでね、何だか責任がありそうで困る」

「そりゃ責任がありますよ」ともう一人の男が少し大袈裟に云った。「あなたのものを読んでおれば、誰だって少しは変な気持になりますからね」

「そんな馬鹿な事があるものか。僕の書くものは実に健全だよ」

「ねえ君」と私が声をかけた。

「あっ、びっくりした。おどかしちゃいけないよ」と野口が云った。本当にびっくりしたらしかった。「失敬、失敬、君の事は忘れていた。しかしそんなところに君、真黒い洋服でしゃがんでいられては、誰だってびっくりするよ」

「しゃがんでやしないよ。しかし君はどうかしたのじゃないの、随分痩せたね」

「僕の事より、君は又実に大きな顔をしてるじゃないか、まあこっちへ出て来たまえ。御紹介しよう」

　私が椅子を下りて、座布団に坐ろうとしている内に、彼は云った。

「この方は黎明社の原田君と森君だ。それから女流作家の香川さん、知ってるだろう君」

　私が返事をしないうちに、彼は立て続けに云った。

「この人は僕の友人で先輩で『瑪瑙《めのう》』の著者の青地豊二郎君と云う気違いです」

「馬鹿云うなよ」

「本当だよ君」彼は指の長い手を、私の方ににゅっと出して云った。「本当だよ、その、顔に光沢《つや》の出て来たところが証拠だよ」

「これは顔の脂だ」

「違うよ」野口は二人の客の方に向かって云った。「もし君等の云う如く僕の書いたものに多少でも変な傾向があるとしたら、それはこの人の間接の影響なのだ。御当人は案外平気らしいのだけれど、お蔭で僕の方が怪しくなりそうだ」

「それは面白いですね、ああ云う傾向は伝還しますからね」

「面白かないよ君」

「先生にもその素質がおありなんでしょう」と女の人が云った。

「馬鹿云っちゃ困りますよ。僕は実に健全なのだけれど、この人が時時おどかすからいけないのだ」

野口は、重病人が病床から抜け出して来た様な顔をしていながら、案外元気で、寧《むし》ろはしゃいでいるらしくもあった。

女の客は、何か自分の作物の事について簡単な依頼をして帰って行った。

二人の客は別に用事もなかったらしく、取り止めのない話ばかりして、いつ迄も座を起たなかった。尤《もっと》も私にも格別の用事はなかった。

「相変らず山高帽子をかぶってるのだろう。あれは止めた方がいいね」

「止めるのはいやだ。君のような事を云う人があると、なお更止められない」

「それそれ、それが変なのだよ。第一君があの帽子をかぶると怖いよ。ああ云うものを見ると毒だね」

「君の顔だって気晴らしにはならない」

「少くとも君があれをかぶる事は、李下《りか》の冠《かんむりか》瓜田《でん》の履《くつ》だ」

「それを承知の上で、わざわざ瓜田に履を納《い》れる事もあるさ」

「すると目の前にごろごろ瓜がころがってるから、矢っ張り盗みたくなるから危《あぶな》いよ。君の場合は正にそれだね」

　野口はいつ迄たっても、そんな話ばかりした。私はしまいに受け答えに窮してしまった。そうして同席の未知の人が、何と思うだろうと云う懸念が、次第に私を不安にした。

「その後、幻聴は聞こえないかい」

　野口はまだ止めなかった。

「大丈夫だよ、幻聴なんか聞くものか」

「でもあの蕎麦屋《そばや》の話は怖かったよ。僕は一晩じゅうおどかされた。何だか聞こえそうな気がして仕様がなかった。ねえ君、この人はね」野口は二人の方に向かって、気味のわるい指で私を指さしながら云った。「この人にはもう幻聴があるんだよ。怖いねえ。怖いだろう」

　私は仕方がないから黙っていた。

　暗くなってから、近所の古柳庵と云う料理屋に出かけて、四人で食事をした。野口は酒盃を措《お》かなかった。私は心配だから一二度注意して見たけれども、彼は一向平気だった。そうして無暗にべらべらと喋った。いくら飲んでも、彼の血の気のない顔は、もとの通り冷たそうだった。

私は、野口の云った幻聴の事が妙に気になり出した。

幻聴の恐ろしい事は、私も知っていた。しかし、野口がこの前そんな事を云い出した時は、又彼の例の癖が始まったと思ったきりで、それ程気にも止めなかったのだけれど、今日また更《あらた》めて彼からそれを云われて見ると、その後の、寝床に聞こえる不思議な声の事も思い出して、余りいい気持はしなかった。そうして同時に、野口の何かかぶった様な二重の輪郭の顔が、私の目先を離れなくなった。

その晩家《うち》に帰ってから、自分の部屋に坐り込んで、閉め切った窓の戸をがたがたと動かして行く風の音を聞いていたら、私は明日と云う日が得体の知れない化物の様に思われ出した。

人が私の事を何と云うのも構わないし、又自分としても、萬一そう云う懸念があれば、単に病覚のあるなしで、恐ろしい事をきめるわけにも行かなければ、又打ち消す事も出来ないのは知っている。その用心も、同時に安心もしてはいるつもりだけれど、それにしては人はうるさかった。と云うよりも人の云う事が気になった。又それを気にする理由もあった。寧《むし》ろ人が私をそう云う疑念で見る事が恐ろしかった。これから後、私について色色な事を云う人が次第に殖えるとする。明日は又何人にあうか解らない。そうして明後日はどこかで、人が私の事を変なふうに話し合っているだろう。

そうして結局、私に拘《かか》わりのある人人がみんなそれを信ずるようになれば、私は今日のこの儘の状態でいながら、人人から合点の行かない扱いを受けなければならなくなるだろう。自分の事は人にかまって貰わなくてもいい。しかし人は私に対してその口を慎むべきである。ある人が瘋癲《ふうてん》病院を訪問する話を思い出した。その客が一人の患者に向かって、「君はどうしてこんな所に這入っているのです」ときいて見た。

「何、単なる意見の相違だよ」

「そんな事はないでしょう」

「いやそれに違いないのだ。己《おれ》は世間の奴等がみんな気違いだと云うのだ、世間の奴等はみんなで己をそうだと云うのさ。しかし多勢には勝てんからね、萬事多数決だよ」

まあ人は何とでも思うがいい、と私は気をかえた。あんまりみんなでうるさく云うようだったら、わざとそんな真似をして、びくびくしている連中をおどかしてやってもいい。先《ま》ず差し当たり、多数派の頭目は野口だから、彼を一つおどかしてやろう。自分でしょっちゅうそんな事ばかり気にしているのだから、いよいよ私が変な様子で彼の前に現われたら、野口はあの長い手をくねくね動かして、どんなに気味をわるがるか知れないと思ったら、急に可笑しくて堪らなくなった。

私が家の風呂に這入った後で、細君は三つになる男の子を奥の座敷に寝かしつけておいて、近所の買物に出かけた。上の子供達は女中と一緒にどこかへ遊びに行った儘、まだ帰っていなかった。家《うち》じゅうに私と三つの男の子しかいなかった。そうして部屋には電燈が明かるくついていた。

私は湯殿の中で、石鹸の置き場所がわからなくてまごついていた。不意にどこかで猫のうなる様な声が聞こえた。そうして段段に近づいて来る様に思われた。

私は湯槽の中に這入って、首だけ出してその声を聞いていた。猫の声ではないらしかった。子供が泣いてるのかも知れなかった。

しかし子供の声にしては、不思議な響きがあった。矢っ張り獣の唸る声の様にも思われた。私は湯槽の中で、一生懸命にその声を聴き澄ました。

次第に私は無気味になって来た。矢っ張り子供の声に違いないらしかった。しかし泣いているのではなくて魘《うな》されているのだった。

あんな小さな子供が魘されるか知らと私は考えた。

その声はいつ迄も止まなかった。

私は俄《にわか》に不安になって、急いで湯から上がろうとした。

その時、玄関の戸ががらがらと開いて、細君の帰って来た足音が聞こえた。

すると、さっきから続いていた声が、はたと止んでしまった。

私はほっとした。しかし同時に、もう聞こえなくなったさっきの声が、一層恐ろしかった様に思われ出した。

湯から上がった私の顔を見て、細君は云った。

「まあ怖《こわ》い顔、どうかなすったんですか」

私は黙っていた。からだのどこかが、かすかに慄えていた。

「この子はこんなにずり出してしまって、畳の上ですやすや寝てるんですよ」

子供を起こさないように、上からそっと布団をかけていた手を止めて、細君はもう一度私の顔を見た。

「まあ本当にあなた此頃はどうかしていらっしゃるのね。誰かに診《み》ていただかなくて大丈夫か知ら」


私は急に思いついて、和服の著流《きなが》しに山高帽子をかぶって、野口の玄関に起《た》った。辺りはもう暗くなりかけていた。中中《なかなか》取次が出て来なかった。

私は帽子をぬいて彼の書斎に通る前に、なるべくこの儘の姿を野口に見せたかった。取次が出たら、一応彼を玄関まで呼び出して貰うつもりで待ち構えていた。

すると、いきなり正面の襖《ふすま》があいて、野口自身が現われた。向うの部屋にともっている電燈のあかりを後《うしろ》に受けて、影法師のようにつっ起った。

そうしてそれっきり前にも来ないで、じっとしていると思うと、急に引き返して奥に消えてしまった。「一寸《ちょっと》」と云ったらしかった。しかしそれもよくは解らなかった。それから長い間私は玄関に起っていた。誰も出て来なかった。もう一度案内を乞うのも変だった。何か野口に都合があったに違いない。或は私のこんな恰好を見て、びっくりしたのかも知れなかった。しかし、それにしても一寸顔を見せたきりで、何をしているのだか見当がつかなかった。

不意に私の後で声がした。見知らない男が丁寧に御辞儀をしている。

「私に御用なのですか」と私が尋ねた。

「はい、こちらの旦那様があなた様を御案内して来るようにとの事で、手前は古柳庵の者で御座います」

「野口君は君のところに行ってるのですか」

「はい先程お見えになりまして、お待ち兼ねで御座います」

私は合点が行かなかったけれど、兎《と》に角《かく》その男の後について古柳庵へ行った。

野口は待ってた様に私を迎えた。傍に、ついこの近所に家のある石井君がいた。石井君は野口の友人で、私も二三度彼のところで会った事がある。

「やあ失敬」と野口が穏やかな笑顔をして云った。しかし彼の顔は、この前会った時よりもまた痩せていた。口の辺りの様子がどことなく違って、人間が変っているように思われた。

「さっきはどうしたんだい」と私は尋ねた。

「うん今日はね、石井君に会いたいと思っていたんだ。君にも御馳走しようと思ったから、先廻りして待ち受けてたのさ」

「だって、あれっきり居なくなってしまって、僕はどうしたんだか解らなくなった。一体どこから出て来たんだい」

「そりゃ君一軒の家に出口は二つも三つもあるさ。一寸この菓子を食って見たまえ。うまいよ」

彼は何となく要領のない事を云った。そうして干菓子を一枚つまんでくれた。

それから三人で少し許り酒を飲んだ。

しかし未《ま》だいつもの半分も飲まない内に、野口は自分から切り上げて、すぐ御飯にしてしまった。

その後で、いろいろ取り止めもない話をした。

夜中に夫が目をさまして、水が飲みたいと云うのを、傍に寝ていた細君がねむいので、うるさがり、いい加減にあしらって、そのまま寝かしてしまった。暫らくたってから、細君がふと目をさまして見ると、自分の横に寝ていた夫が死んでいた。びっくりして飛び起きようとしたら、丁度その時、窓の隙間から小さな鼠が一匹這入って来て、自分達の寝ているベッドに上がり、夫の顔を這ってその口の中に飛び込んでしまった。すると死んでいると思った夫のからだに温《ぬく》もりがさして、かすかに手足を動かした。そうして、その儘すやすやと眠りつづけた。

「水を飲みたいと云う魂が鼠になって、台所まで出て行ったのだ」と私が話した。

「面白い話だねえ。君が考えたのかい」と野口がきいた。

「そうじゃない、フリードリヒ・ランケの話なんだ。しかし僕達にもそんな事はありそうな気持がする。鼠になってるかどうだか、それは自分には解らないけれど、四五年前僕は毎晩眠ると魂が外に出て、枕の横にぶらさがったまま、中中《なかなか》もとに返ってくれないので、苦しいから目をさましたいと思っても、もとになる迄は起きることも出来ないのだ」

「何んだかそんな気持のする事はありますね。神経衰弱なんですね」と石井君が云った。

「それなり目をさましてしまったら、どうなるのだろうと思うと、恐ろしくなるんです。或《あるい》は何か急な刺激で起こされでもしたら、きっと頭の調子が狂って来るに違いないと思うのです」

「神経衰弱だよ」と野口が云った。「それより君、今度の文楽の人形を観たかい。面白いよ」

「いいや見ない。しかし、どこかで見た記憶はあるんだけれど。大阪か知ら。何だか、はっきりしないが、あの人形の顔は、どれを見ても、僕は余りいい気持がしない」

「そうだね、君にはそうかも知れないね。そう思って見ると無気味なところがあるよ」

　何だか平生の調子とは違っていた。

　石井君はいつもの無口で、ただにやにや笑って許りいる。しかしその石井君の寡黙にも、何か知ら腑《ふ》に落ちないものがあった。

　第一野口が私の事を、いつもの様につけつけと云わないのが不思議だった。そう云う事を急に遠慮して、差し控えるらしい彼の気持が、私にはよく解らなかった。

　或は私の冗談がまともに利いて、彼は本当に心配しているのかも知れなかった。又私も始めのうちは朧気《おぼろげ》ながらそう云う風に感じて、何となく申しわけない様な、当惑した気持にもなった。その図に乗って、益《ますます》彼をおどかすと云う様な、そんな気持は丸でなくなっていた。

　しかし又必ずしもそうでもないらしい節節《ふしぶし》もあり、且《かつ》彼の平生から考えて、そう云う風な野口でもなかった。寧《むし》ろ、私の不思議に思う原因は、何か知ら彼自身の内にありそうに思われた。

　しかし又考えて見ると、石井君の同席も不思議な気持がしないでもない。或は事によると、野口は私の姿を一目見るなり、裏口から逃げ出して、急いで石井君を呼び出して、二人で私に会うようにしたのかも知れない。けれども、それも矢っ張り私の思い過ぎで、実際はただ野口の云った通りなのかも知れなかった。何《いず》れにしても、彼の調子がいつもと違っている丈は確かだった。そうして、それが何の為だかは私には解らなかった。

みんな別別の途に分かれて帰る途中、私は狭い路地を抜けた。すると何だか、片側の塀の上にのぞいた樹の枝から、千切《ちぎ》れるように落ちたものがあると思ったら、暗い足許《あしもと》を一匹の猫が走り抜けた。

私はほろ酔の顔に、水をかぶった様な気がした。

私が重い頭をかかえて、考え込んでいる時、野口が訪ねて来た。本屋の包み紙にくるんだ彼の新刊の著書をひろげて、私に硯《すずり》と筆とを求めた。扉に署名しながら、「君に差し上げる分がなくなったから、自分の本を本屋で買って来たのだ。惜しかったよ」と野口が云った。

私は彼の親切を感謝した。彼は何だかそわそわして落ちつかなかった。

「ゆっくりすればいいじゃないの」と私が云った。

「いやこれから斎藤の奥さんを見舞うのだ。斎藤の事は知ってるだろう君」

「いや知らない」

「知らないのか。斎藤は気の毒だよ。すっかり変なのだ。昨日病院に入れて来たんだけれどね、僕等だって、いつああなるか知れない。全く他人事《ひとごと》じゃないと思った」

「それは気の毒だね、前からそんなところがあったのか」

「そうでもなかったんだけれど」野口は急に話頭《わとう》を転じた。

「君は僕が結婚する日に丁度やって来た事があるね」

「そうそう、随分面喰ってしまった。君はだまってるんだもの」

「一寸失敬って、下から紋付を著て来たら、君は実に不思議な顔をしたよ。もう十年以上も昔だなあ」

　私はこの頃碌碌《ろくろく》学校にも出ない。それは何となく労《つか》れて億劫な為ばかりでなく、二三年前の家の問題が依然解決出来ないので、これから先どうなるか知れない不安と焦燥の為でもあった。

「今もその事を考え込んでいたのだ」と私がその話をしたら、

「君はもうあの時自殺して来るものと思った。僕は全くそう思ったから、一人で心配していたんだ。君のその性格では、これから先、何年たっても君の煩いは解けやしない。君は一生涯苦しむんだよ」

　野口はそう云って、それから私の顔を見て続けた。

「君には自殺する勇気もないし」

「勇気もなさそうだが、どうせ死ぬにきまってるんだから、ほうって置けばいい」

「僕は君を一ばんよく知ってるよ。君のお母さんや奥さんよりも、僕の方がよく知ってるよ。君の本当の気持がわかるのは僕だけだよ。ああすればいいとか、あれだから駄目だとか、いろいろ君の事を傍《はた》から云ったって、君にはそうは行かないのだ。しかし、もう行こう。ここいらに自動車屋はないか知ら」

私はふと瞼の裏に涙がにじむような気がした。

「まだ外は寒いね」と私が云った。

「じゃ左様なら」と云って、野口は辷《すべ》りのわるい門の戸を、がりがりと開けた。


野口は私の為にある本屋に交渉して、千円の金を用意してくれた。そうして一緒に行って、自分の名前で受取ってくれた。

その後で彼を訪ねたら、パイプを啣《くわ》えたまま、椅子に靠《もた》れて妙な顔をしていた。丸で眠っている様だった。頸も手もぐにゃぐにゃで、頼りがなさそうだった。

「どうしたんだい」と私は驚いて尋ねた。

彼は重たそうに瞼をあげて、私の顔を見た。しかし直ぐに又目をつぶって、ふらふらしている。

「眠り薬を飲み過ぎてね、まだよく覚めないんだよ」

　暫らくして彼はそう云った。言葉もべろべろだった。「まだよく覚めない内に、起きたからだよ」

　私は、この間古柳庵で私の話した事を思い出した。

「そんなのに起きて大丈夫か知ら」

「おなかが痛くて起きたんだよ」又暫らくしてから云った。「しかし、こんな事はしょっちゅうだから平気だ」

「そんな薬を飲んで、昼まで酔っ払っていては毒だよ」

「毒だって君、昼からお酒に酔っ払ってる人だってあらあ」

　私は暫らくの間彼の前にいた。私が何か云えば、退儀そうに瞼をあげ、又思い出した様な応答はするけれど、黙っていればそのまま、ぐったりして、首を垂れてしまう。

　私は彼を眠らしてはいけないような、又起こしても悪いような気がした。そうして、じっとその顔を見ている内に、私自身も段段瞼が重くなり、次第に首を垂れて眠り込む様な気持になってきた。

　帰る時に、途中で公衆電話をかける用事があった。その料金の白銅貨を私は持っていなかった。すると野口は急に起ち上がって、変な足どりで梯子段を下り出した。私は、はらはらしながら、しかし手をかす事も出来ないので見ていると、間もなく彼は片手に一ぱい銀貨や白銅を握って帰って来た。蟇口《がまぐち》から摘まみ出す事が出来ないで、中身をそっくり手の平にうつして来たらしい。そうして起ったなりでその手を私の前に差出すのだけれど、その間も彼はじっと起《た》っている事が出来なかった。ふらりふらりと前後左右に揺れて、その度に足を踏み直した。彼の手の平には、十銭や五十銭の銀貨と混じって、五銭の白銅貨が一つあった。それを彼は摘まみ出そうとしている。しかし彼の指先は、彼方此方に游《およ》いで、中中《なかなか》それに触れなかった。

私は野口の様子が普通でないと思った。

そうして非常に心配になった。

しかし、彼がその二日後に自殺するとは思わなかった。

麻睡薬を少しずつ過量に飲んで、その最後の日の準備をしていたのだとは思わなかった。

その知らせを受けた時、私はいきなり自分の部屋に這入って、後の襖《ふすま》を締め切った。

「野口は自殺した」と私ははっきり考えようとした。

しかしそれは私には出来なかった。

どうして自殺したのだろうとも思わなかった。

ただ私の長い悪夢に、一層恐ろしい陰の加わった事を他人事《ひとごと》のように感じただけだった。

何日か過ぎたある夜明けに、突然私は自分の声にびっくりして目がさめた。何を云ったのだか解らなかったけれど、恐ろしく大きな声だった。咽喉一ぱいに叫んだらしかった。しかし別に悲鳴をあげるような夢を見ていたのでもなかった。寧《むし》ろ、ぼんやり頭のどこかに残っている後の気持から云えば、何かに腹をたてて怒ったのかも知れなかった。もう夜明けが近いらしかったけれど、窓の色は真暗だった。そうして風の音もないしんしんとした闇の中に、季節外れの稲妻がぴかぴか光っていた。

私はずり出た肩に布団を引張って眠ろうとした。余り布団を引きすぎたので、襟が下の唇を撫でて、丁度水に溺れかかっているような気持がした。

遊就館

午過《ひるす》ぎから降りつづけていた雨が、急に止んだ。

しかし辺りは、さっきよりも暗くなって、重苦しい雲が、廂《ひさし》の上まで降りているらしかった。

いきなり玄関で大きな声がするから出て見たら、土間の黒い土の上に、変な砲兵大尉が起っていた。

「野田先生でいらっしゃいますか」

大尉はそう云って頭を下げた。

そうして、長靴を脱いて、私の部屋に上がって来た。

「どう云う御用なんでしょう」

と私がきいて見た。大尉の顔は黄色くて、蒼味を帯び、頬の辺りが濡れたように光っていた。

「今般東京へ転任になりましたので、伺いました」

しかし私はこの大尉に見覚えがなかった。

「東京も変りましたですな。この辺りもすっかり様子が違って居りますので。先生はいつもお達者ですか」

「はあ有り難う」

私は曖昧《あいまい》に答えた。大尉は黄色い手を頻《しき》りに動かして、そこいらを撫で廻すような風をした。

「今後とも御指導を願います。実は昨日九段坂でお見受け致したものですから」

私は驚いて、大尉の顔を見た。私は昨日一日何処にも出なかった。しかし、九段坂と云われて、何だかひやりとする様な、いやな気持がした。

大尉は冷たい目をして、何時までも私を見つめていた。私は次第に、からだが竦《すく》んで来て、無気味な胸騒ぎがした。

その内に、何処か遠くの方で、歌を歌う声が聞こえ出した。しかし、それは男の声とも女の声とも解らなかった。或《あるい》は、歌ではなくて、泣いているのかも知れなかった。すると、大尉の表情が段段に変って来るらしかった。狭い額が青褪《あおざ》めて、頬の光沢も拭き取った様に消えてしまった。

私は急に恐ろしくなって、声をたてようと思ったけれども、咽喉がかすれて、口が利けなかった。

物凄い雨の音に驚いて気がついて見ると、私は顔から襟にかけて、洗ったように汗をかいていた。何処かで、ぽたぽたと天井に雨の洩る音がしていた。さっきの大尉はいなかった。しかし、誰かがいたらしい気配は残っていた。大尉がいきなり起ち上がりそうにした恐ろしい姿が、いまだに私の目の先にちらつく様に思われた。

私は大風の中を歩いて、遊就館を見に行った。

九段坂は風の為に曲がっていた。又あんまり吹き揉まれた為に、いやに平らに、のめのめとして、何処が坂だか解らない様だった。

そうして遊就館に行って見ると、入口の前は大砲の弾と馬の脚とで、一ぱいだった。私はその上を蹈《ふ》んで、入口の方へ急いだ。ところどころに上を向いた馬の脚頸が、ひくひくと跳ねていた。そうして私の蹈んで行く足許《あしもと》は、妙に柔らかかった。柔らかいのは、馬の股だろうと思うと、そうではなくて、大砲の弾の上を蹈んでも、矢っ張りふにゃふにゃだった。

遊就館の門番には耳がなかった。

その傍をすり抜けて中に這入《はい》って見たけれど、刀や鎧《よろい》は一つもなくて、天井まで届くような大きな硝子《ガラス》戸棚の中に、軍服を著た死骸が横ならべにして、幾段にも積み重ねてあった。私は、あんまり臭いので、急いで引き返そうと思うと、入口には耳のない番人が二人起っていて、頻《しき》りに両手で耳のない辺りを掻いていた。

どうして出たか解らないけれども、やっと外に逃げ出して、後を振り返って見たら、電信柱を十本位つないだ程の長さで、幅は九段坂位もある大きな大砲が、西の空に向かって砲口から薄煙を吐いていた。

木村新一君が、田舎の女学校に赴任すると云うから、別盃を汲む事にした。

木村が案内すると云うので、ついて行ったら、九段坂下の、今までそんな横町がある事も知らなかった様な小路の奥の料理店に這入って行った。

私は忽《たちま》ち酔ってしまった。

木村も真赤な顔をして、眼鏡を外した。

「Ich ging einmal spazieren, 少少上ずってもいいでしょう。ふん、ふんか。Mit einem schönen Jungen,」

彼は変な足つきをして、起ち上がりそうにした。「あっと、しまった。ふん、ふんを忘れていたよ」

「ええと、それでと」私は確かな様なつもりで問いかけた。「いつ立つのです」

「二十九日ですよ。今日は七日だから、間を一日おいて、つまり明後日さ」

「早いねえ」

「早くないねえ」

「早いよ」

「早くないよ」

「遅くはなかろう」

「遅いよ」

彼は急に血相を変えて、私に立ち向かおうとした。

すると、いきなり襖《ふすま》が開いて、砲兵大尉が這入《はい》って来た。つかつかと私の前を通り過ぎて、上座の方に坐った。そうして、私に向かって挨拶をした。

「一つ頂きましょうか」

大尉は私に盃の催促をしながら、じっと木村の顔を見つめていた。

「如何です」と、いきなり木村が盃をさした。そうして、暫らくは二人で献酬を続けながら、立て続けに飲んだ。

私もまた、それを見ながら、一人で飲み続けた。

「おい木村君」と私が云った。自分でびっくりする様な大きな声が出た。「この大尉君は変だぜ」

「野田先生」と大尉が穏やかな調子で呼びかけた。「そんな事を云わるるものじゃありません。今日始めてお目にかかったつもりで、一つ如何です」

　そうして、私に盃をさした後の手を、変な風に振り回した。その手の色は、真黄色だった。

「野田さん」と、今度は木村が怒鳴った。「愉快だねえ、僕はもう東京とお別れなんだ。しかし愉快だねえ」

「やりましょう。大いに飲みましょう」と大尉が腰を浮かして云った。「お別れに一つ今晩は私が持ちましょうよ」

　そう云ったらしかった。

　そうして、三人とも起ち上がってしまった。

　大尉の自動車に乗って、私共は薄明りの町を何処までも馳《はし》りつづけた様だった。そのうちに窓に射すいろいろの物の影が、次第に曖昧になって来たと思ったら、急に明かるい玄関の前に止まった。

　何時の間にか、私共の前に御馳走がならんで、綺麗な芸妓がお酌をした。

　大尉はじろじろと人の顔を見ながら起ち上がった。そうして妙な足拍子を取り、時時ぱちぱちと手をたたいて歌を歌った。

　私は、何か思い出しそうな気持になって、辺りを見廻した。開けひろげた縁側の向うは、真暗だった。

大尉の歌は、雨のざあざあ降った日に、どこかで聞こえた歌の様に思われ出した。すると、大尉は急に踊を止めて、私の前に坐った。そうして、黄色い手を伸ばして、私の頸を抱くようにした。

「あら、あら」と云って、芸妓がその手を払いのけた。「こんりりゅうに木くらげ、聯隊旗は梯子段、およしなさいよ」

そう云って見えを切ったけれども、私には何の事だか解らなかった。

それから、どの位酒を飲んだか、もう覚えなかった。暗い庭の奥が、あちらこちらで、ぴかりぴかりと光った。

芸妓が段段美しくなるらしかった。しかし、どうかして起《た》ち上がった時に見ると、無暗に脊が高くて、頭の髪が天井につかえそうだった。

木村はもうさっきから、坐った儘、首を垂れて、寝込んでいた。

「おい、おい」と、大尉が急に恐ろしい声で呼んだ。木村は肩の辺りをひくひく慄わせた。

「おい」と、もう一声大尉が云った。

木村は棒立ちになる様な恰好をした。その顔は真蒼だった。

大尉は急に私の方を振り返った。

「野田先生」と云った。「お迎えが来て居ります」

すると芸妓が、慌てた様に起ち上がった。そうして、私の肩を摑んで座敷の外に連れ出した。

自動車は、私を乗せて、真暗な川の上ばかりを馳った。黒い水が、前後左右でぴかりぴかりと光っては消えた。


夜通し風が吹きすさんで、窓の戸を人の敲《たた》くような音が止まなかった。

私は、頻りにその音に脅やかされながら、それでも、うつらうつらと眠りつづけた。

不意に、獣のなくような声が、妻の口から洩れるのを聞いて、私は目を醒ました。

妻は、瞼《まぶち》をぴりぴりと震わせながら、少し開いた脣の間から、無気味な声を切れ切れに出している。

私は、あわてて妻を起こそうとした。

二声三声「おい、おい」と呼んで見た。

妻は、その獣のような声で、私に応えるらしかった。

私は益《ますます》あわてて、妻を呼び醒まそうとした。片手を伸ばして、肩の辺りをゆすぶった。

その途端に、「ぎゃっ」と云う、得体の知れない叫び声をあげて、妻は目を開けた。

「ああ怖かった」

妻はそう云うと同時に、大きな溜息をついた。寝たなりで、手足をがたがたと震わしていた。

「どうしたんだい」と私が聞いた。私も恐ろしさに、身内がふるえる様だった。

「あんまり怖い夢だから、もう一度云うのいやだわ」

「いやな夢は話してしまった方が、いいんだよ」

「でもねえ、あんまり変な夢だから。あたしの傍に死骸が寝かしてあったのよ」

「だれの死骸だい」

「それは解らないの。顔なんか、はっきり解らないけれど、何でも大きな死骸よ」

「それで魘《うな》されていたのかい」

「いいえ、そうじゃないの、暫らくすると、おお厭《いや》だ」

妻は平手で顔を撫でた。

「暫らくすると、その死骸が少し動いたらしいの。あたしの方に向くらしいの。それから見ていると段段に動き出して、あたしの方に手を伸ばすから、あたし怖くって、胸苦しくて、その時きっと声を出したんでしょう」

「それから、どうした」

私は、聞いている内に、次第に不安になって来た。

「それで、あたし逃げようと思って、身もだえするんですけれど、からだが動かないから、一生懸命に叫んでいましたの。すると、その死骸が段段に起き上がって来て、あたしの方にのしかかる様になって、次第に手を伸ばして、おお厭だ」

「どうしたんだ」

「あたしの肩のところを押えたと思ったら、一時に大きな声が出て、それで目がさめたんですわ」

妻は、ほっとしたような様子で、少しからだを起こしかけた。その拍子に、私の顔を見て、ぎょっとした様に云った。

「まあ、真蒼よ。どうかなすったの」


目が醒めても、まだ夜だった。

私は又眠った。

風の音は段段に静まる様だった。

不意に辺りが森閑として、水の底に沈んだような気持がした。そうして目がさめたら、漸《ようや》く窓に薄明りがあった。

しかし私は、まだ眠った。

そうして眠りながら考えた。

大尉も、死骸も夢だったに違いない。死骸は妻の夢で、大尉は私の夢なのだろう。

しかし、木村新一君はどうしたか知ら。

あの庭の暗い料理屋の座敷で、大尉と芸妓と三人で、何をしたろう。

それで、私が考えて見ると、木村君はきっと大尉に殺されたに違いない。

それとも、それも矢っ張り、何人かの夢の続きなのか知ら。

そうすると、事によったら、自分が先に、何人かの夢の中で、殺されたのではないだろうか。

しかし、他人の夢で殺されたとすると。

でも、そんな事は解らない。

妻は臭いとは云わなかった。

それで私が考えて見ると、この手がいけないのだ。どっちの手だったか知ら。

右だ、右だ。右手ばっかり、ずらずらと、九段坂の柵の上に立てて見たら、素敵だな。

みんな手頸から先が動いている。

動いては困る。無気味でいけない。

しかし兵隊が敬礼している。

そんなら構わないのだ。

そうして私は考える事を中止した。安心して、ぐっすり寝込んだ。

木村君は、東京駅から、朝の急行でたつと云った様だったから、私はその時刻に、見送りに行った。

晩春の空が晴れて、時計台の塔の廻りに鳩が飛んでいた。

時間の前になっても、木村君は来なかった。

私の外に、見送りの人もあるのだろうと思ったけれども、どの人がそうなのだか、見分けがつかなかった。

事によると、省線電車に乗って来て、すぐにプラットフォームに出るかも知れなかった。私はあわてて改札を通って、汽車の止まっている所に行って見た。

しかし、そこにも木村君はいなかった。

大勢の見送りの人人の中に、私の知った顔は一つもなかった。

私は二三度、その人ごみの中を縫って、汽車の端から端まで歩いて見た。

花束を持って、窓の前に起《た》っている人があった。その花束の中に混じっている、二三輪の真赤な花が、小さな焰《ほのお》のように、少しずつ伸びたり縮んだりする様に思われた。

急に汽車が動き出して、忽《たちま》ち前が明かるくなった。私は汽車のいなくなった線路の上にのめりそうになって、やっと踏み堪えた。

終点で電車を降りて、少し行った道の突き当りに、支那料理屋があって、恐ろしく大きな支那人が、入口に突起っていた。

私はその中に這入って行った。

すると、黒いじめじめした土の、だだっ広い土間の奥に、今私が入口で見たのと、同じような支那人が、黙って突起っていた。顔も大きさも、ちっとも違うところはない様だった。だから同一人かと思った。しかし、そんな筈はなかった。

その支那人が、不意に、にこにこと笑って、私の傍に来た。そうして註文をきいた。

私は汚い椅子に腰をかけて、考え込んだ。

折角さっぱりした気持になったと思っていたのに、矢っ張りそうは行かないらしい。

木村はどうして立たなかったのだろう。又この家の支那人の事も気にかかる。

私の誂えた料理を一つ宛《ずつ》持って来出した。私は、それをみんな、おいしく食べた。

私は朝から食事をしないので、腹がへっている。

私は、支那の酒が飲んで見たくなった。

向こうの棚の、赤い紙を貼った罎《びん》に、五加皮酒と書いてある。それをくれと云ったら、支那人が「ない」と云った。その隣りに、青紙を貼って牛荘高粱酒《コーリヤンしゅ》と書いてある。それでもいいと云ったら、又、「ない」と答えた。そうして、

「兄さん、朝から腹へらして帰って来た。別嬪《べっぴん》さんにもてたろう」と云った。

私は黙っていた。

「でも、兄さん、心配事ある。その相あらわれている。お友達死んだろう。お気の毒した」

私は支那人の顔を見た。支那人は、にこにこして、私を見下ろしていた。

九段坂を上がって行くと、大鳥居に仕切られた中の空が、海の色のように美しかった。両側に並んだ桜の葉にも、幹にも光があった。

私は、綺麗に掃き清めた石畳の上を蹈んで、遊就館の入口に起った。

「こっちへ来たまえ」と云う低い声が聞こえた。

驚いて辺りを見たら、石畳の向うに、一人の憲兵が起っていた。私がその方を見た時に、もう一度同じ調子で「こっちへ来たまえ」と云った。

しかし、憲兵はそう云いながら、顔の筋一つ動かさなかった。左足を心持ち前に出して、さっきから同じ姿勢のまま、立像のように突起っていた。

私の横をすり抜ける様にして、鳥打帽を手に持った一人の小僧が、自転車を引張りながら、ひしゃげた様になって、憲兵の前に近づいて行った。

憲兵は、くるりと向きをかえた。そうして、小僧を引き立てるようにして、向うの方へ行ってしまった。

私は、入口でどうしようかと考えていた。

一度この中を通り抜けたら、さっぱりするに違いないと思った。そんなに恐ろしいものが有る筈のない事は解っていた。

しかし、又その為に、理由もないこだわりを増す様にも思われて、気が進まなかった。

しかし、到頭私は這入《はい》った。

中は思ったより狭く、そうして明かるかった。

弓矢や旗や鎧などの列《なら》んでいる間を、馳け抜ける様にして通った。

大きな硝子《ガラス》戸棚ばっかりだった。

人間と同じ大きさの人形が、昔の武装をしていた。

抜き身を何百も列べた前を通る時は、顔や手先がぴりぴりする様だった。

私は殆ど馳け出す様な勢で、陳列戸棚の間を抜けた。

雨外套のような上張りを著《き》て、板草履を穿《は》いた番人が、胡散臭そうな目で、私を睨んだ。

鉄砲の間を抜けて、模様入りの大砲の前を通って、もう出口になる所で、私はちらりといやなものを見た。

丁度物蔭になって、明かりのよく射さないところに、図抜けて大きな硝子戸棚があった。その中に、軍服を著た人形が、五六人起っていた。しかし、大きさから云っても、様子を見ても、どうしても人形とは思われなかった。ただ外に出ている顔や手の色が、妙に黄色かった。

私は、急に嘔《は》きそうな気持がした。

急いで外に出る時、出口の番人が、あわてた様な目をして、私の顔を見た。

その翌《あ》くる日、私は郊外の木村君の家へ行って見た。

門の扉は貸家札が貼ってあった。

私は隣りの玄関に起って、きいて見た。

長い顎鬚《あごひげ》を垂らした老人が出て来て、云った。

「木村さんは、さよう、もう十日余りも前にお引払いになりましたよ」

「それから直《す》ぐに田舎へたたれたのでしょうか」

「さようです。私共でも倅《せがれ》が御世話になって居りましたので、お見送り致しました」

「十日も前ですか」

「さようです。彼《か》れ此《こ》れもう二週間にもなりますかな、ええと」

そう云って、老人は顎の鬚を引張りながら、考え込んだ。

昇天

私の暫らく同棲していた女が、肺病になって入院していると云う話を聞いたから、私は見舞に行った。

郊外の電車を降りて、長い間歩いて行くと、段段に家がなくなって、辺りが白らけたように明かるくなって来た。すると、向うに長い塀が見えて、吃驚するような大きな松の樹が、その上から真黒に覆いかぶさっていた。

門の中には砂利が敷いてあって、人っ子一人いなかった。

だだっ広い玄関の受附にも、人がいなかった。

何処かで風の吹く音がした。その音が尻上がりに強くなって、廊下の遥か奥くの方で、轟轟《ごうごう》と鳴る響が聞こえた。

不意に式台の横にある衝立《ついたて》の陰から、小さな看護婦が出て来て、私にお辞儀をした。私がその後について行くと、看護婦は、いくらか坂になっている長い廊下を、何処までも何処までも歩いて行った。しまいに廊下の四辻になっている所まで来ると、この左の廊下の取っ附きの病室にいらっしゃいます。患者さんは御存知なのでしょうと云って、向うへ行ってしまった。

　その病室の、一番入口に近いベッドに女は眠っていた。大きな病室で、ベッドが十脚位ずつ、両側の窓に添って、二列に並んでいた。寝ている病人は、みんな女で、おんなじ様な顔をして、入口に起《た》った私の方を見ている。

「おれいさん」と私が云ったら、女が眼を開いて私の顔を見た。

「どうも有りがと」と落ちついた声で云って、少し笑った。「お変りもなくて」

「いつから悪かったんだい」

「さあ、いつからだか解りませんの。私何ともなかったもんですから」

「自分で苦しくなかったのかい」

「ええ、ただね傍《はた》の人がいろんな事を云って、息づかいが荒いとか、真赤な眼をしてるとか。御存知なんでしょう、私がまた出てたのは」

「知ってる」

「それで、その家《うち》のおかあさんが心配して、お医者に見せたんですの、そうしたら、もう随分悪かったんですって」

「そんな無理をしてはいけないねえ」

「だって私知らないんですもの、その時お熱が九度とか九分とかあるって、お医者様びっくりしていらしたわ」

おれいはそんな事を話しながら、口で云ってる事を、自分で聞いていないような、ぼんやりした目附きをして、私の顔を眺めている。

「今でも熱があるんじゃない」

「さあ、矢っ張りその位はあるんでしょう。ここに来てからまだ、もう幾日になるのか知ら。私、貴方がいらして下さる事、わかっていましたわ」

「どうして」

「どうしてでも」

庭の上の空を、大きな雲が通るらしく、辺りが夕方のように暗くなりかけた。

「僕はまた来るからね」

「ええ、でもこんな所気味がわるくはありません」

「そんな事はないよ。何故だい」

「本当はね、ここは耶蘇の病院なの」

「知ってるよ」

「私どうしようかと思いましたわ。初めは何でも市の病院に這入《はい》れるような話だったのですけれど、病人が一ぱいで、空《あ》かないんですって。それから、おかあさんがお医者様と相談して、耶蘇の病院に入れると云うんでしょう。私、子供の時から、耶蘇は好かないんですもの。竹町の横町に救世軍があって、太鼓をたたいているから、うっかり聞きに行くと、中に這入ったら最後、戸を閉めて帰さないんです」

「そんな事があるものか」

「いいえ、だから私、それに私が耶蘇の病院に這入ったりしたら、死んだ母さんや父さんにすまない様な気がして、ここに来る前は二晩も三晩も眠れなかったわ。すると毎晩毎晩、真白い猫が来て、寝床の足許《あしもと》の閾《しきい》で夜通し爪を磨ぐんでしょう。おおいやだ。思い出してもぞっとするわ」

「そんな事は夢だよ」

「いいえ、夢なもんですか。ここへ来る時はおあいちゃんと、おかあさんもついて来てくれて、三人で自動車に乗ってから、何処だか知らないけれど、両側に樹があって、道が暗くなったところを馳けぬけたと思うと、その道が少し坂になってたんですけれど、坂を下りかけた拍子に、片方の崖《がけ》から白い猫が自動車の窓に飛びついて来ましたの」

　おれいは段段早口になって、声も上ずって来るらしかった。

「それっきり私なんにも解らなくなって、気がついて見たら、ここに寝てたんですの。ふっと目を開いて見たら、ここの院長さんなんですの、青い顔をして、そら、よく耶蘇の絵にあるでしょう、磔《はりつけ》の柱の上で殺されている、あの怖い顔そっくりなんでしょう。私どうしようかと思いましたわ」

私は、五十銭銀貨を五つ紙に包んだのを、おれいの枕許において、その病室を出た。中庭の芝生の枯れかけた葉が黒ずんで、空は雲をかぶったまま、暮れかけて来たらしい。さっきの廊下に曲がる角で、出合い頭に変な男に会った。病院の白い著物を著ているんだけれど背中が曲がって、頸も片方の肩にくっつく様に曲がって、そうして白眼勝ちの恐ろしい目で、私の顔をぎろりと見た。

私はぎょっとして、一寸立《ちょつとた》ち竦《すく》みそうになった。すると、その男は、急に顔を和らげて、丁寧にお辞儀をして、行き過ぎた。何か恐ろしい前科のある人が、救われてこの病院に奉仕していると云う様なことを、私は考えずにいられなかった。

その男が行ってしまった後は、また長い廊下に人影もなかった。滅多に見舞に来る者もないらしい。それとも、私の来た時刻がいけなかったのか知ら。私は、何だか後からついて来るものを逃れるような気持になって、廊下から玄関に出た。

途中で日が暮れて、急に明かるい灯の列《なら》んでいる街に帰ったら、不意に身ぶるいがした。

夕方に吹き止んだ風が、夜中にまた吹き出す。私は、その前にきっと目をさましている。しんとした窓の外の、どこか遠くの方で、何だかわからない物音がする。ことりと云うただ一つの物音が、狙いをつけた鉄砲の弾のように、真直ぐに私の耳に飛んで来る。それが風の先駆なのである。さあと云う高い音の聞こえた時には、風は私の寝ている頭の上の空に来ている。そうして、窓をどんと押すのである。私は息も出来ないような気持になって、しかし、耳は益《ますます》冴えて来る。隣りの露地の戸に取り附けてある鈴が、澄み渡った音を立てて、ちりんちりんと鳴り響く。その響の尾を千切《ちぎ》るように、直ぐまた次の風が吹いて来て、前よりも一層鋭い音をたてる。おれいは私の別れた女である。寧《むし》ろ私をすてた女である。しかし、そうなる後先《あとさき》の行きさつを、今から思い返して見れば、女としては仕方のない道だったかも知れない。又、私をすてたと云っても、彼女はすぐに再び芸妓に出たのである。そうして、今は施療の病院に夭《よう》死《し》を待っている。あの大きな病室の中に、枕をならべた大勢の病人の中で、ただ一人だけ、際立って美しかったおれいの顔を、私は今思い出すのである。その俤《おもかげ》は私に懐しく、しかしどうかした機《はず》みに、また云いようもなく恐ろしかった。

病院の玄関に立ったけれど、矢っ張り何人もいなかった。勝手に上草履に穿《は》きかえて、長い廊下を伝って行った。薄曇りの空が重苦しく垂れて、廊下の両側の中庭は、汚れたように暗いのに、廊下の床板には不思議な光りがあった。その照り返しで廊下は明かるい筒のように、向うの果てまで白ら白らと光った。そこを歩いて行くものは、私の外にだれもいなかった。私は水を浴びるような気持がして、ひとりでに足が早くなった。

おれいの病床の傍に、五十位の口の尖《と》がった大男が立っていた。私の這入るのと入れ違いに出て行くのを見たら、片方の足がひどい跛だった。

「どうもすみません」とおれいが静かな調子で云った。「少し落ちついて来ましたの」

「そう、それはよかったね。熱が下がったのかい」

「そうらしいんですの。でもね、まだ御飯は運んで頂いてるんですけれど」

「ほかの人は自分で食べに行くのか」

「いいえ、自分で御膳を貰って来るんですわ。この部屋の人、大概みんなそうですよ」

「だって熱のある病人なんだろう」

「でも、それは仕方がありませんわ。どこか遠くの方で、じゃらん、じゃらんと云う鉦《かね》が鳴り出しますと、ここに寝ている人がみんな、むくむく起き出して行くんですよ」

「おれいさんには、だれが持って来てくれるんだい」

「看護婦さんの事もありますけれど、大概は男の人で、そりゃ迚《とて》も怖い人なんですの、猪頸で、背虫で」

暫らくして、おれいは変な事を訊き出した。

「ほうと云う字があるでしょう」

「どんな字だ」

「そら、お稲荷《いなり》さんなんかによくあるあの、そら、たてまつると云う字だわ。その下に、やすと云う字は何の事なの」

「奉安かい」

「それは、どう云う事ですの」

「安んじ奉る。それだけじゃ解らない。どこでそんな字を見たんだい」

「昨夜ね、御不浄に行った帰りに、廊下を一つ間違えたらしいの、そうしたら、そんな事を書いて、その下に室と云う字を書いた看板の出ている部屋がありましたの。中に灯りがついて、綺麗に飾ってあるから、何かしらと思ったんですわ」

私は黙っていた。屍体《したい》収容室の事を云って居るに違いなかった。

「さっきの人はだれだい」と私は話を変えた。

「あの人ね、高利貸なのよ」

「お客なのか」

「ええ、そうですの、でもあんな商売の人って、案外親切なものね」

「そうかも知れないね」

「お金を十円置いて行ってくれたわ。要る事もないんですけれど」

おれいは、一寸暫《ちょっと》らくの間、この病気に特有の咳をした。それが静まったと思うと、じっと眼を閉じて、黙っている。乾いた瞼の裏に、目の玉のぐりぐり動いているのが、はっきりと見えた。

おれいは、目を開いて、

「どうも私、この頃不思議な事がありますのよ」と云った。「耶蘇を信心する所為《せい》かも知れないけれど」

「耶蘇教を信仰し出したのかい」と私は驚いて尋ねた。

「ええ、まだよく解らないんですけれど、何だか有りがたい御宗旨のようですわね」

「何だか、おれいさんは馬鹿に怖がっていたんじゃないか」

「それはね、怖いには怖いんですけれど、ここの院長さんは、矢っ張り耶蘇なんですよ。院長さんて、そりゃ迚《とて》も怖い方なんです。口で仰有《おっしゃ》る事は、やさしい事を云うんですけれど、その声が怖いんですわ。何だか私、聞いてると身がすくむようよ。こないだもね、私のところにいらして、さあさあ、もう心配する事はない。われわれが真心をもって、看病して上げる。信じなければいかん。早くよくなる。じき楽になる、と云って、いつまでもじっと傍に立ってるんですもの。院長さんも肺病なんですって。

だから青い顔して、咳ばかりして。時時この廊下の外にテーブルを持って来て、演説なさるわ」

おれいは段段せき込んで話し出す。

「そのお話を聞いて、後でお祈りなさるのよ。ですから、この病室の人は大概みんな信者ですわ。そのお話し、私にはよく解らないんですけれど、それでも、伺ってるうちに、段段有りがたくなって来るらしいわ。この部屋の人が、あとでみんな声をそろえて、お祈りの事を云うんでしょう。アーメンと云うのは私だって云えるけれど、でも、その後で咳《せ》き入《い》る人が随分ありますのよ」

「そんなに、話しつづけると後でつかれやしないか」と私が心配して云った。

「ええ、でも何だか不思議なんですもの、それ以来、私、こう目をつぶっていても、いろいろの物が見えるらしいのよ。指を幾本か出して、目蓋《まぶた》の上に持って行くと、ちゃんと、その数だけ、指の形が見えるんです。奇蹟と云うのでしょうか」

私は、憑《つ》きもののする話を思い出して、ぞっとした。

「そんな馬鹿な事はないよ。変な事を考えてはいけない」

「そうでしょうか、私はなんにも解らないんですけれど」と云って、おれいは、また目をつぶった。

そうして、いつまでも黙っている。

目蓋の裏から、私の顔を見ているつもりかも知れない。この女の事だから、本当に見えるのかも知れないと思ったら、私はそこに立っているのが恐ろしくなった。

私は、おれいの病気の程度を知って置きたいと思ったから、帰りに玄関脇の事務室に這入《はい》って行って、係りの御医者に会いたいと頼んだ。

広い事務室の中には、片隅の机に、若い美しい女が一人いるきりだった。その女が起ち上がって、壁の時計を見ながら、今、回診が始まったばかりだから、相当時間がかかると思うけれど、かまわなければ、向うの部屋で待って居れと云って、私を応接室に案内してくれた。

私は応接室で長い間待っていた。壁と窓ばかりの、がらんとした部屋の中に、晩秋の冷気が隅隅に沁み込んでいるらしかった。辺りに何の物音も聞こえなかった。この病院の患者達は、いつ迄もただ黙って寝ているきりで、癒ると云う事もなく、また死ぬ事もないのではないかと云う様な、取り止めもない事を考えかけて、ふと私は、さっきおれいの云った奉安室の話を思い出した。そうして、おれいが、綺麗な部屋だと云ったのは、どんな風に飾ってあるのだろうと想像して見た。しかし、私の考えは、何のまとまりも附かなかった。それから、いつ迄も物音のしない部屋に一人いて、いろいろの事を思い出しそうで、特におれいとの以前の事など思い出しそうで、ただいつまでも何となく落ちつかない気持がするばかりであった。窓の傍に起って、外を眺めても、どんよりと曇った空には、雲の動く影もなかった。

いきなり扉があいて、びっくりする程、脊の高い男が這入って来た。恐ろしく大きな顔で、額が青白くて、目玉が光っている。私の顔を見ると、急に目の色を和らげて、一寸《ちょっと》会釈したまま、黙って出て行った。頰にも口の廻りにも、同じような鬚《ひげ》が生えていた。

すると、入れ違いに、扉を敲《たた》く音がして、女のお医者らしい人が這入って来た。

「お待たせ致しました。私が副院長で御座います」と云った。

小柄で、顔が引締まっていて、白い著物がよく似合った。私の話をきいて、

「本当にお気の毒で御座います。おとなしい、内気の方のようで御座いますから、なんにも仰《おっ》しゃいませんけれど、まだお若いのにお可哀想で御座います。もうあの程度までに進んでしまいますと、後はただ時日の問題だけになりますので、こんな事を申上げては如何か存じませんが、せいぜい後一月もどうかと思うので御座います」

「先程見舞ってやりましたら、今日は大分いい様な事を云って居りましたが、そうでもないのですか」

「いいえ、ちっともおよろしいどころでは御座いません。どうも、こちらに入《い》らっしゃる方は、みんな余っ程悪くなってからでないと、養生のお出来にならない様な事情

の方が多いのでして、それに、男子の方には、一時は軽くなって、一先《ひとま》ず御退院なさると云う様な方も御座いますけれど、女の方でそう云う場合は、まあ殆ど御座いませんですね」

「食べ物は食べられるのでしょうか」

「お熱がおありになりますから、おいしくは召上がれないと思いますけれど、何でも欲しいと仰しゃる物でしたら、差上げて頂きたいと思います」

私は、慌しい気持がした。その部屋を辞して、一旦玄関に出てから、また病室の方に引返して行った。

「あら」とおれいは云って、不思議そうに私の顔を見た。

「一寸《ちょっと》思い出して帰って来たんだけれど」と私は困惑しながら云った。途中から引返したにしては、余り時間が経《た》ち過ぎている。しかし、そんな事を問い返す女ではなかった。

「この次ぎ来る時、何かおれいさんの欲しいものを持って来て上げようと思ったのだ」

「まあ、そんな事、すみませんわ、別に欲しい物ってないんですもの」

「でも何か云いなさい」

おれいは暫らく黙っていた。じっと目をつぶっている。

「蜜柑《みかん》と、それからカツレツが食べたいと思う事がありますけれど、蜜柑は、この病院の男の人が、みんなの使に行って、買って来てくれますの」

遠くの方で、じゃらん、じゃらんと云う締りのない鉦《かね》の音がした。

「あら、もう御飯ですわねえ」とおれいが淋しそうに云った。

気がついて見ると、外が薄暗くなりかけている。

部屋の中に、光りの弱い電燈が、一時にともった。その灯りの下で、今まで、じっと寝ていた病人達が、むくむくと起き上がって、みんな申し合わした様に、一先ずベッドの上に腰を掛けて、それから、そろそろと辷《すべ》る様にベッドを下りて来た。そうして足音もなく入口の方に歩いて来る。入口に一番近い所におれいのベッドがあって、そこに私は立っているのである。私は、急いでおれいに、また来るからと云い残して外に出た。廊下の両側が、何となく、ざわめいていた。病人の群の歩く足音かもしれない。私は、門を出てからも、暫らくの間は、おれいの病室のベッドとベッドの間を列んで動き出した病人の姿と、その中にじっと寝たままでいるおれいと、もう一人おれいの列の奥の方のベッドにいた病人の姿とが、目の前をちらついて、消えなかった。

郊外電車の駅のある町の入口で、暗い道の端を伝うように歩いて来る男と行き合った。その男は大きな包みを抱えて、片手に棒切れのようなものを持っているらしかった。私は擦れ違う拍子に、その男の頸の曲がっている事を認め、すぐに病院の例の男だと思った。無気味な白眼が、暗い所でも、はっきりとわかる様な気がした。

私は二三歩行き過ぎてから、すぐに気がついて、その男を呼び止めた。

「一寸、もしもし」

その男は、いきなり立ち止まったきり、一寸の間身動きしなかった。それから、急に振り向いたかと思うと、

「へい、お呼びで」と云いながら、迫る様にこちらへ近づいて来た。何だか、その身体の動かし方が、獣の様で無気味だった。

「病院の方《かた》ではないのですか」

「左様で御座います」

勘高い張りのある声で、切り口上の口を利いた。

「何か御用で」

「これから病院に帰るのですか」

「左様で御座います」

私は、おれいに蜜柑《みかん》をことづけたいから、持って行ってくれないかと頼んだ。男はすぐに承知して、私と一緒に店屋のある方まで引返して来た。

「旦那はあの方の御親戚でいらっしゃいますか」

「親類と云うのではないけれども、まぁ身寄りのものです」

「左様で、どうも誠にお気の毒な方で御座います。この二三日またお悪いようで、昨晩など随分心配いたしました」

「昨夜どうかしたのですか」

「へい、御存知御座いませんですか。夜遅く急に廊下をお歩きになりまして、手前がお見かけしたものですから、病室にお連《の》れしようと致しますと、基督《キリスト》様を拝むのだからと仰しゃって、手前を押し退ける様になさるのですが、どうも大変な力で、どこからぁんな力が出ますか」

私は、蜜柑《みかん》を託して、その男と別れてから、帰る途途《みちみち》、昨夜の話を思い出す度に、身ぶるいがした。私には、あの病院が無気味になって来た。そうして、その中に寝て、不思議な勘違いをしているおれいの事を思うと、なお一層、恐ろしい気持がした。

この頃毎日夕方に風が吹いて、じきに止んでしまう。風の止んだ後が、急に恐ろしくなって、部屋の中に身をすくめた儘、私は手を動かす事も出来ない。しんとした窓の外を人が通る時は、閉め切った障子を透かして、その姿がありありと見える。静まり返った往来に、動くもののない時は、道を隔てた向うの土塀が、見る見る内に、私の窓に迫って来る。

私は、はっと気がついて、己に返る。すると自分の中年の激情が、涸《か》れつくす迄も愛した事のあるおれいの、今の青ざめた顔が目に浮かぶ。私はすぐにもおれいに会いたくなる。

電車から降りたところの肉屋で、カツレツの柔らかいのを一片《ひときれ》揚げさして、すぐ食べられるように、細かく庖丁を入れて貰い、経木《きょうぎ》で包んだ上を、新聞にくるんで、その包を懐の肌にじかにあてて、温《ぬく》りがさめない様にして私は病院に急いだ。午飯《ひるめし》に間に合うようにと思ったのだけれど、或《あるい》は少し早過ぎたかも知れない。晴れ渡った空に、遅い渡り鳥の群が低く飛んでいる。

私は廊下を伝って、その四辻を、いつもの通り、左に曲がろうとした。すると、そちらの廊下に、大勢の病人が、椅子に腰をかけたり、しゃがんだり、中にはその上に寝たままの寝台を入口から半分ばかり引張り出したりしている。そうして、その廊下の突き当りには、いつぞや応接室で顔を見た脊の高い男が、テーブルを前に置いて、立っている。何か話しているらしい。院長さんに違いない。院長さんが、説教しているところだろうと思ったから、私は遠慮して中に這入らなかった。

間もなく院長さんは、テーブルの前に腰を掛けた。そうして、その上にある痰壺《たんつぼ》のようなものを手に取った。院長さんは咳をしている。その間、廊下にいる病人達は、黙って身動きもしないでいる。廊下の外の中庭には、秋の陽が、さんさんと照っている。

それから、また院長さんが起ち上がった。力のない声の響が、その廊下の角になった所に立っている私にも聞こえて来た。

「それで皆さんはどう思う。お金はないのだ。有っただけは、みんなお米に代えて、みなし児に食わしてしまった。もうお米もない。一粒もない。明日は、明日となれば、もう、いよいよだ。十人の孤児に食わせる物がないのだ。餓え死だ。石井さんは十人の孤児を連れて、操山と云う山に登って行った。山は天に近いのである。自分達のお祈りの声が、少しでも神様に近く聞こえるように、と石井さんは思ったのである。操山の頂で、孤児達と共に、声を合わせて、一心不乱にお祈りをする。最早《もはや》神様におすがりするより外に道はないのである。しかしまだ奇蹟は現われない」

私の後《うしろ》で、人の気配がするから振り返ったら、頸の曲がった男が、私にお辞儀をしていた。副院長さんが、後でいいから、私に用があると云う言伝《ことづて》なのである。それから、この間の蜜柑を持って帰ったら、おれいが非常に喜んだと云う事を附け加えて、さもさも古くからの知り合いである様な態度で私に話しかけた。

私は、今こうして待っている内に、その用事を聞いて置こうと思って、すぐに副院長のところへ行った。

「先程入らしたところを、お見受け致しましたので、一寸お耳に入れて置きたいと存じまして」と副院長は云った。おれいの容態は益《ますます》よくない。今日明日のうちにも、重症患者の部屋に移さなければなるまいと思っている。就《つい》ては萬一の急変のあった場合、病院の保証人になっている抱え主と姉の許《もと》には勿論《もちろん》知らせるけれど、外《ほか》に身寄りもない様だから、差支《さしつかえ》なければ私の所にも知らせようか。病院としては、電話の連絡が出来れば、そう云う場合、出来るだけ早く来られる人に来て貰いたいのだ、と云う話であった。

私が、取次の電話の番号を紙片に書いている時、遠くの方から、低い合唱の声が聞こえて来た。それは直ぐに止んで、それからお祈りの声が、廊下を溢れる様に流れて来た。

私は、自分の体温と同じ位になったカツレツの包みを抱いたまま、おれいの病室に行った。もう院長さんのお話は終って、廊下の病人もみんな自分達の部屋に這入っていた。

おれいの目は光っていた。

「今お祈りがありましたの」と云って、何か口ずさむような様子をした。

「私、初めは、もう一度だけでいいから、よくなって、この病院を出たいと思っていましたけれど、今は、もうこの儘死んでもいいと思いますわ」

「そんな事を云ってはいけない。早くよくなるつもりで元気を出さなければ駄目だ」

「いいえ、私もうちっとも怖くないんですの、天国と云うところが解って来ましたの」

「僕は今日カツレツを持って来たんだよ。さめるといけないから、懐の中にしまってあるんだ」

「まあ」と云って、おれいは素直に笑った。

「本当にすみません。でも少ししか頂けないから、つまんないわ」

「あんまり食べすぎて、お腹をこわしても困るから、少しの方がいいだろう」

「でも折角頂いたのに」

私は懐からカツレツを出して、温かい包のまま、おれいの手に握らせた。

「今度は、さめない様におれいさんの蒲団の中に入れておきなさい。熱があるから、きっと僕より温まるよ」

「本当ね」と云って、おれいは美しく笑った。そうして、その包を布団の中に入れてしまった。

いつぞやの小さな看護婦が来て、私に、

「恐れ入りますが、一寸」と云った。

一緒について出ると、廊下の角の所で看護婦は立ち止まって、

「あの、先程副院長先生が申し忘れましたけれど、今日は患者さんとのお話しを、なるべく短くして頂くようにと、そう申上げて来いと云われましたので」

「ああそうですか、解りました。大分わるい様なお話しを、さっき伺ったのです」

「本当にお気の毒で御座います」

そう云って、看護婦は向うへ行ってしまった。

私は一旦病室に引返して、「何だか帰りに受附に寄ってくれと云うんだから、もう行くよ」と云って、その儘、廊下に出てしまった。

「そう、どうも」と云う微かな声が、後《うしろ》に聞こえた。

長い廊下を歩いているうちに、私は涙が眶をこぼれそうになった。まだ、玄関まで行かない時、食事の鉦が、じゃらん、じゃらんと聞こえて来た。

寒い雨の降り出した午後、私は自動車で病院に行った。

その日のお午前《ひるまえ》から、曇った窓の外に、おれいの気配がするらしく思われて、じっとしていられなかった。

自動車は、田舎道の凹《くぼ》みに溜まった雨水を、濡れた枯草の上に散らかしながら馳《はし》った。

所所にある森が、辺りの雨を吸い取って、大きな濡れた塊りになったまま、ゆらゆらと揺れていた。

病院の長い塀にさしかかった時、私は不思議な気持がし出した。自動車が急に曲がって、雨に洗われた砂利の上を、門の中に辷《すべ》り込んだ拍子に、向うのぱっとした、明かるい光の中に飛び込んだような気がした。

病院の中は暗かった。玄関の衝立《ついたて》の陰には、昼の電燈がともっていた。

式台を上がった所で、頸の曲がった男と顔を合わせた。

「降りますのに、大変で御座いますね」と云って、白い眼で私の方を見上げた。「病室をお移りになりましたが、お解りでしょうか」

「いやまだ知らないのです」

その男は、どう云うつもりか、わざとらしく、玄関前の植え込みに降り灑《そそ》いでいる雨の脚を眺めた後、こちらに向き直って、

「それでは、手前が御案内いたしましょう」と云った。

そうして、私と並んで、背中を曲げて歩き出した。

「御心配で御座いましょう。全くお可哀想で、あの寝台から落ちられた話は、御承知で御座いましょうか」

私は、はっとして、顔の色の変ったのが、自分でわかる様な気がした。

「それは、いつの事ですか」

「はい一昨晩の、まだ宵の口で御座います。いきなり御自分のベッドの上に起き直って、それから、そろそろとお立ちになったそうですが、同室の人が見て居りますと、妙な手つきで、胸に十字を切って、そうして、ふらふらとベッドの上を歩き出されたと思ったら、もう床板の上に落ちて、気を失って居られたそうで御座います。何しろ重患の人ばかりなもんですから、それを見ていても、すぐに馳けつけて先生方にお知らせする事も出来ませず、一時は大変な騒ぎだったそうで御座います。知らせがありましてからは、すぐに手前も馳けつけまして、ベッドの上には手前がお寝かせしたので御座いますが、どうも何か、エス様のお話しを聞き違えていらっしゃるらしいとか、先生方の御話しで御座いました。昇天でもなさるおつもりではなかったか知らと云う様な事を、皆様で御話しになっていらっしゃいました。それにお熱も御座いますし、全くお気の毒に存じます」

以前の病室に曲がる四辻を通り越して、ずっと奥まった片側に、重症患者の病室はあった。

「こちらの端のお部屋で御座います」

「どうも有り難う。又病人がいろいろ御手数をかけて、本当に申しわけありません」

「どう仕《つかまつ》りまして。それでは、これで御免蒙ります」

私は、この変な男に抱き上げられているおれいの姿を思わず心に描いて、慌てて塗り消した。

今度の部屋は、小さくて、ベッドは四つしかなかった。窓際にあるおれいのベッドの傍には、年を取った付添の女がついていた。

私は他の病人に会釈して、這入った。重症と云っても、みんな顔附は左程《さほど》でもなかった。おれいも今の話の様な事があったにしては、あんまり変っていなかった。

「どうも、有りがと。今度はこっちにまいりましたので」と云って、おれいは一寸笑った。

「今度は上等だね」と私も笑った。「こないだは危かったそうじゃないか」

「ええ、皆さんに御心配かけちまって、私、いろいろ考えているんですけれど、なんにも知らないものですから、死ぬまでに考えきれるか、どうだかわかりませんわ」

「考えるって、何を考えるんだい」

「それが、何ってはっきりわからないんですけれど。でも私、今まで間違っていたと思いますわ。院長先生は、エス様の仮りのお姿なのよ。きっと。私がエス様の事を思ってると、いつでも、きっとなのよ、院長先生が、窓からお覗きになるんですもの」

「そうかも知れないけれど、おれいさんは昔からよく信心してたんだから、エス様も外の神様もおんなじ事なんだから、あんまり考え過ぎて、迷ってしまってはいけないんだよ」

「そうですわねえ。それで私、院長先生にお話しする事があるんですの、毎晩毎晩猫が鳴くんですもの。きっとあの白い猫が鳴くんですわ。何だって私、目をつぶっててもはっきり見えるんですのに、あの猫だけは、どこに隠れて鳴いてるのか知ら」

「それで一寸しばらくお話しをよしましょうね。後でつかれて苦しくなるといけませんからね」と附添の女の人が云った。

「ええ」と云って、おれいは、おとなしく目を閉じた。しかし、すぐにまた開けて、私の顔を見ながら、「カツレツおいしかったわ。でもほんのちょっぴり」と云って、また目をふさいだ。

そのうちに、おれいは、眠りかけたらしい。聞いている方の自分が息苦しくなる様な、速いおれいの息遣いを聞きのこして、私は病室を去った。

十二月二十五日、小春のようなクリスマスのお午《ひる》におれいは死んだ。附添の看護婦に蜜柑の皮をむいて貰って、半分食べた儘、死んだそうである。

急変の知らせを受けて、馳けつけた時は、間に合わなかった。おれいは奉安室に移されていた。

笑　顔　「昇天」補遺

私が子供の時通った学校道の向うから、亜米利加《アメリカ》人の子供が五十三人、一かたまりになってやって来た。みんな顔がのめのめしているので、白子の様でもあり、セルロイドの様にも思われた。子供達の真中に盛り上がった様になった所に、母親と祖母がいたが、二人の歳はあまり違っていない様に思われた。黒縁の眼鏡をかけている方が母親である。その顔に目覚えがあると思って、一生懸命に考えていたら、やっと思い出した。十年ばかり前に、おれいが耶蘇教の施療病院で死んだ時、病院の廊下で会った事がある。

おれいは芸妓をしていて死んだけれども、生れつき内気な性質《たち》で、子供の時、家にお客が来ると、梯子段の中途に息を殺して隠れてしまう。下から、降りてお出でと云うと「ええ」と小さな声で返事をして、その拍子に一段上に上がって腰を掛け直す。よよその人が帰ってしまわなければ決して降りて来なかった。

近所まで行って蠟燭《ろうそく》を買って来いと云われると、出掛ける事は出掛けるけれども、向うへ行って待っていて、店に這入る事が出来ない。それで小さな妹を連れて行って、自分は往来で待っていて、妹に蠟燭を買わせて帰って来た。

大きくなってから、二親《ふたおや》とも死んでしまった後、姉の亭主の計らいで無理に芸妓に出されたが、そう云う気質だから、つらかった事であろうと思われる。しかし、遊ぶお客の方から見れば、そんな風な芸妓もまた面白いに違いない。綺麗にお座敷ばかり稼いで、それで相当に売れたらしい。

十九の歳に死んだのだが、後で色色の人の話を聞いて見るに、おれいは純潔のまま昇天したらしい。肺病と云う事が解ってから後の病気の進み方が速かったのも、どうせそうなるものなら或はおれいの仕合せであったかも知れない。

自分では肺病と云う事を知っていたのか、知らなかったのか解らないが、仕舞頃にはお座敷で随分酒を飲んだらしい。おとなしい芸妓が急に盃を取り上げてお相手をし出したので、お客の方では華やかな意味に取って、もっと、もっととすすめた事もあるであろう。おれいが死んだと云う知らせを聞いて、いつもお座敷に呼んでいた生魚問屋の若旦那が来て、自分がお酒を飲ましたのが悪かったと云って泣いたそうである。

或る日私がその施療病院へ見舞に行くと、おれいは何となく嬉しそうな顔をしていた。瘦せこけたなりに美しい俤《おもかげ》を残している頰に、微かな笑顔が輝いている様であった。枕に頭をつけたなり、横目で枕許に転がしてある林檎《りんご》を眺めて云った。

「これを戴きましたの」

「それはよかったね」

「親切な異人さんですわね、その異人さんが御夫婦で入らしたのですって。みんなのお見舞に、林檎を一つ宛《ずつ》下すったの。それで今、事務所の人が、配ったのですわ」

気がついて見ると、大きな病室の両側の窓際に、二列に列《なら》んだ二十ばかりの病床のどの枕許にも、赤い林檎が一つ宛、美しい色を放って病人の頰を照らしていた。

林檎をくれた西洋人は私は知らないのだから、五十三人の子供を連れていた亜米利加婦人とは無関係である。しかし、何故そんな夢を見たのかと、朝起きてから考えていたら、今日は二十五日であって、おれいはクリスマスのお午《ひる》に死んだのだから、月は違っても命日なので、何かそんな気がしたのかも知れない。

蘭陵王入陣曲

学校の講堂に雅楽の舞台を設備し、向かって左手の床の上には、箏《そう》や太鼓や、その外いろいろと、あんまり見なれない綺麗な楽器を並べたてて、金銀朱紫の色の錯落する間に、眼鏡をかけた楽師達が居流れた。

飛んでもない調子のところから、いきなり笛がぴいと鳴りわたり、箏が心もとない爪音で、ぼろんぼろんと這い廻る様な音をたてた。時時太鼓が、どんどんどんと鳴った。みんな勝手のちがったところで、思いもかけない時に鳴り出すので、どう云う気持ちでいればいいのか、解らなかった。

そのうちに笙《しょう》が、ひゅうひゅうと鳴り始めた。音が続いていて、その間に、微かに節らしいものを追う事が出来るから、少しは安心して聴いていられるけれども、一体、お芽出度《めでた》いのだか、物悲しいのだか、見当がつかなかった。氏神様のお祭りのようでもあり、神道の家のお葬《とむら》いのようにも思われた。

舞台の上では、蘭陵王《らりようおう》が、赤い衣裳を著《つ》けて、狐の頭に似た無気味な面をかぶり、曖昧な足どりで、狭いところをふらりふらりと歩き廻った。どうかした機《はず》みに、急に手に持った桴《ばち》を高く差し上げた。その様子が、空中の何物かを狙っているらしくもあり、又練り歩いているうちに、突然びっくりした様な気配にも見えた。する事も、音楽も、みんな別別で、合点の行かぬ気持で眺めている内に、どう云うわけだか、段段蘭陵王の舞が此方の気持に合って来るように思われ出した。音楽の調子もそれにつれて、次第に不思議でなくなりかけた。

蘭陵王が不意に桴を挙げた途端に、お面の目玉がきらりと光った様に思われた。そろそろと動き廻る姿が、何処となく物凄くなり、とんと踵《かかと》で舞台の床を踏んだ足音に、私はそうっとして、頭の髪が一本立ちになるような気がした。

その催しが終ってから、外に出たら、屋根の向うに見える空の隅隅が、少し暗くなりかけていた。

家に帰って、酒を飲んだら、急に目先がちらちらして、びっくりする様な横笛の音が、続けざまに聞こえて来るように思われ出した。箏の音も箏箏然と聞こえるらしかった。何となく顔が狐に似て来たように思われて、桴に似たものがないから、箸箱を握った途端に、壁一重の隣りで、何だか、がたんと云う音がしたから、それを相図に起ち上がった。

お隣りでびっくりしますから、と頻《しき》りになだめられるのを耳にも入れず、私はお皿を蹴飛ばして、蘭陵王入陣曲を舞った。伴奏の雅楽がないから、時時口でぴいぴい、どんどんと云い、笠置《かさぎ》の山の歌を歌って、無暗に畳を蹈んだら、根太《ねだ》が落ちたらしく、辺り一面がぐらぐらし出した。

翌くる日、起きて見たら、両足の親ゆびの爪が、両方とも血でかたまり、痛くて、足を踏みたてる事が出来なかった。お隣りからお祖母さんがお見舞に来て、昨晩はどうなさいましたと云っているのを、私は息を殺して、聞いていた。

夕立鰻

　鰻屋の俎《まないた》の横に積み重ねた籠の中で、鰻がたくさん、上になり下になり、揉み合って居りました。竹の管の小さな穴から、ぽたりぽたり落ちてくる雫を頭にかぶって、その中の一匹が、大きな欠伸《あくび》をいたしました。

　お店の上り口の部屋に、家の人達は、みんな仰向けになって、午寝《ひるね》をして居りました。

　だんだん外が暗くなって来ました。夕立雲がおいかぶさったのです。今まで、むしむしして、風がちっともなかったのに、急に辺りがひやりとして、へんな冷たい風が吹き出しました。

　一ばん上の籠にいた一匹の鰻が、仲間のみんなを押しのけて、上へ上へと伸び上がっているうちに、籠の縁に顎がひっかかりました。鰻はそこからからだを乗り出して、籠の外に出ました。籠の縁から、下の三和土《たたき》におっこちた時、ぴしゃりと云う音がしましたけれど、家の人達は、眠って居りましたから、何人《たれ》も知りませんでした。

外の道が暗くなって、大きな雨粒が、ぽつりぽつりと落ち始めました。

どこか遠くで雷がごろごろと鳴りました。

鰻は、三和土のぬれたところを伝って、水はけの穴口から、表の溝《どぶ》の中に這い込みました。

溝の中では、水のかわいた所に、鼠がしゃがんで、顔をこすって居りました。その目の前に、大きな鰻がにょろにょろと這って来たので、鼠はびっくりして、顔を拭くのを止め、「ちゅっ」と鳴いて、穴の中に逃げ込みました。

その溝は、浅く埋もって居りましたので、鰻は暫らく這い廻っているうちに、泥の高くなった所から、また往来に這い出しました。

その時、黒雲が低く垂れて、辺りは夜のように暗くなりました。雨がはげしく降り出したので、道にころがっている小石が押し流されました。稲光りが、ぬれた往来に、ぎらぎらと光りました。その中を、鰻は横切って、道の向う側の大きな下水の方に這って行きました。

向うの乾物屋の軒の下で、雛が半分からだをぬらして、慄えていました。

すると鰻が往来を這って来だしたので、突っつくつもりで、雨の中に二足三足歩き出して行きましたところが、あんまり鰻が大きいので気味がわるくなり、後退りしかけた途端に、またひどい稲光りがして、丁度往来の真上の辺りで、空の裂けるような雷が鳴りました。雛はびっくりして、「かっ、かっ」とわめきながら、乾物屋の店に馳け込んでしまいました。

鰻はそんな事におかまいなく、雨をかぶってますます元気になり、うねくねと、大きくからだを曲げて、見る見るうちに往来を横切り、今にも向う側の下水の縁に這い込もうとした時、どこからか犬が馳け出して来て、鰻をくわえようとしました。犬は走って来た勢いで、下水の縁にのめりかけたので、蹈み堪えている目の前を、鰻はするすると、すべるように下水の中へ這入ってしまいました。

土砂降りの雨水が流れ込んで、泥水が矢のように流れ落ちて行く下水をのぞいて、犬はいつまでも、雨に打たれながら、びょうびょうと吠えつづけました。

鶴

丹頂の鶴が心字池《しんじいけ》の汀《みぎわ》に沿って、白い砂をさくさくと踏みながら、私の方に歩いて来た。群れを離れて一羽きり餌をあさっているのかと思ったところが、鶴はまともに私の顔を見ながら、細長い頸を一ぱいに伸ばして、段段足を早めるらしい。

広い庭に人影もなく、晴れ渡った空の真中に、白い雲の塊りが一つ、藪の向うの天主閣に向かって流れている。私は近づいて来る鶴に背を向けて、なるべく構わない風を装いつつ、とっとと先へ歩き出した。

急にいろいろの事を思い出すような、せかせかした気持がして、ひとりでに足が早くなった。その中には、既に忘れてしまった筈の、二度と再び思い出してはいけない事までも、ちらちら浮かび出して来そうであった。小さな包みを袂から出して、渡し舟の舷《ふなべり》にそっと手を下ろし、川波がきらきらと輝いて、その中にむくれ上がった様な大きな浪が一つ、舟の腹に打ち寄せて来た。何年たっても、起《た》ち上がった拍子に、或《あるい》は坐った途端に、ありありと思い浮かぶのである。鶴の足音が聞こえて来た。そんな筈はない。その時もう私は馳け出していて、芝生の草の根に足をすくわれ、向脛《むこうずね》をついて、前にのめった頭の上を、さわさわと云う羽根の擦れる荒荒しい音がして、鶴が飛んだ。長い脚がすれすれになる位に低く、茶畑の上を掠めて、向うの土手の腹にとまり、そこから羽ばたきしながら土手の上まで馳け上がって、れいれいと鳴き立てた。

その声が、後楽園を取り巻く土手の藪にこだまして、彼方からも、こちらからも、れいれいと云う声が返って来た。

私は身ぶるいして起き上がり、裾の砂を払いもせずに、辺りを見廻すと、池はふくらみ、森は霞んで、土手の上の鶴の丹頂は燃え立つばかりに赤く、白い羽根に光りがさして、起っている土手のうねりが、大浪の様に思われ出した。

鶴は足掻《あが》きを軽軽と見せて、頸をしなやかに曲げながら、水の上を渉《わた》るように辺りを輝やかせつつ、又私の方に近づいて来た。

慌てて踏んだ足許の砂が鳴って、私は飛び上がる程驚いた。足を早めて鶴から遠ざかろうとすると、一足毎に足が竦み、池を廻って逃げようと思う後から、もう鶴の気配が迫って来た。

空の白雲はさっきの儘、大きなお萩の様な形をして、その突端が天主閣に向かっている。あんまり動いていないのを見て、私は何だかほっとする様な気がした。

柄の長い竹箒を持った男が、私の後に起っていると思ったら、矢っ張り鶴であった。爪立《つまだ》てするような恰好をして、いつまでも私の顔をじっと見つめた。

足もとの草の葉も、池に浮かんだ中の島の松の枝も、向うの森の楓の幹も、みなぎらぎらと光り出した。川波に日が射して、眩しい中に一ところ気にかかる物がある。川下の橋から伝わる得態《えたい》の知れない響きが、轟轟と川の水をゆすぶっている。

鶴は人のように歩きながら、私と並んで橋を渡った。小川に水が溢れて、道の砂が濡れている。藪の陰を伝って、裏門まで来て見ると、両方の扉が一ぱいに開かれて、向うに明かるい田圃と、遠い山が見えた。

鶴が急にはっきりした姿になり、又丹頂の色が燃え立ったかと思うと、烈しい羽ばたきと共に、長い頸を遠くの空に向けて、はたはたと立ち上がった。羽風にあおられた途端に、ぞっとして、身ぶるいした。恐ろしさと共に、口惜しい気持がこみ上げて、鶴の飛ぶ姿を一心に見つめた。雛ぐらいの大きさになり、鳩ぐらいになり、雀ほどになるまで、まだその先まで私は見失わなかったと思っている。

北　溟

便船を待っている内に、大変な風が出て、待合所の硝子戸《ガラスど》が外れそうになった。洋服を著《き》た男が五六人、一かたまりになっていたのが、急にみんな起ち上がった。そこいらをうろうろ歩き廻って、頻《しき》りに外の様子を眺めている。私も硝子戸を透かして外を見たが、打ち寄せて来る浪は、家の棟を越すぐらい大きいけれど、水の色が水晶の様に綺麗で、広広とした砂浜を音もなく走り、待合所の板壁に当たって砕ける時は、繁吹《しぶき》がきらきらと光って、辺りをぱっと明かるくした。

待合所の戸を開けて、出たり這入ったりする者があるので、気が落ちつかなくなった。人の出た後の隙間から風が吹き込んで、そこいら一面に、椿の葉っぱの様な不思議なにおいがし出した。

次第にみんなが出て行くから、私も様子を見ようと思って浜辺に行ったら、人人が沖を見て騒いでいるところであった。

水と空のくっついた辺りに曖昧なところがあって、そこから灰色の雲を細長く伸ばした様な物が、こっちに飛んで来た。風に乗って、浪の頭を撫でる様に海の上を転がっている。見る見る内に岸に迫って、音もなく砂浜にふわりと打ち上げられた。

そのふわふわした物のまわりに、握拳《にぎりこぶし》ぐらいの膃肭獣《おっとせい》の子が沢山まぶした様にくっついていた。傍《はた》の人がそれを拾って食っているので、私も一つ握って見たら、少し温かみがあって、案外かわいているので、手の平に伝わる感じが何とも云われない好い気持であった。

食っている人の様子を見ると、一たん口に入れて、すぐに何か吐き出し、その後を啜《すす》る様にして、いくつもいくつも新らしいのを掴まえている。それで私も手に持っているのを口に入れて、啜って見ると、紫色の汁が垂れて、葡萄《ぶどう》を噛んだ様な味がした。

また沖の方から、さっきと同じ暗い物が、海の上をころがって来た。砂浜に打ち上げられたのを見ると、今度は麦酒罎《ビールびん》ぐらいの膃肭獣の子が、点点とまだらの様に乗っていた。少し形が大きいので、自分で首を動かして、辺りを眺めている様子が、余程はっきりしている。

しかし傍の人は前と同じ様にそれを握って口に入れた。私もそうして見たが、味は別に変わらなかった。

その後から又前と同じ様な物が、浪の上を渡って飛んで来た。風の所為《せい》だろうと思うけれど、いつまで経《た》ってもきりがない。膃肭獣は段段大きくなり、沖の空はますます物騒である。帆柱のない大きな発動機船に乗って、向うに渡る事になっているのだが、そんな船はどこにも見えないし、岸にはさっきから吹き寄せた雲だか綿だか解らない物が段段積み重なって、その中から色色の大きさの膃肭獣がのぞいたり隠れたりしている。後から来たのは顔が牛ぐらいもあった。

またみんなで待合所に帰り、戸を閉めて、硝子越しに外を見ていると、風が吹き募って、方方が、がたがたと鳴り続けた。さっきまで綺麗な大浪が走っていた浜辺はすっかりよごれて、四辺が薄暗くなり、傍の人達も次第にみんなで寄り添う様にして動かなくなった。

沖の方から大きな浪のうねって来るのが見えた。小山の様に盛り上がって、いくつもいくつも後から押して来るらしいが、浪の頂はなめらかに輝き、水は澄み渡って、海の底まで見えそうに思われた。こうして船を待っている私共のまわりが暗くなるに従い、海は段段明かるく光り出して来る様であった。

虎

そろそろ汽車の通る時刻だと云う事がわかったので、線路を伝わって来る響きに注意していたが、辺りにいる人達も何となく不安そうであった。

大概その汽車が通ってしまった後で、虎が出ると云う話であった。私は今日来たばかりで今までの事は知らないけれど、あまり面白い事ではない。ここいらの人人が、よくそんな事を我慢していられるものだと、不思議に思った。

線路は単線で、随分高い土手の上を走っているのだが、丁度私共のいる所が丘になっているので、この辺りは線路と地面がすれすれである。それも考えて見れば用心の悪い事であると思われた。

丘の上には、一抱えぐらいの幹の、大きな樹が、同じ間をおいて、一本ずつ、はっきりと立っている。丘の向うの果てまで、随分の数だと思われるけれど、森や林の様に茂り合っていないから、見た目が晴れ晴れしく、地面を照らしている日向と、そのところどころに大きく点点と散らばっている梢の影とが、壮大なまだらを造っている。

天気もよく、風も穏やかであるが、あまり辺りが静かなので、気持が落ちつかない。樹の影がはっきりしているのも、見ようによっては、けばけばしくも思われ、静かに渡る風に揺られて、少しずつ動くのを見ると、丘全体が大きな獣の背中の様な気がする事もあった。

そんなに気にしていない間《ま》に汽車が通り過ぎた。振り返って見たら、つないだ箱が不揃で、貨物も引っ張っている混合列車であったが、思ったより短くて、すぐに向うへ曲がって見えなくなった。

近づいて来る時は、まるで気にならなかったのに、そんな小さな汽車が通り過ぎた後、いつまでも地響きが消えないので、どう云うわけだろうと思ったが、その内に、あっちこっちで人が二三人ずつ立ち話しをし出した。

「今の汽車に乗っていたのではないか」

「私もそんな気がする」

「今日は妙な方から来たものだな」

「そんな事ではないかと思った」

「しかし、ちっとも時刻をたがえない。もうこれで何日続くのだろう」

私がその仲間に近づいて行って、もっとくわしく聞きたいと思っているところへ、向うから袴をつけた男が走って来て云った。

「さっきの汽車の一番後《うしろ》の箱に乗っていたのですよ。何だか、がたがたしていたので気がついたそうです。早くそう云って向うへ知らして下さい」

近くに停車場があるのか、それとも走っている途中から飛び降りたのか、それは解らないが、忽《たちま》ち虎が来て、もうすぐ私共の身近かに迫っている事が知れた。

姿はまだ見えないけれどそれは気配で解るし、私もこう云う目に遭うのは初めてではない。どうしてこんな物騒な所に来たかと云う事を今になって考えて見ても、兎《と》に角《かく》虎がこの場を退いた後でなければ、何の役にも立たないし、今の自分の気持で、また周囲の取込んだ騒ぎから、そんな事よりは早くみんなと一緒になって、自分一人だけが目立たない様にする事が肝要である。

長屋の庇《ひさし》を取った様な、或は学校の廊下に仕切りをつけた様な、細長い建物が、奥行の深い凹字形に並んで、一ぱいに人が詰まっているから、向う側に並んでこっちを向いている人の顔は、ちらちらして、どれがどれだか、はっきり見分けがつかない。しかし、あれはだれと云う事は思い出せなくても、大体まわりにいる人は、みんな私の顔馴染の様な気がする。その為に、こう云う場合、却《かえ》って私は身辺の危険を感ずる様な、うろたえた気持がして、他の人と同じ様に顔をまともに向けているのが不安であった。

みんなの並んでいる頭の上は曖昧であって、二階になっているのか、廊下が通っているのか解らなかった。庇がないので、はっきりしそうなものだが、人の所の事は別としても、自分の上が気にかかりながら、判然しない。そこを虎が渡るのだと云う事は、そう云う羽目になって考えられるものではない。

しかし矢っ張りそうなる事は仕方がないので、凹字の向うの隅の辺りから、近づいて来る気配はだれにも解った。虎が走っているか、立ち止まったか、下に並んだ一人一人を選り分けているか、それは解らないけれど、ここにいるだけの人が、みんな自分一人に迫った事と思うから、身動きも出来なくなっているのは、これだけ大勢の人が押し詰まった中に、風のそよぎほども動くものがないので解る。だからなおの事、私の気持が一寸動いても、すぐにそれが人中で目立ち、身のまわりがざわめいて、却って虎を招く様な事になってはならない。何か頭の上を圧して行く様に思われて、はっとするその驚きすら、ただ一ところを見つめた儘で、私はじっと抑えつけた。

みんなの目がさっとそちらに動いたけれど、声を立てる者はなかった。私の並びで五六人離れた所にいた若い男が、派手な背広を著ていたと思うのに、するすると引上げられる拍子に、身に著けていた物がすっかり脱けて、色の白い、ふくらみのある、女の様な手足を露《あら》わし、素裸にされてみんなの目の前から、上に持って行かれた。どこを摑まれたのか解らなかったけれど、中途で身体が一まわりして、宙に踊る様な姿になった時、顔をはっきり見たら、もと私の勤めていた学校の書記であった。顔が平たくて、声のやさしい、静かな男であったが、どうしてこんな事になったのか私には解らない。その姿が消えると共に、今まで四辺を石の様に硬くしていた気配がゆるんで、次第に人人の間がざわつき、樹の影のはっきりした地面に、三人五人ずつ人のかたまりが散らばって、話し声も段段賑やかになって来た。

棗の木

一

　庭に一本棗《なつめ》の木がある。障子に嵌《は》めた硝子《ガラス》越しに見える寒寒とした日向を受けて、枝も幹も丸裸の荒い影を、向うの板塀の裏側に落としている。

「あんたさんは、大学を出ていなさるんだから、潰しが利きますよ」と古賀が云った。

「全くですよ。そんなにくよくよしていなさる事は御座んせんよ。何かおやりなさいませ。翻訳は儲かりませんか」

「くよくよなんかしていないけれど、古賀さんなぞがみんな叩き潰してしまったのだから、仕方がない」

「御冗談でしょう。わっしは知りませんよ」

「そう云う時に、だれが一番ひどかったと云う様な事は、ちゃんと覚えているものですね」

「御冗談でしょう。そんな事を仰しゃるもんじゃ御座んせんよ」

古賀はそう云って、ごつごつした大きな顔に、子供の様な笑いを湛《たた》えて、私の顔をうかがった。

不意に後の襖《ふすま》の方に向かって、「おいおい、これッ」と怒鳴った。「お茶をかえて来なさい。お茶を」

そうして、きょとんとした顔になって、私との間に据えた火鉢の横に投げ出している、曲がらない方の脚の膝頭を撫で廻した。

「どかんと一発、そらあの時の官立学校に撃ち込んで、僕を追い出したのは古賀さんだから」

「そんな事は御座んせんよ」

古賀は膝をさすりながらにこにこしている。

「どうせ、だれかにやられたには違いないが、兎《と》に角《かく》最初の火蓋を切ったのは、あなたですよ」

「あれはわっしが誤解したのです。もういつか、そう申し上げておいたじゃ御座んせんか」

「何しろ古賀さんのやり方は、何でも思い切った事を遠慮なくやっつけてしまうのだから、やられた方でも却《かえ》って後がさっぱりする」

「そんな事は御座んせんよ。ひどい事なんかしやしませんよ。あの時はあんたさんが外の連中にだけ払ってやって、わっしの方をすっぽかされたもんだから、それで思い切ってあの学校を押さえたのです」

「僕は又、外の連中があぶないと思ったから、先にその方にお金を廻して、古賀さんには、そう云って話せば解ってくれると思ったから、後廻しにしておいたら、忽《たちま》ちあんな事をしたのだからひどい」

「一体あんたさんは短気過ぎますよ。俸給の差し押さえを受けたからと云って、すぐにああ云う立派な学校を止めてしまうと云うのは、あんたさんお考えが足りませんでした」

「古賀さんが転附命令をよこした以上は、外の連中も指をくわえているわけはないから、みんな寄ってたかって、そう云う事になったら、到底防ぎ止める事は出来やしない。誤解したと云うのは、古賀さんでなく僕なんだ。外の連中はあぶないが、古賀さんは承知してくれると思ったのが僕の間違いであって、つまり僕はあなたを買い被っていたんですね」

「そんな事は御座んせんよ。わっしはひどい事は致しませんよ。外の連中は、あれはみんな悪い奴です。油断なさいますな」

「もう何年も前にすんだ事を、今さら油断したって構やしない」

「そんな事は御座んせんよ。まだ時効にはなりませんでしょうが」

「そりゃそうだ。現に古賀さんだって、思い出した様に僕の家を差し押さえて来たりするんだからな」

「そうじゃ御座んせんよ。あれは一応ああしておかないと、わっしの方の整理がつかんからですよ。そんな事を仰しゃるもんじゃ御座んせんよ」

古賀が照れ臭そうな顔で上目遣いをしている。私も釣られて上の方を見ると、横の鴨居の上に、どこかの競売からでも持って来たらしい額が懸かっている。天供閑日月と書いてある。

「あんたさん本当で御座んすよ。あの連中はみんな悪い奴です。悪い事はするもんじゃ御座んせんよ。妻島は死んだそうです」

「へえ、ちっとも知らなかった。いつ死にましたか」

私のかかり合った数人の高利貸の中で、一番取引の少い妻島が、一番陰険で私を困らした。当時の私の社会的地位と云う様なものを、根柢から破壊してしまったのは古賀であるが、その後の落ち目になっている私をしつこく追っ掛け廻して、いろんな手段でお金を絞り取ったのは妻島である。

「死んだ後にお金がちっともなかったそうで御座んすよ。後の者がその日にも困ると云う話でした」

「同業のお仲間で遺族の救済をすると云う様な事はしないのですか」

「わっしはあの連中とはつき合って居りませんよ。一つあんたさんの肝炒《きもい》りで、一肌脱いで、おやりになったら如何です、いっひひ」と云って、古賀は顔じゅうを揉み苦茶にした様な笑顔をした。

「古賀さんはお達者ですね。昔からちっとも年を取りませんね。僕が初めて厩橋《うまやばし》の近くのお宅に行ったのは、大地震の年より二三年前だから、もう十五年以上になる」

「そんなになりますだろうか。そんな事は御座んせんよ」と何か私の云う事の先を勘違いしたらしく、予防線を張る様な、曖昧な顔付きをした。

二

大地震後のモラトリウムの期間が過ぎて暫らくすると、古賀から葉書が来た。これこれの所に立ち退いているからお知らせすると云う文言であった。

いい工合に死んでしまったろうと迄は思わなかったと云うのは、後から取り繕う体裁ばかりでなく、古賀のひどいやり方は心魂に徹している癖に、何となくこの高利貸が好きなところもあった。外にも取引のあった数人の同業のうちで、古賀が一番恐ろしかったけれども、又古賀のやり方が一番さっぱりしたと云う感じは、私がひどい目に会った後でそう思う事なのだが、しかしどうせそこ迄やらなければ承知しない以上、中途で思わせ振りな条件を持ち出したり、譲歩する様に見せかけて、実はもっとひどい陥し穴にこちらを誘い込んだりする外の連中よりは、古賀が自分は金貸しであると云う立て前を、遠慮もなく振りかざして、仮借するところなく迫って来る態度の方が余っ程気持がよかった。

しかし、それだからと云って、ああ云う大騒ぎの際に、特に、古賀の無事を祈ったわけでもない。私がそれ程の好意を持っていたかいなかったか、或《あるい》は死んだらいい工合だと思ったか、どうかと云う様な穿鑿《せんさく》をする迄もなく、古賀は勿論《もちろん》死んでしまったものと私は信じていたのである。

本所石原町の界隈に、焼死したと思われる身寄りの屍骸を探し廻った帰り途焼け残った橋桁の上に板を渡した、あぶなっかしい厩橋を渡って浅草側の岸に起った。前も後も見渡す限りの焼野原で、その橋詰からすぐの横町を曲がった露地の奥の踏み板の突き当りにあった古賀の家の跡は、見当をつける事も出来なかった。辺りに目印になる物が何もなくなってしまったので、そう思って見れば、ふらふらと歩き廻っている私のつい足許《あしもと》がそうであった様な気もするし、それにしては橋から余りに近過ぎるので、どこかに細い通がも一つあった筈だと云う風にも思われた。

古賀はひどい跛であったから、逃げ遅れたに違いない。古賀の子供とも思われぬ様な、色の白いひよわそうな男の子が、やっと歩き出した位のよちよちした足取りで、家の前の溝板の上をあっちに渡ったりこっちに戻ったりして遊んでいたことがあるが、あの子も恐らく焼け死んだ事であろう。古賀の細君が顔の長い色の青白い女であったから、その方に似てあんなやさしい子供が出来たのかも知れない。潰された家の下に、細君は子供を抱き、古賀は杖に取り縋《すが》るひまもない内に火が廻って死んでしまったものと、私はその場を見た様に想像した。あの当時の激動を受けた気持では何事にもすぐに感傷し易く、憎い高利貸ではあったが、それはそれとして、気の毒な事をしたと考えた。しかしそれと同時に、そうなれば自然、証書も委任状も何もかもみんな焼けてしまって、それまでの二三年の間に借りたり返したり、又借りたり返したりした後に残っていた何百円かの債務は、自然の捌きでなくなってしまったものと判断した。

そうして二三ヶ月も過ぎた後になって、一同無事に立ち退いていると云う通知を受けた時は、古賀の幸運をよろこんでやる前に、自分の利害が先に感じられて、古賀が無事であったと云う以上は、証書もその儘残《かさば》っているに違いないと云う事を考えた。どれだけ手広い取引があったにしても、そう嵩張る物ではなし、何を措いても証書類は持ち出したであろう。東京中であれだけの財産が焼け失せて、人が死んでいるのに、自分の債務だけは消えなかったのかと嘆息する様な気持になった。

通知の葉書を眺めてぼんやり考えている内に古賀が太い声を上ずらして、いっひひと笑っている様な気がし出した。臺湾《たいわん》の蕃地討伐で脚を撃たれた時の一時賜金で始めたこの商売である。巡査をやめて東京に出てから何年になるだろう。命をかけた元手をふいにして堪るものじゃない。債務者達はわしが死んだと思ってよろこんでいるだろう。そうは行かんよ、そんなもんじゃ御座んせんよ、いっひひと笑っている古賀の顔が見える様な気がした。

通知の葉書で番地を探して、山の手の盛り場の裏通にある今度の家へ行って見ると、玄関の戸を開けたすぐ目の先に、見馴れた樫の棒の太い杖がもたし掛けてあったので、おやおやこの杖までも無事だったのかと、張り合いの抜けた様な気がした。

奥から古賀が出て来て、いつもの通りの恰好で、どたりと片脚を畳の上に投げ出して、挨拶をした。初めは怒った様な顔をして、突慳貪《つっけんどん》な口を利くのが古賀の癖である。そうしている内に、相手の出様を見極めようと云う警戒心の為であろうと思う。

御葉書を戴いたから、早速伺ったと云うと、はあと云った。御無事で何よりでしたと云っても、はあと云い、皆さんお怪我もなかったかと尋ねても、はあと云うきりで、木で鼻をくくった様な応対をした。此奴も自分がいい工合に死んでしまったと思ったに違いない、と古賀が私の顔を見ながら、腹の中で考えているのがよく解る様な気がした。

あの辺りは特にひどかった様だが、御近所には遭難した方が多いでしょうと云うと、そんな事は御座んせんよ。みんな無事に逃げました、と知らん顔をしている。

自分はあの後間もなく、もとのお宅の辺りを通ったから、ここいらは随分ひどかったと思ったが、そうでもなかったかと云うと、

「あんたさん、何であの辺に行かれましたか。何か御用でもお有りでしたか」と鋭い目をして問い返した。

石原町に知った家があったから、その焼け跡を探した帰りだと云うと、

「わっしの家の焼跡を見に行ったと云う方が、外にも三人御座んすのでね、いっひひ」と笑って、まだ人の顔から目を外さないと云う気配をゆるめなかった。

借りている金の期限は切れている上に、地震の前から大分たまっているので、その猶予を頼むと云うと、急ににこにこして、こう云う際だからそれは構わない、御都合がついたらお願いする、と大変穏やかな挨拶をした。

自分の身の上の事には、たとい御見舞の言葉であっても成《な》る可《べ》く触れて貰いたくない、しかし取引の事ならば釈然として、応対する、と云う古賀らしい気持がはっきりして、こちらも相手の無愛想が気にならず、却《かえ》ってさっぱりした気持がした。

しかし、御都合がついたら、と云ってくれた古賀の寛大な猶予も無期限に続くものではないので、その歳が更《あらた》まる早早から、きびしい督促の葉書が頻頻として私の明け暮れをおびやかした。文言はいつも簡潔で、決して封書でよこさない。

「前略此葉書著次第即刻御来訪待入候匆々」と云う文句は大体いつもきまっているが、

葉書に躍っている筆勢と字体で、古賀の怒っている程度が私には解る様な気がした。用件の内容は文面に現われていなくても、勿論《もちろん》期限切れの利子の催促である事は解っているので、即刻訪ねて見たところで、その用意をして行かなければ、握りで話しをつけようとするかと面罵されるばかりである。

それだけの文句ならば、仮りに人が読んだとしても、何の事だか解らないであろうなどとは決して考えられない。家の者なら構わない様なものだけれど、そうばかりも行かない事もある。古賀に会った時、その事を話したところが、そんな事は御座んせんでしょう。それはあんたさんが、気を廻されるのです。封書にする必要なんか絶対に御座んせん。わっしはそう云うお指図を受けるのは嫌いですと云い切った。

その内に、そう云う葉書を私の勤務している陸軍の学校宛によこす様になった。文言は大概同じ様な事だけれども、だから人に見られても平気だなどとは私は考えなかった。朝出勤した時、私の机の上に見覚えのある墨書きの葉書が置いてあるのを見ると、受附の小使やここまで持って来た給仕にまで顔が赤くなる様な気がした。同室の同僚は、私より先に来てその葉書を見ていても、わざとそう云う事には触れない様にしているのではないかと思われた。

古賀は、私がそう云う事に人一倍気をつかう事を承知して、わざと葉書をよこすのではないかと思われた。しかし又、古賀と云う男はそんな策略を用いる性質でもなさそうである。恐らく取引相手の何人にでも構わずに、そう云う葉書を出して、先ず催促の第一段を踏むのであろうとも考えられた。私が止めてくれと云っても、大勢の相手の中の私一人だけを寛大に扱うわけもなく、又向うは初めどんなつもりでやったにしろ、それでこちらが困ると云えば、益《ますます》有効適切な手段であった事を向うに証明する様なものである。お金を調達して、滞った利子を払うより外に、そう云う督促をやめさせる法はない。そうしてそのお金が中中出来ないのは、出来ても古賀に払えるとは限らないのは、私の債権者が古賀一人でないからである。そう云う他との関係は、勿論私は隠すようにしているけれども、古賀にしても亦《また》その他の連中にしても、それはとっくに承知しているので、愚図愚図して、手をゆるめていれば、自分の方に来る可きものを外へ廻されると云う事を恐れるから、それでなおの事督促はきびしくなる。

葉書で埒《らち》が明かないと、次には本人が樫の棒の杖を牽いて催促に出かけて来る。丈の短かい二重廻しを羽織り、薄色の鳥打帽子を押し潰した様に頭に被って、朝早く、まだ近所の家が戸を開けたばかりのひっそりした往来に、ちぐはぐな下駄の音を響かせながら、私の家の門を目ざしてやって来る古賀の風態を考えると、何人が見ても一目で金貸しが催促に来たのだと云う事が解る様に思われて、その後では、近所の人に顔向けが出来ない様な気持がした。

まだ寝床の中でもじもじしている枕許へ老母が来て「到頭来たよ」と云われると、

ひやりとして私は跳ね起きた。

来やしないか、来やしないかと心配していたので、この二三日は朝起きて学校に出かける迄の間、いつも追い立てられる様な気持で、落ちついて朝飯も食えなかった。いよいよ来たとなれば、最後の手続を執ると云う通告に違いない。顔も洗わずに玄関に出て見ると、古賀は口を尖らした儘そっぽを向いている。上り口に片腰かけて、曲がらない方の脚で土間を突っ張っている。

私の気配を知っても、知らん顔をしているので、「やあ」と私が声をかけた。「朝早くから、わざわざどうも」

「お早う御座います」と古賀は切り口上で応じて、鋭く私の方に向いた。「あんたさんの仰しゃる事はあてにならんので困りました。いらして下さるのかと思うと、そうでもなし」

「いや、伺おうと思っているんだけれども、心当てにしておいたお金がまだ手に入らないものだから」

「あんたさん、そんな事を仰しゃっていてよろしいんですか。わっしは契約通りにやりますよ。おどかしじゃ御座んせんよ」

「明日か明後日か、兎《と》に角《かく》一両日には持って行きますよ」

「それはあんたさんの方の御都合ですから、どうかその様におやりなさいませ。わっしはこちらの都合でやる事はやります。あんたさんの御都合ばかり待っては居られません。こうしてわっしがお伺いしておけば、これで念が届いた事になりましょう。いきなりひどい事をしたなんて云われますと、わっしは構やしませんけれどね、いっひひ」

古賀がそう云い出したら、決して聴かないのである。結局無理をして、外の金貸しからでも借りて拵えた金を、その日の内に届ける様な事になる。

三

私の受持時間が遅く、ひる前に始まる日に学校へ行って、教官室の自分の椅子で一服していると、間もなく入口の扉が細目に開いて、給仕が顔をのぞけて私の方を見た。それなり扉を閉めて行ってしまったと思うと、暫らくして又その扉が開いて、今度は副官が私の顔を見た。少し笑っている。そこから私を呼んでいる様な目附だったので、私が起《た》ち上がって傍に行くと、「一寸《ちょっと》」と云って私を自分の部屋に案内した。

私に椅子をすすめて、自分も椅子に腰を下ろしてから、「教官殿、到頭来ました」と云った。矢張り笑っているが、その笑顔は、人の起ち場をいたわる為に取り繕っているのだと云う事が少し解りかけた。

「そうですか」と云って、私は成《な》る可《べ》く落ちついていようとした。しかし、何人がどう云う風にしてやって来たのか、一寸見当がつかなかった。古賀以外の二三人が危険だと思ったので、その方には少しずつお金を廻して、それで暫らくの間は待つと云う諒解がついていている。古賀はそう切迫していないけれど、期限から云えば勿論切れているので、ほっておくわけには行かないから、近日中に話しだけはつけて置こうと思っていた。大地震の翌翌年の事で、私の不如意は殆んど行き詰りの状態になっていた。

「教官殿の俸給差押の転附命令をよこしました。お目にかけましょうか」

「いや見なくても結構ですが、そうですか。今は来ないと思っていたのですが」

「色色御苦心なすっていられるのにお気の毒です」

「相手はだれです」

「古賀と云うのです。先程本人が学校に参りました。私が一寸会ってやりましたが、成程ひどい事をやりそうな男ですね」

私にとどめを刺しに来たのが古賀であると聞いて、私はいよいよ萬事休する事を即座に覚悟した。今日まで古賀をほっておいたのは私の手違いであって、一旦向うがそう云う手段を執った以上、徹底的に私を追窮して来る事は解っている。どうせ一度はこう云う事になるかも知れないと怖れていた時期が、思ったより少し早く来たに過ぎない。前前から私の負債の事を打ち開けておいたので、その整理の為に郷里に出かける時、相当の期間の欠勤を病気の名目で黙認してくれた校長の好意に対しても、私は自分の進退を誤らぬ様にしなければならぬと考えた。

　副官室を出て、その日の授業にのぞみ、午後家に帰ってから、辞表を認《したた》めて出した。もう後一年半で恩給になるところをやめて、惜しい事だと云ってくれた人もあるが、その当時の状態では、仮りにその後一年半の間無事に勤務を続けて一度は恩給証書を手に入れたとしても、矢張りそれも高利貸の手に渡ったに違いない。永年の勤労の結果を悪辣な金貸しの餌食に取られて、後後までその悔いを遺すよりは、寧ろ初めからそう云う物は貰わない方がよかったであろう。辞表は体面を重んずる学校に対して、こう云う事でこれ以上迷惑をかけたくないと云う事と、私の窮境に対して特別の好意をよせてくれた校長にも、私の不始末の為何等かの累を及ぼす様な事があってはならぬと考えたので、何の躊躇もなく提出してしまったが、そう云う立派な了見の外に、古賀がそんな事をするなら、こちらにも考えがある。自分が学校を止めてしまえばそれ限りではないか。なんにも無い所を差し押さえて何にするのだと云う反撃心が働いた。自分の地位と生活を投げ出して、高利貸に対抗すると云う事を、他人の事の様に痛快に考えた。その結果これから先、自分や家族がどうなると云う事をそれ程気にもしなかったのは、大分やけになっていたからであろう。

　それっ切り古賀には何年も会う機会がなかった。外の連中は私が学校を止めた事を知って、私の家を押さえたり、私をつけ廻したりして、うるさく追窮して来たが、古賀は私が即座に学校を止めたので、自分の執った処置が失敗した事を知ると、そのまま静まり返ってしまって、丸で私に対する債権を忘れている様子であった。

四

足の裏が川底の砂についたと云う気持がする所まで貧乏した挙げ句に、又私立大学に出る様になったりして、少しずつ私の生活が整いかけた。旧い債務でその儘になっているのも沢山あるが、金貸しとの取引きの物は、向うが追っかけて来なければ左程気にもならない。路端で馬糞がかさかさに乾いている様な気持で、その内に風でも吹けば、どこかへ飛んで散らかってしまう位に考えていた。

不意に古賀が私の家を差し押さえて来て、ほっておけば、すぐにも競売に附してしまいそうな気勢である。古賀の事だからやり出したら何処までも徹底しなければ承知しないであろう。しかし私の方にも言い分がある。一体ああ云う取引が、何年も続いた後に遺っている債務と云うのは、最初の元金の何倍かが利子となって先方の手に渡った後まで消す事の出来ない証書面の金額である。こちらがそれ迄に運んだ金額を普通の利子の割合で計算したら、とくの昔に完済となっている筈のものが、いつ迄も後に残って消えないのは、法外に高い利子の所為である。借りる時にはその条件を承知の上で急場のお金を受取ったにしろ、それから何年もたった後、その間に一度も現金の取引のなかった旧い証書を急に持ち出して、昔の条件で、こちらに迫ると云うのが不都合である。今まではそう云う場合、いつも無抵抗でただその場を弥縫《びほう》し先方をなだめる事ばかりを焦慮したが、今度は黙って屈服する事はしない。更めて裁判を受けたいと考えたので、馴れない事を方方に問い合わせた上で、古賀を相手に調停裁判をこちらから申請する事にした。

古賀が返済を請求した元金は三百円を少し欠ける。その利子は約二千五百円である。裁判所では余りの数字に驚いた様であった。私の申立はすぐ受理された。

五

荒れ模様の秋雨が降りしきる中を、私は赤羽橋の調停裁判所に出かけた。指定の日の午前九時迄に出頭せよとの呼出しが来ているので、遅れてはならぬと思って、朝、目がさめた時からそわそわした。

受附の窓口に出頭した事を申し出て、相手方の古賀はまだ来ないかと聞くと、まだ来ないと云った。

窓口の列《なら》んだ下は土間であって、その壁際の板の腰掛には私より先に来ている人が十人位もじっと腰を掛けていた。辺りは人の顔もはっきり見えない位薄暗かった。時時煙草の火が赤く光って、その度に咳き入る人がいた。暫らく咳き入って治まったと思うと、又煙草の火が明かるくなって、その後ですぐに咳き入った。

そこに列《なら》んでいる人達はみんな黙り込んで身動きもしない。私もそうしなければいけないかと思って、暫らく腰を掛けていたが、何だか息がつまりそうであった。一人の人の咳声をみんなで一生懸命に聞いている様で、そう思って気にし出すと、自分の咽喉もえがらっぽくなる様な気がした。

も少し風通しのいい、入口の廊下の方に出たいと思ったけれど、そうして私がこの席を離れた後に古賀がやって来ると困る。そう思って長い間我慢していたが、考えて見ると、私がこうしている所へ古賀がやって来て顔を合わすのも何となく工合が悪い。今度はこの裁判を私から申し立てたのだから、どうせ古賀は怒っているに違いないが、そんな事は構わないとしても、何年来初めて会うのだから向うの様子も気にかかる。出来る事なら、古賀が私に気附かない前に私が古賀を認めて、こちらから最初の声を掛ける様にしたい。初めの一寸《ちよつと》した気合いで、私が古賀に圧される様な気持になると、判事の前に出た時随分損をするであろう。矢っ張りここにいない方がいいと考えたので、もう一度窓口に行って、この席を離れるが玄関の所にいるから、相手方が来たら呼んでくれと頼んでおいて、入口の方に行った。

表の電車通を走って行く自動車の窓を通して、その中にいる古賀を物色しようと思って、私は雨のしぶく往来から目を離さなかった。どうせ古賀は自分の家から来るとすれば道の向う側を通るに違いない。裁判所の門前のすぐ先に信号があるので、向う側からこちらに廻る自動車は、みんなそこ迄行ってから電車道を渡っている。そうすれば私がここに起《た》っていて、見落とす事さえなければ、古賀が玄関を上がって来る以前に、古賀の気附かない内に私は相手を認める事が出来る。跛をひいて階段を上がって来る頭の上から声をかける事は後後の気勢の上に有利である。

その内に十時を過ぎてしまった。こんなに時刻を遅らしても構わないのであろうか。古賀の方に何かそう云う引け目の出来る事は却って好都合だが、いつまで待たなければならないのか。もう一度窓口に帰って行って尋ねて見ると、十一時までに相手方が来なければ、今日は来ないものと認めて、次回の日取を通知すると云った。呼出しがあるのに来なくてもいいのかと聞くと、調停裁判では、相手方の来ない事はよくある。しかし、続けて三度来なければ欠席のまま判決する事もあると云った。それでは古賀はもう今日は来ないだろうと思った。こう云う事は勿論《もちろん》よく承知しているに違いないし、どうせ自分の利益になる話でないにきまっているのだから、雨のざあざあ降っている中を跛が出かけて来る筈もないであろう。

私から申請した癖に、そう思うと何だか少しほっとした様な気持がした。しかし、十一時にはまだ大分間がある。その間に来ないとも限らない。油断している内に不意にやって来て、どぎまぎする様な事があってはならぬと思ったので、又玄関に出て表を通る自動車の窓を一つも見落とさないつもりで、睨んでいた。

十一時近くなると、来なければいいが、来なければいいがと念じて、胸がどきどきした。それまでにも、向う側を通る自動車の窓から見た顔を人違いして、あれではないかと思った車が、電車道を横切ってこちら側に渡って来ると、ぴくんとする様な気がしたが、十一時が近くなると、人違いする顔が益《ますます》多くなって、しっきりなしにどきんどきんした。そうして到頭十一時を過ぎて、古賀は顔を見せなかった。凡《およ》そ三週間後の次の日取の決定を聞いて家に帰ると、朝から半日の気疲れで半病人の様になって、起きていられないから、すぐに昼寝をした。

その次の期日にも指定の九時を遅れない様に支度をして出かけた。矢張り雨が降っていたが、僅かの間に秋が更けた様で、湿っぽい風が少し身に沁みる様な気持がした。この前の時の通りに窓口にことわっておいて、玄関の前に起《た》っていたけれども、どうせ三度まで構わぬと云う事なら、今日も雨は降っているし、多分来ないだろうと思った。しかし油断はならぬと考えて、一生懸命に表を通る自動車の窓を見つめていた。

十時少し過ぎた頃、一寸《ちよつと》その場を離れて、又もとの玄関先に帰る途中、廊下の曲り角に古賀が向うを向いて起っているのを見た。はっと思った瞬間に、敵意だか勇気だか知らないが、すぐに相手に立ち向かい度い様な気持が湧いた。

「古賀さん」と私が呼びかけた。「どうも御苦労様、お変わりありませんか」

古賀は振り返った拍子に、二三歩私の方に近づいて来て、「やあ。それじゃ直ぐにやって貰いましょう」と云うなり、跛をひいて自分で窓口の方にそう云いに行った。西洋料理屋の給仕の様な白い上著を著た若い男が、片手に書附を持って出て来て、私と古賀の名前を呼び上げた。二人が並んで顔を見せると、すぐに二階の部屋に通れと云った。

階段の上り口で、古賀に道を譲ってやろうとすると、「あんたさんお先へ、どうぞ、わっしは足が悪いから後からゆっくり参りますよ」と云って、人のいい顔をして笑った。

その部屋で二人の調停委員から、いろいろの事を聞かれるので、それについて私は自分の主張を述べた。抑《そもそ》も正当な利子の計算を以てすれば、この債権は不存在のものである。相手方が私に貸しただけの金は、既にとっくに回収している筈であると私が云った。

古賀はその間一言も口を利かなかった。何か私の云う事に就《つ》いて補充的の事を委員から聞かれても、「はあ」とか「さあ」とか云うばかりで、むっと黙りこくっていた。

私の方を終わって、委員は古賀に向かい、中立人の云うところに従って、いくらか譲歩しますか。中立人の云う通りと云うわけにも行かないであろうが、そこが調停なのであるからどうか出来る限りの譲歩をして上げて下さいと云うと、古賀は大きな硬

い声で、

「御免蒙ります。譲歩は致しません」と云い切った。

「まあまあ、そう云ったものではない。それでは話しにならない」と委員がなだめた。

「お謝《ことわ》り申します。絶対に譲歩しません」

「しかし、これは調停なのだから、そう云いっ放しておすませになる事は出来ない。どうしても応じられないなら、調停法による規定の条項を適用しますよ」

「やって下さいませ。ちっとも構いません。法律上の手続を履んだ正当な契約を無効にする様な条項があるなら、適用して下さいませ。こちらは飽く迄も正式裁判を仰いで争う。その上で私の債権が不存在だと云われるなら服しましょう。今の様なお話で、正当な権利を無視される様な事になったら法律も何もいらない。わっしは金貸しが商売です。そう云うお話はお謝りします」

そこへ別室から判事が這入って来て、もう一度今までの話のいきさつを簡単に聴き取った。

そうしてこう云う事に調停が成立した。元金は二百九十七円である。これに対する利子損害金の請求額は二千四百七十円である。これを元利合計五百円に負ける事を相手方古賀は承諾する。中立人なる私はその五百円を月賦で支払う事を約束する。但しその月賦を三ヶ月に亙《わた》って怠ったら、五百円に譲歩した事は取消されて二千四百七十円の利子も債務として負わなければならぬ。その際にはその全額を判事が認めると云うのである。

「それならよろしゅう御座います。初めから債権が存在しないなどと云われては」と古賀が云いかけるのを判事は制して、「それでよし、よし。ところで月賦はいくらずつにするかね」と私にきいた。「出来ない事を云っても仕様がないからね」

それで私は毎月七円宛《ずつ》七十一ヶ月半の月賦にしたいと云った。

「七十一ヶ月と云うと、何年になるだろう」と委員達が胸算用を始めた。

「どうかね、相手方はそれでいいかね」と判事が古賀に聞いた。

「よろしゅう御座います。そんな事はどっちでも構いません」

そうして成立書に署名すると、古賀はすぐに起ち上がって、お世話様と云うなり、どんどん帰ってしまった。

六

その月月の七円がもう三ヶ月以上もたまっている。ほっておくわけにも行かないので、挨拶に来たところが、その話はすぐに承知してくれて、「調停裁判には懲りましたよ。あんたさんの時で懲りたから、あれから後はそう云う話があってもみんなお謝りしていいます。もうあんたさんにも、わっしは何もしやしません」と云って、にこにこしながら、「天供閑日月」の額の下で、いつまでも閑談を止めないのである。

「古賀さんはちっとも年を取りませんね。調停裁判所で何年振りかに会った時、僕は驚いた」

「そうでも御座んせんよ」

「毎晩お酒を飲まれるのですか」

「そう大してもやりませんが、あんたさんもおやりになるのでしょう」

「飲みますよ。お酒でも飲まなかったら、古賀さんの総攻撃を受けて陥落した時に、首をくっていたでしょう」

「御冗談でしょう。もうそんな事は仰しゃるもんじゃ御座んせん。どうです。その内御一緒に一ぱい飲みましょうか」

「そりゃいいですね。僕がよばれて来ましょうか」

「御馳走致しますよ、いっひひ」

「昨日の敵は今日の友と云うお酒はうまいに違いない」

「敵じゃ御座んせんよ。取引の事は別で御座んす」

もう帰ろうとしていると、古賀はその気配を察した様に、まだ私を引き止めようとするらしく、にこにこしながら、こんな事を云い出した。

「外務省に出ている方をわっしは知って居りますが、その方は翻訳でいい儲けをして居ります。あんたさんもおやりなさいませ」

「翻訳では中中《なかなか》お金は儲かりません」

「そんな事は御座んせんでしょう。あちらの本をそっと翻訳して、売ればいいでは御座んせんか。きっと売れますよ。何、解りゃしませんよ」

「何かやりますかな」

「そうなさいませ。きっと売れます。あんたさんの様な御立派な方が、そんなに困って居られると云う事はありません。鼠のたわごとと云う本は売れたでしょうが」

　蘆花の「みみずのたわごと」の事を云っているのだと思ったから、私もそのつもりで「あの本は売れましたね」と合槌を打った。

青炎抄

一　夕月

蝶ネクタイを締めた五十恰好の男が上がって来て、痩せた膝の上で両手を擦り擦り、いつまでたっても帰らない。

雨がぽたぽたと降り続けて、窓は暗く、間境《まざかい》の障子が少しずつ前うしろに揺れた。その男は頻りに上目遣《うわめ》いをして、何か云ってはお辞儀をした。

見覚えがある様でもありそれは人違いの様にも思われて、はっきりしない。

「御伺い出来た義理では御座いませんが、あれが是非にと申しますので」

それが私には解らないと、そう云っているのだけれど、相手はきかない。

五十男が荒い縞柄の背広を著ている。声がなめっこくて、女と話している様な気がした。

「実はあれにも色色苦労をかけまして、それがいい目も見せずにこう云う事になりましては、第一こちら様にも合わす顔がないと」

「待って下さい。そのお話しはいくら伺っても私には腑に落ちないのです。お人違いに違いない」

「御尤《ごもっと》もです。それはつまり」話の途中で顔を撫でた。手の甲が白くふくらんでいて、年寄りじみた顔とは似てもつかない。変な風に眼をまたたいて、「入らして戴けば、あれの様子を一目御覧になればお解りになります。慾目にももう長い事はないと思われますので、せめてその前にと思って、こうして伺いました。御手間は取りませんから、是非お繰り合せを願いたいもので」

話している内に段段声の調子が静まって来て、仕舞の方は聞き取れない様な細い声になった。

急に表が森閑として来たと思ったら、今まで耳に馴れていた雨の音がふっと止んで、途端に黄色い様な、少し青味を帯びた夕日の影がぎらぎらと窓の障子に照りつけた。

夜中に寝苦しくなって、寝床から起き出した。窓際の机の前に坐って一服吸っていると、身のまわりがしんしんとして来た。

後《うしろ》で気配がした様に思ったので振り向いたら、台附きの蓄音器の上に脱ぎ掛けた昼間の著物が、丁度人の坐っている位の高さに見えたので、私が後《うしろ》にいる様な気がした。

自分が後《うしろ》にいる様な気がする、ともう一度思ったら、身動きが出来なくなった。そうして本当にその著物が動き出した。そろそろと坐り直し、前を搔き合わせているのが私にはよく解る。それは解る筈であって、そこにいるのは私ではないかと考えかけたら、不意に昼間の著物が起ち上がって、咳払いをした。帯を締め直して出かけて行くのが、後姿を見ないでも、はっきり感じられる。

雨上りのぎらぎらした天気で、どこかの家からカナリヤの癇走った囀りが聞こえる。ところどころ道端の家の切れ目に草が生えていて、細長い葉が鋭く風に揺れた。場末の停留場から市場の横に出て行くと、急に道が狭くなって、方方に曲り角があった。いろんな物を手に持った人が擦れ違っている中に、蝶ネクタイの五十男がいて、私の方に合図をするので、迎えに来てくれたのかと思うと、も一つ向うの角からも、その次の横町からも、そう気がついて辺りを見廻したら、あっちにもこっちにも、同じ様な男がいて、狭い往来の人混みにまぎれ込もうとしている。

「まだお解りになりませんか」と乾物屋のおかみさんが店先に起《た》って云った。それから前を通りかかった男に向かって、私の方を指さしながら、

「この方はね、さっきから家《うち》を探していなさるんだけれどね、もうこの前を何度も通

りなさるんだよ。その家が探していなさる人の名前じゃないんだから、それじゃ中中解らないやね」

何か音がしたと思ったら、市場の裏からひどい風が吹いて来て、そこいらにある乾いた物や濡れた物を一緒に吹き飛ばした。

玄関の土間の土がかさかさに乾いて、内側の暗い障子の表が白らけている。奥の方で声がしたらしく、上がれと云ったのであろうと思う。

「でもまあ」と女が溜息と一緒に云った。「きっと入らして下さると思いましたわ」

座敷の隅隅に幾つも得体の知れない包みが重ねてあり、棚からは何だかぶら下がっている。

「随分お変わりになりましたわね」

そうして懐かしそうに、まじまじと私を眺めている。

「今起きますわ、じき支度いたしますから」

病人が起き出したりしていいのか知らと思っている内に、寝床の上に坐り直した。何だか柔らかそうな寝巻を著《き》ていて、布団をまくった中の温りが目に見える様な気がした。

どこかぎしぎしと鳴って、人が梯子段を降りて来る気配がする。

女は鋭い目つきになって、音のする方をじっと見つめた。段段音が小さくなり、中途で消えてしまった。

「冗談じゃないよ、今頃どうしたと云うんだろう」

それからこっちに向き直り、綺麗な二の腕をむき出して、頭の髪を直している。

「構わないんですよ、馬鹿にしてるわ。もう暗くなりましたのね」

それで気がついて見ると、障子の外がかぶさっている。もう帰らなければならぬと思いかけたら、

「あら、いいでしょう、そのつもりよ」と女が云った様に思われた。

もやもやした気持の中で、そんな筈はないと思われるのに筋道が立って来る様であった。

部屋のまわりが取り止めもなく、わくわくして来たらしい。

又どこかで、ぎしぎしと云う音がしたと思うと、いきなり境の襖が開いて、縞柄の背広を著た男がのぞいた。

「いいのかい」

「水、水」と女が云った様に思われたけれど、後先がはっきりしない内に、男はあわててその場に膝を突き、女が寝床の上に起《た》ちはだかって、何だか口の中でばりばり噛み砕いている。

隅隅の風呂敷包みの結び目がほどけ、棚の物が動いて辺りが混雑し、容易ならぬ気配が私に迫って来るのを感じた。

夕月が丁度道の真向うに沈みかけている。まだ半輪にもなっていない癖に皎皎《こうこう》と照り渡って、地面に散らばった小石の角が青く光っている。

町裏の通に同じ様な形の家が建ち列んで、目の届く限りの屋根に烈しい夕月の光が照り返った。その所為《せい》で、辺りの家はどれもこれも、皆ぺしゃんこに潰れた様に見え、遠い所のは、屋根がすぐに地べたにかぶさっている様に思われた。

どうして人の出這入りが出来るかと疑われる様な低い屋根の下から、方方で何か声がした。唸っているのか、鼾《いびき》の声かよく解らないけれど、気がついて見ると、すぐ横手の家からも、これからその前を通る筋向いの家からも、まだその先にも、私の通る道の両側の方方から声がした。

後から人が追っ掛けて来たらしい。男だか女だか解らないが、頻《しき》りに私の名を呼んでいる様に思われた。

表の戸を破れる様に敲《たた》いている音を聞きながら、どうしても目を覚ます事が出来ない。

早く起きなければならぬと、はっきりそう思っているのに、ほんのもう少しのところでどうしても目がさめない。油汗をかき、手足を石の様にこわ張らして、早く早くとあせっている内に、もう表の戸をこわして這入って来た。

そうだろうと思っていた通り、矢っ張り蝶ネクタイを締めて、そこに坐り込んだ。

「早くして貰わなければ間に合わぬ。君のところに写真がある筈だ」

何の写真だろうと考える暇もなく、

「あれの写真ですよ、病気になる前に写したのがありましたね」と云って、青くなってふるえている。

そんな物を私は惜しいとは思わないが、しかし何処にしまってあるか思い出せないから、一生懸命に考えていると、

「それはそうです、僕の所に来てから病気になったには違いないが、何ッ」と云いかけて、起ち上がりそうにした。

「うん、そりゃ解っている。そんな事を云いに来たんじゃない。しかしもう駄目なんです。可哀想な事をしました。だから、今写真がいるんだ。解らんかね」

急に起ち上がったと思ったら、そこいらの物を引っ繰り返し出した。

待ってくれと云おうと思っても、声が咽喉につかえて言葉にならない。相手の起ち居は見えているけれど、それを見る目も硬張って、自由にあっちこっち眺め廻す事は

出来ないので、今自分の眼は白眼になって睨みつけていると云う事まで考えられた。

段段に男があばれ出した。

上ずった声をして、怒鳴る様な調子で、

「今から写したって、そうじゃないんだと云うに、病気になる前と云うのは、どう云う事か解らんか。こうしている内に、ああじれったい、あれが待って居ります。可哀想です。あなたと云う人は、全く正体の解らん人だ」

そうして私の足を踏み、枕を蹴飛ばす様にして、そこいらをあばれ廻った。

家の中の物がみんな、自分の気持通りに重ねたり列《なら》べたりしてあった順序を引っ繰り返されて、もう今更目が覚めても、以前の通りに物事を考える事は出来ないだろうと云う事が気になった。

そう云う事をはっきり考えているつもりなのに、一方ではさっきから起きられそうで、どうしても目の覚めなかった瞼の裏に、どこからともなく潮が満ちて来て、辺り一面をひたひたと浸して行くのがいい気持であった。

朝起きて昨夜脱ぎすてた著物に著換えていると、表の戸を引っ張る音がするので開けて見たら、見覚えのある顔の男が這入って来た。

「朝早くから誠に失礼で御座いますが、実は夜の明けるのを待って居りました次第で」

それから上り口に腰を掛けて、話し出した。

「あれの口から、以前こちら様にお世話になっていたと云う事を存じて居りましたが、何分私共の始まりの行きさつからして人様にお話し出来る様な事では御座いませんので、しかし折折お噂は致して居りましたが、あれも長い煩いで到頭」

そう云ったのかと思って、急に気持がはっきりしかけたが、

「はい、お医者も左様申されますので、昨晩中どうなる事かと思いましたけれど、どうやら持ちこたえましたが、今日一日は到底六ずかしかろうかと」

両耳の後から腰の辺りへ掛けて、上っ面の皮が引っ釣る様ないやな気持がした。

「一目でもお目にかかって、お別れがしたいと、あれが申しますので、つい私も」

段段声がやさしくなって、その調子にも聞き覚えがある様に思われ出した。

「終点から市場について曲がって戴きますればすぐにお解りになりますが」

私は真青になっているのが、自分で解る様な気がした。

二　桑屋敷

何分昔の事なので、辺りの景色も判然とは思い浮かばない。又その恐ろしい女先生に就いては、自分でその当時に知った事や、人から聞いた事や、後から想像した事などが一緒に縺れて、永年の間に、自分の追憶の中の無気味な固まりとなった儘に、段

段ぼやけて曖昧になりかかっているが、ただその女先生の面長な俤ばかりは、何十年後の今でも夢の中に出て来る事がある。

淋しい士族町の片側に長い土塀が続いて、荒壁の落ちた後から、壁骨《かべしたじ》の木舞竹《こまいだけ》がのぞいている。塀の内側は一面の桑畑で、その片隅に一棟の住いがあった。女先生はその家に気違いの兄さんと二人で暮らしていた。髪を長く伸ばし、頤鬚《あごひげ》を生やし、前をはだけて素足に草履を突っかけ、いつも同じ棒切れを抜き身をさげた様な恰好に握り締めて、毎日町のなかの同じ道筋を、凄い形相ですたすた歩いて、もとの家に帰って行った。その兄さんは、どこでどう云う死に方をしたのか知らないが、いつの間にかいなくなって、その後は広い荒れ果てた塀の中に、女先生がたった一人で暮らした。

町を遠巻きに取り巻いた山山が、日暮れの近くなった空に食い込んで光り出す。日が暮れてから後も、暫らくの間は、暗い空に山の姿がはっきり浮き出して、その為にまわりの空が一層暗く思われる事もある。

そう云う晩の後には、大水が出た。いつの間にか降り出した雨が、まだそれ程降り込んだとも思われないのに、急に大川の水嵩が増して、枕ぐらいもある大きな黄色い泡が、一番流れの激しいところに筋になって、重なり合う様に流れて来る。見る見る内に岸の石垣が浸されて、今晩あたり、どこかの堤防が切れやしないかなどと人人が話し合い、川縁を走り廻る人影があわただしくなって来る。

学校は川縁にあるので、二階建の教室の下には濁った川波が狂いながら、恐ろしい勢でぶつかって来る。雨が降っていながら、少し明かるくなった西空の光を受けて、ぎらぎらする教場の窓が一つ、不意に開いたと思ったら、女先生の青白い顔が、膨れ上がった水の反射を浴びて、こちらの岸から見ても、細くて嶮しい眉の形まで、はっきり解る様であった。


その水が急に引いて、翌日は空の底まで拭き取った様に晴れ渡り、河原の短かい雑草に泥をかぶせたなりで乾きかかった干潟は、烈しい日ざしに蒸されて、泥の表が漆塗りの様に光った。

遊歩の時間に、教場の裏の桐の樹の下で泣いている男の子供を見つけて、女先生が頭を撫でてなだめたら、急にその子供が先生の手の甲に嚙みついた。

その後で女先生は、だれもいない教場に一人で這入《はい》って行って、子供の机の間の中途半端な所に突っ起った儘、長い間しくしく泣いていた。学校の下の干潟に照りつける日ざしが、教室の天井に映って、白光りがした。

夏休みになった後の、からっぽの学校に、女先生はしょっちゅうやって来た。何をしに来るのか知らないが、人っ子一人いない埃だらけの廊下を、男の年寄りがする様に両手を後に廻して、腰の辺りで組み合わして、歩いている。宿直の小使の爺は女先生の顔を見ても、腰をかがめてお辞儀をするだけで擦れ違って、小使部屋に帰って、黙っていた。

学校から廊下続きの幼稚園《ようちえん》の遊戯室は、椅子や腰掛をみんな壁際に積み重ねて片づけた後の板敷が、水溜りの様な鈍い色で光っている。片隅のオルガンには真黒い油単《ゆたん》がかぶせてあるので、変な形の物がしゃがんでいる様に見える。

その陰から浴衣の著流しの背の低い男が出て来て、遊戯室を横切ろうとするところで、廊下伝いに幼稚園の方へ歩いて来た女先生と出会った。

その男が目を外らして、行過ぎようとするのを、女先生は鋭い声で呼び止めた。

「もし」と一言云って、その前に起ちはだかった。

男は黙って会釈をして、その前を歩いて行った。

「何か御用なのですか、もし」と女先生は重ねて云って男の袂を押さえようとした。

「午睡《ひるね》に来たんだよ」

そう云ったかと思うと、いきり立って青ざめている女先生の頰っぺたを指の先でちょいと突いた。

そうして、かすれた様な口笛を吹きながら、肩を振って帰って行った。

昔の家老の家に生まれたどら息子で、一人前の歳になっても、一日じゅうぶらぶらと町中をほっつき廻って、女の尻ばかり追っ掛けているその男の顔を、女先生は薄薄知っていたかも知れない。

女先生は人のいない遊戯室の中を一まわり歩いて、それから又いつもの様にお尻のところで両手を組んで、用あり気に学校の廊下の方へ帰って来た。

少し赤味を帯びた昼の稲妻が、頻《しき》りに薄暗い家の中を走る大夕立の中で、女先生は漆が剝げかかっている黒塗りの箪笥《たんす》の前に中腰になり、一つずつ抽斗《ひきだし》を開けて、その中を掻き廻した。

雷の尾が、どしんどしんと云う様な響きになって、古い家の根太《ねだ》に伝わり、戸障子をびりびりと慄わせたが、女先生は丸で聞こえぬ風で、抽斗の中に突っ込んだ自分の手許ばかりに気を配った。古ぼけた鞘の長い刀を取り出し、一たん手に取ったけれど、その儘また抽斗の奥の著物の下に押し込んだ。

ひどい雨になって、家の中の方方に雨漏りがしたが、まだ降り続くと思った中途で、急に止まった様な上がり方で、夕方の空が少し明かるくなった。風が落ちて、広い荒れ庭に動いている物は何もない。女先生は縁側に近く坐り込んだ儘、何処と云う事もなく一心に見つめている。

晩の支度もせず、燈りも点さずに、じっとそうしている内に段段暗くなって、桑の樹の葉末に、かすかな薄明りが残っているばかりとなった頃、不意に縁側に腰を掛けた男があった。

女先生は家老の息子かと思ったが、そうではなくて、丸で知らない大きな男であった。女先生の起ち上がりそうな気配を見ると、その男は縁側を離れて、桑畑の中へ行きかけたが、何かに躓《つまず》いて、暗い地面にのめった。

女先生には、暗い中でその男の足許《あしもと》まではっきり見えた。躓いたのは大きな石ころであって、その転がった後に深い穴があいた。穴の底から、白い犬ころが五つも六つも飛び出して来て、そこにのめっている男の顔や身体にまぶれついている。

女先生は可笑しくなって、一人で暗い縁側で笑い続けた。

長い暑中休暇の間に、女先生はすっかり瘦せて、両側の頰骨がありありと見える様な顔になった。ぱさぱさに乾き切った屋敷の庭をいつまでも飽かず眺め入って、「秋来ぬと目にはさやかに見えねども」と云う歌を一日に何度も口の中でくちずさんだ。微かな風の渡る音を聞いても、凹んだ眼をきらきらと輝やかして、その風の行く方を追う様な顔をした。

秋の学校が始まると、受持の一年の子供にこう云って聞かせた。

「皆さん、幽霊は居りませんよ。幽霊と云うものはいないのですよ。先生が雨の降る晩遅く外から帰って来ますと、よそのお屋敷の曲り角で、上から傘を押さえたものがあります。はっと思って立ち止まると、傘の上で少し動きました。どうですか。皆さんだったら、びっくりしやしませんか。ところがそれは雨に叩かれて、垂れ下がっていた芭蕉の葉だったのですよ」

ところが生徒の方では、そのお話よりも、お話をしてくれる先生の方が恐ろしかったので、混合組の女の子の中で泣き出した子があった。女先生は教壇から降りて行って、その子をなだめたが、泣き止まないので、その儘にして教壇に帰って、次の話を始めた。

「それでは、今度はおもしろい、おかしいお話をして上げましょうね。『もる』のお話をいたしましょう。雨の降る晩に虎と狼が出て来て、貧乏人のお家をねらって居りました。貧乏人のお家の中では、あっちでも、こっちでも雨が漏るので困って居りました。おばあさんが溜息をついて『ほんとに、もる程こわい物はない、虎狼《とらおおかみ》より、もるがこわい』と申しますと、丁度その時、表と裏口とから這入《はい》ろうとしていた虎と狼も、びっくりしましたよ。もると云うけだものはそんなに強いのか。それではこんな所にぐずぐずしていては危いと考えて、虎も狼も一目散に逃げてしまいました。皆さん解りましたか。虎狼《とらおおかみ》より『もる』がこわい。ほほほ。『もる』って、どんなけだものでしょうねえ。ほほほ、ほほほ」

さっきの子供はまだ泣き続けているのに、女先生は教壇の上で、一人で止まりがつかない様に笑いこけている。

女先生は毎晩屋敷の土塀の内側を這い廻る光り物を見ていた。初めの内はそれ程大きくなかったが、夜毎に光りを増して大きくなる様に思われた。ふわふわと流れるのでなく、何か固い物をころがす様にそこいらを動き廻って、辺りをきらきらと照らした。

東北の方角から国道の筋を伝う様に町に這入って来て、夜更けの町家の戸を一軒一軒敲《たた》く様な響きを立てて、大きな光り物が西の空へ抜けた。起きていた家では、雨戸の隙間から水が迸《ほとばし》る様に流れ入った光りを見たそうである。舟形に固まった町の屋根の上を斜に走って、大川の上を越す時には、夜競《よぜ》りの魚浜に起っていた魚屋や漁師は、川底の魚の姿までありありと見たと云った。

そう云う噂を聞いて、女先生は自分の屋敷の光り物が気の迷いでなかった事を確かめた。

学校の遠足で全学年が出かけた時、女先生は所労《しょろう》でついて行かなかったが、ひる前になると、いつもの通り袴をつけて、だれもいない学校へやって来た。

ひっそりとした廊下を歩いていると、幼稚園《ようちえん》の方から歌の声が聞こえて来た。女先生はいつもの様に、後《うしろ》に手を組んではいない。紫色の風呂敷に包んだ細長い物を、大事そうに片脇にかかえている。

廊下伝いに幼稚園にやって来て、輪の時間をしている遊戯室の入口に立った。幼稚園の先生が会釈すると、静かにそれに応えて、じっとそこに立った儘、子供達の遊戯を見ていた。

その内にふと後を向いて、そこから直ぐに上草履のまま、家へ帰って来た。

その翌日も学校は草臥《くたび》れ休みで、がらんどうであったが、先生は矢っ張りおひる頃から袴をつけてやって来た。

今日は廊下を歩かずに、教員室の裏の垣根にもたれて、長い間下の大川を眺めていたが、何となく身体がだるそうであった。大川はすっかり涸れて、遠くの方に細く流れている一筋の水が、濃い紫色にきらきらと光っているばかりであった。水の引いた後の磧《かわら》に、脊の低い秋草がまだらに生えている。その間を縫う様に、背中の紫色の鳥が磧を走り廻った。瞬きをする度に、鳥の数が殖える様であった。仕舞に磧一面紫色の鳥でうようよする様に思われて、女先生は目がくらんで、垣根の傍に生えている大きな桐の幹にしがみ附いた。

学校が始まっても女先生が来ないので、小使が迎えに行って見ると、女先生はお化粧をして、両膝を紐でくくって、死んでいた。傍らに長い刀が抜き放ってあったので、咽喉でも突くつもりであったらしいと思われたが、刀に血はついていなかった。

それで女先生の家系は死に絶えてしまった。長い土塀で桑畑をかこった屋敷が、あんなに荒れ果てるまでには、私共の知る様になってから後の、兄さんの狂死以前に、お父さんやお母さんや、まだその先祖に何か恐ろしい事が続いたに違いないと思われるけれど、古い事なので私共には解らない。

三　二本榎

私が目を開いているのを見て、
「起きていたのか、そうか、知っているのか、まあいい。じっとそうしていたまえ。起き出してはいけない」と云った。そうして私の枕許で煙草を吹かし出した。
「とうとうやって来た。全部やって来た。これでいい。もういい」

溜め息をつく様な声がした。

「君には済まなかったが、仕方がないんだ。前前から今夜ときめていたし、色色の都合があってそれを変える事は出来なかったのだ。君が途中から、汽車の中で打った電報を受取った時、これは困った事になったと思ったけれど、僕の方から返事をするわけにも行かない、愚図愚図している内に、君はもう新橋に著《つ》く時刻になったから、仕方がなかったのだ。是非君をことわるには僕が新橋駅まで出かけて行って、君の汽車が著くのを待ってどこか外へ君を送り届けると云う事も考えたが、昨夜は、僕は出たり這入ったりしたくなかったのだ。しかしその時機を外したら、もう君を来させないわけに行かない。初めて東京へ出て来た君をこの家の玄関でことわって、どこか外へ行ってくれとも云われないし、もし僕がそう云ったとして、君が、そうか、それではそうしようと云って引き下がるわけもないだろう。そんな事を云わないで、今晩だけでも泊めてくれとか何とか云う事になって、その内にこの家の奴が出て来たりすると、そんなにしてまで君を泊まらせない様にする僕がおかしいと云う事にならないとも限らない。一たん君を僕の部屋に上がらした上で、更めて君を外に移らせるとなると、ますます僕は気が咎めるのだ。それは僕の考え過ぎかも知れないけれど、その内に上京するから宜敷《よろしく》たのむと云う君の依頼状は葉書だったから、或《あるい》は家の奴がだれか見ていないとも限らないだろう。その当人の君が来たらすぐその日のうちに僕が追い出したとなると、それはどう云うわけだと云う事になるだろう。だから一《いっ》その事、僕の方では何もしないで君の来るに任せておくと云うのが一番いい。遥遥やって来た君には済まなかったけれど、仕方のないめぐり合せなのだ。又そうする事が僕には却って好都合だとも考えた。こう云う事をするには事前に余程の注意を払う必要がある。実は前に一度、向うでは知らないのだが、やりそこねた事がある。それで今度こそはしくじるまいと色色機会を選んでいたところへ君が来たのだ。君を家に上げて、僕の部屋に泊まらして、一緒に寝た後で、僕が起き出して行ってこう云う事をするとは、家の奴等は思いも寄らなかったろうと思うのだ。そう云う意味では君は邪魔にならなかったのみならず、却って今夜の僕を助けてくれた事にもなる。君、大丈夫だよ、そんな顔をするな。君になんにもしやしないよ。する筈がないじゃないか。ああ咽喉が乾いてしまった。水が飲みたいな。ぐっと冷たい奴を飲んだら、いい気持だろうな。しかし、今下に降りて行くのは、一寸《ちょっと》いやだ。どうしても、そこを通らなければ台所へ行かれないから、まあ諦めよう。君に汲んで来て貰うと云うわけにも行かないし」

起《た》ち上がって、坐り直すのかと思ったら、窓を明けて外を見ている。

「まだ外を通っている奴があるね。もう何時なのだろう。まだ三時前か。さっき僕が降りて行ったのは」と云いかけて、自分で言葉を切った。

座に返って、枕元に坐り込んで、私の顔を覗き込む様にした。

「君はいつ目を覚ましたんだい。何か聞こえたのか。僕が降りて行く時はよく眠っているると思ったのだが、それに君は疲れているだろう。何しろ一日一晩汽車に揺られて来たのだから、一たん寝ついたら、中中目をさます様な事はなかろうと思ったのだが、矢っ張りこう云う事は眠っている人人にも何か気配が伝わるんだね。君が目を覚ますかも知れないとしたら、僕も何か考えたかも知れないのだが、兎《と》に角《かく》、今夜を延ばすと云う事は出来なかったのだ。そうすれば、少くともその間だけは君が決して目を覚まさないと云う様な方法も考えて見なければならない。そう云う事がどんな結果になるかと云う事よりも、今夜の決行が僕には第一だったのだ。しかしそんな事にならなくて、まあよかった。僕は勿論《もちろん》、今後の僕と云うものはないけれど、それは覚悟の上としても、それだからと云って、何も知らない君を巻き添いにして、いい気持がするわけもない。君が起きているのを見て、本当は僕は驚いたのだが、すっかりすんだ後だったので、よかった。それに君が目は開いていても、じっと寝床の中にいてくれたので、僕は落ちつく事が出来た。起き出して来て騒がれたりすると、僕もつい表へ飛び出す様な事になったかも知れない。僕には前前から考えておいた順序があるので、そんな事はしたくなかったのだ。僕は下ですっかり片づけた後で、流しに出て手を洗って、顔も洗って来た。茶の間に下の娘が洗っといてくれた僕の浴衣が、皺のしをして畳んであったから、著《き》て降りた寝巻もそれと著換えて来た。これだよ。ここの所がこんなにぴんぴんしている。それで何も彼もさっぱりした。手足や著物だけではない。本当にさっぱりしたのだ。後は夜が明けてからの事だ」

右引きで寝ている片身が痛くなったので、腹這いになろうと思って、布団の中で身体を動かしかけると、急にあわてた声で云った。

「駄目だ、駄目だ、まだだよ、今起きてはいけない。それまでそうして寝ていたまえ。僕も夜明けまでここにこうして落ちついているから。僕は結局もう君に会う機会はないだろう。僕の記念と云うと、君は変な気がするかも知れないが、君に上げようと思っている物がある。君に取っては僕の記念と云うよりも、今夜と云う夜の記念になるかも知れないが、それはどっちでもいい。僕の実家の兄が、そうだ君は知らないだろう、多少の噂もあったらしいが兎に角病死と云う事になって、それで世間体はすんでいる。しかし実は自殺したのだ。それも変な死に方をしたので、実家ではひた隠しに隠したらしい。兄貴の煩悶は僕に何の関係もないけれど、僕は僕で又別の問題があった。それを押しつめて行くと、結局僕も矢っ張り兄貴と同じ様な方法を取る外ない様な気がしたのだが、長い間考えつめた挙げ句に、到頭僕は人を殺す事にした。人を殺して自分が生きようなどと考えたのではないよ。僕に取っては自殺と同じ意味なのだ。自殺と云ったところで、僕の様な場合では、僕が生きているのがいやになる様に、もっと押しつめて云えば僕が生きていられない様に仕向けられたのだから、若《も》し僕が黙って死んでしまえば、僕はだまって殺されたのと同じ事になる。だから思い切ってやってしまった。随分考えたのだが、結局悪い事をしたなどとは考えていない。いいも悪いも有ったものじゃないのだ。三人が三人とも丸っきり知らないのだ。自分で気がつかない内に、もう二度と目を覚ます事はなくなっている。手足をばたばたやったのは、手や足があばれたので、当人は知りやしないだろう。それで目的を達して、手際はよかったと云う事になるかも知れないが、少し物足りないところもある。それでは一体何の為にやったかと云う事も考えられる。僕だと云う事は三人のうちのだれにも解ってはいないだろう。僕は後になって、僕だよ、僕だよと云う事を云って聞かしたくて仕様がなくなった。年寄り二人が脆《もろ》かったのは当り前かも知れない。もう一人の娘は君が昨夜来た時、丁度上り口にいたから僕を見たろう。しかし悪いのは爺と婆なのだ。現在養子である僕を、この家で又養子にしようとして、勿論《もちろん》そんな事が向うだけの考えで出来るわけはないから、僕にも責任がないとは云わないが、そんな事がもとで抜き差しの出来ない羽目になった。その行きさつを今から君に話しても、何にもならないし、云いたくもないが、僕が一たん決心してから後、その機会をねらっている間の何日かは、自分でも呼吸が詰まりそうだった。急に婆さんが親切になって、いろいろ僕の身のまわりに気を配ってくれ出した。座布団が潰れているから、綿を変えて上げなさいと娘に云いつけたり、あんたはもう何日風呂へ行かないじゃないかと云って、手拭と石鹸函を無理に持たせる様にして僕を送り出したりした。僕がすき焼が好きだと云うので、雨の降る晩にみんなで鍋を食った。僕とこの家の娘との事は随分前からの話で、それが近来変な風になっていたところへ、丁度その日の午後、まあ一口に云えば娘は全く僕を思い切る事を出来ないなりに、別の話で僕から遠ざかろうとしていたのだと云う事が、娘の言葉や顔色からではなく、もっと深いところで解ったと云う様な事があったのだ。それが却《かえ》って僕をいらだたせて、僕はもう我慢出来ないと云う気持になっているところへ、娘の方ではそう云う事のあった後、急に又僕をしたう素振りを見せるので、僕は胸の中に熱いものと冷たいものとが、ちっとも溶け合わない儘で方方にぶつかっている様な苦しい気持になった。そのすぐ後のすき焼鍋で、僕は娘と向かい合い、婆さんが横からいろいろと世話を焼いた。娘が婆さんに向かって、葱の切り方が長すぎるとか、白瀧をよく洗わないから、藁屑がついているではないかとか、自分の母親を口汚く責めているのも、取ってつけた様に僕の意を迎えているのだと思われた。爺さんは余り牛肉が好きではないので、おつき合いに仲間に這入っているが、餉台《ちゃぶだい》の端に乾物の焼いたのを置いて、手酌でちびりちびり飲んでいた。僕は酒は飲まないから、鍋の中の物ばかり食っている。ぐつぐつと煮立って来るにつれて、何故と云うわけもなく気持が曖昧になり、取り止めもない話に興じ合った。又新しい肉の切れを一列び鍋に入れて、それが煮立つのを待つ間、僕は箸を持った儘ぼんやりしていると、一本の箸が指から辷《すべ》って膝の上に落ちた。すぐに拾って持ち変えたが、自分でどう云うわけとも解らず、胸がどきどきし出した。娘が私の顔を見て、どうかしたかと尋ねた。婆さんや爺さんも私の方を見て、不思議そうな顔をしている。そんな事で顔色が変わると云う事も考えられないが、どうかした顔になっていたに違いない。その翌《あ》くる日の午過《ひるす》ぎ、矢っ張り雨が降り続いていたが、下の者がみんなどこかへ用達しに出かけた後、僕が一人で二階のこの部屋にいると、だれもいない筈の下の座敷で、何だか物音がする様だから降りて見たら、見馴れない大きな猫が縁側の明り先の障子の桟を頻りに引っ搔いている。外へ出ようとしていたのであろうと思ったけれど、家で猫を飼ってはいないし、だれもいない座敷によその野良猫を閉め切って下の人が出かけたと云う筈もない。そう云えば今僕が降りて来た時、こちら側の襖《ふすま》を自分で開けたか、もとから開いていたか、それすらはっきり解らない様な曖昧な気持がした。若し開いていたなら、猫はこっちから出て行ったに違いない。しかしそんな事を考えている間に、僕はいつの間にか後を閉め切って、猫を外に逃さない気組になっていた。何だか胸騒ぎがして、血相の変わる様な気持がした。急に思いついて、じっと猫を睨み据えた儘、後手で襖を細目に開けて、そこから外に出た。柄の長い箒を持ち出して、しっかり握りしめ、もとの座敷に這入ろうとすると、襖を開けた途端に、向うの床の間の前に来ていた猫が、目にも止まらぬ速さで飛んで来て、僕の足許から外へ出ようとした。その時、僕はもう座敷の中に這入って後の襖をぴったりと閉めていた。猫は自分の飛んで来た勢いで襖にぶつかり、その儘がりがりと鴨居の辺りまで攀じ登って、僕の頭の上を飛び越した。ひらりと座敷の真中に降りたと思うと、すぐにこちらを振り向いて、歯を剝く様ないやな顔をした。それで僕はかっとして、箒を振り廻して猫を追っ掛けたが、猫は非常な速さで座敷じゅうをぐるぐる馳け廻るので、まだ一度も箒の先は猫の身体に触れない。段段夢中になって、追い廻していると、猫の身体がふわふわと宙に浮く様に思われ出した。いつの間にか鴨居の上を伝って走っている。座敷の隅隅は角まで行かずに宙を飛んで向うの鴨居へ飛びつき、つつうと走って又向うの鴨居へ飛び移るから、天井裏に大きな輪を描いて、僕の頭の上をびゅうびゅう飛び廻った。僕は猫をどうするつもりと云う様な事は何も考えないで、一生懸命に目先をちらちらする猫の影を叩き落とそうとあせった。どの位の間そんな事をしていたか解らないが、その内に僕は呼吸がはずんで苦しくなって来た。猫は鴨居から鴨居へ渡る拍子に、ぴっぴっと細い小便をしている。もう今度こそと思って振りかぶった箒の先が、猫の身体に触れたか触れないかに、急に箒が重くなったと思ったら、猫が箒の先にかぶりついていた。それが非常な重さで、持ち上げる事も出来ない様に思われた。箒の先はばたりと畳の上に落ちて、まだ柄を握っている僕の手もとの方へ、猫がその先からじりじりと伝って来る様な気勢を示した。いつもの僕だったら、驚いて箒を投げ出すのだが、僕はじっと柄を握り締めたまま、猫の近づいて来るのを待っていた。自分ではそう思ったのだが、猫はいつまで経っても上がって来やしない。箒の先の穂の中に頭を突っ込んで動かないのだ。それで僕の気がゆるみ掛けたのであろう。はっと気がついた時には猫はもとの恐ろしい勢いに返って、さっきがりがり引っ搔いていた障子の方へすっ飛んだと思ったら、その儘紙に穴を開けて廊下の外に出てしまった。じっとしている間に障子の小さい破れ目でも見つけたのであろう。猫の出た後の座敷に僕はその儘坐っていて、すっかり腹がきまってしまった。どうせやる事にはきめていても、何がきっかけになるか解らないものだと、つくづくそう思ったよ。年寄り二人は何とも思わなかったが、あの娘の頸を巻く時は一寸《ちよつと》躊躇した。猫の経験がなかったら、或《あるい》はしくじったかも知れないと思う。牛乳屋の車の音がしているらしいね。もう夜が明けるのか知ら」

又起き上がって、窓の障子を開けた。水の様な風が外から吹き下りて、枕の辺りがひやひやした。

すぐ座に返らないで、机の抽斗《ひきだし》を探していると思ったら、赤い石で彫った拇指ぐらいの金魚を持って来た。

枕許のもとの場所に坐って、それを私の手に握らせた。

「どうせ後で君は一通りの掛かり合いはあるだろう。しかし僕の為に何も弁護してくれなくてもいい。君の迷惑は本当にすまないが、許してくれたまえ。その時この金魚を取られてしまってはいけないよ。もうじき夜が明けるらしいね。二本榎のてっぺんが明かるくなって来た」

それから又落ちついて煙草を吹かしていると思ったら、半分許りになった吸いさしを灰皿の上に置いて、「一寸《ちょっと》」と云いながら、私の寝床に近づき、足から先に這入《はい》って来た。

驚いて起きようとする私の身体を押さえつける様にして、自分の顔を私に押しつけ、片手で私の胴を抱き締めた。そうして、押さえつけた口の中で、

「それじゃ、左様なら。本当に、左様なら」と云ったと思うと、急に手の力を抜いて、その儘の姿勢で布団の外に這い出し、そこで起《た》ち直ってすたすたと梯子段を降りて行った。

足音は梯子段の下で消えたなり、後は解らなかった。遠くの方で電車の走り出した響きが聞こえる様に思われた。私は手のぬくもりで温かくなった瑪瑙《めのう》の金魚を見つめて、身動きも出来なかった。

四　花柘榴

夕方に玄関の開く音がしたから、出て見ると、荒い絣《かすり》の著物を著た若い男が、土間

に起っていた。

四五日前に来た下女の名前を云って、一寸《ちょっと》会いたいと云った。

「君はどう云う方ですか」

「僕はあれの同郷の者でありまして、国からの言伝をしたいのですが、一寸会わしてくれませんか」

「今いませんよ」

「そうですか、それじゃ表で待っています。若し会えなかったら、後でそう云っておいて下さい」

そうして格子を閉めて出て行ったが、自分で云った通り、門の所にちゃんと起《た》っている。著物の絣《かすり》が馬鹿に荒いので、尤《もっと》もらしい顔とちっとも似合わない。暗くなりかけた門の外に、絣の白いところが、変な工合にちらちらした。

二階に上がって燈りをつけた。まだ壁の乾かない新築を借りたので、電気がともると、畳も天井も障子もびっくりする程明かるくなる。木のにおいや壁土のにおいが部屋の中に籠もっている。一服吸いかけると、また下で物音がしたので、降りて見たら、さっきの男が玄関に這入っていた。

「まだ戻りませんか」

「用事にやったのだから、まだ帰らない」

「どこへ行ったのです」

「どこだっていいじゃないか」

その男はそれきり黙ってしまった。そうしてその儘じっと突っ起っている。

玄関の電燈をつけたら、急に身のまわりが明かるくなったので、変な目をして、もじもじしている。

「まだ帰らないんだよ」と私がもう一度云うと、落ちつかない物腰でお辞儀をしたが、しかし顔を上げて人の目を見返している。

「本当ですか」

「本当だよ」

「おかしいな」

「そんな事を云うなら、帰るまでそこに待っていたまえ」

「ええ、そうさして戴きます」

私は又二階に上がったが、どうも落ちつかない。不用心の様な気持もする。家内が子供を連れて田舎へ行った留守中の事なので、下女が帰って来なければ、晩飯を食う事も出来ない。早く帰ってくれればいいと思う一方に、しかし下に待っている変な男に会わしたくない様な気持もする。曇ったなりに暗くなりかけた梅雨空が庇《ひさし》の上にかぶさって、窓越しに見える隣り屋敷の庭樹の茂みが、暗くなると同時にふくれ上がって来る様に思われた。

勝手口の方で物音がしたので、急いで降りて見たけれど、下女が帰ったのではなかった。玄関に廻って見ると、さっきの男もいなかった。後が開っ放しになっているから、一寸外《ちよつと》に出ているのかも知れないが、黙って帰って行った様にも思われる。或は往来で待ち合わせて会っているかも知れない。いらいらして来たので、家の中に燈りをつけて、そこいらを歩き廻った。

家が新らしい為に、時時方方の柱が鳴った。みしみしと云う音が、どうかした機《はず》みで少し長く引っ張る様に聞こえる事がある。丁度梯子段の下にいた時、不意に頭の上でそんな音がしたので、はっと思った拍子に後《うしろ》の襖が開いて、下女が顔をのぞけた。

青白い、油を拭き取った後の様な肌の顔が無気味に美しく思われて、目を外らす事も出来なかった。

「只今」と云って、そこに膝を突いた儘、こちらを見上げる様な恰好をした。

「買物は調ったかい」

「はい。遅くなりまして」

変な男が来たと云う事を伝えてやるのが云いにくい様な気がして、その儘二階へ上がってしまった。

下でことことと云う物音がするのを、じっと聞き澄ましていると、何とも云われない楽しい気持がする。つい何日か前、桂庵からよこした女中だけれど、口数も少く、おとなしくて、起ち居にどことなく柔かみがある様に思われた。さっき絣《かすり》の著物を著た男が来た為に、一層そう云う事がはっきり思われ出した様な気がした。

御飯の用意が出来たと知らせて来たから、茶の間へ下りて行ったが、食膳の上の色取りも美しかった。酒を飲んで、下女の顔を見ている内に、いい気持になって、「さっき絣の著物を著た男が二度も三度もお前を訪ねて来たよ」と云う様な事を、ぺらぺらと話し出した。

「あの男を知ってるのかい」

「ええ、きっとあれで御座いますわ」

「いやな奴だね」

「何か失礼な事を申しましたでしょうか」

「そうでもないが、一体あれは何だい」

「国の者で御座います」

「どうしてお前を訪ねて来たりするんだろう」

「何か言伝でも聞いてまいったので御座いましょう」

「ははあ、同じ様な事を云ってる。お前今外で会ったのか」

「いいえ」

「それじゃ又後でやって来るかも知れない。来たらどうする」

「一寸《ちよつと》お勝手口ででも話しまして、すぐ帰します」

「まあ遠慮するな」

下女は人の顔をまともからじっと見た儘、にこりともしない。その様子が特に風情がある様に思われて、ますます浮わついた気持がして来た。

「どうだ一杯飲まないか」

「まあ」

大粒の雨がぱらぱらと軒を敲く音がし出したと思うと、忽《たちま》ちひどい土砂降りになった。

夜中に寝苦しくて目を覚ましたが、真暗な部屋の中で、どちらを向いて呼吸をしていいか解らない様な気持がした。寝床から這い出して、二階の縁側の雨戸を開けた。いつの間にか雨はやんでいるけれど、夜更けの雨空が軒に近く白らけ渡って、曖昧な薄明りが庭樹の陰にも流れている。

不意に白い著物を著た人影が動いたので、ぎょっとした。息を詰めてその方を見据えると、下女が寝巻のままで庭を歩いているらしい。

何をしているのか解らないけれど、今急に出て来たものの様には思われなかった。落ちついた足どりで、雨上りの濡れた庭土の上を歩き廻っている。さっき私が雨戸を繰った物音も聞こえた筈なのに、丸で二階の方の気配には気づかぬらしい様子で、時時庭樹の小枝の端を引っ張ったりしているのが見えた。葉の間にたまった雨の雫を浴びるだろうと思ったら、青白い滑らかな肌を背筋に伝う冷たい雫を自分で感じる様な気持がした。

そんな事で寝坊をして、朝は遅く目をさまし、顔を洗いに下へ降りようとすると、何だか人の話し声が聞こえる様であった。忽ち想像が走って暫らくその模様を立ち聞きする気になったが、いくら耳を澄ましても、ひそひそ話の内容は解らなかったので、構わずに降りて行った。

玄関の三畳の間の襖を開けひろげて、下女が昨日の男と対座している。男は矢っ張り荒い絣《かすり》を著ていたが、私の足音を聞いて坐りなおしたものと見えて、窮屈そうな膝の上に両手を置き、変に畏《かしこ》まった恰好をしていた。

「一寸こちらをお借りして居ります」と下女が云った。

いつ頃から話し込んでいるのか知らなかったが、何だか話が縺れている様子であった。

私が勝手の方へ出て行く気配を知って下女は座を起って来た。

「お顔で御座いますか」と云って、金盥《かなだらい》を出したり何かしようとするのを、私は遮って、

「いいよ、いいよ」と云ってあちらに行かせた。

ぼんやりした気持で顔を洗って、その儘勝手の上り口に腰をかけていた。朝っぱらから頭がもやもやして、取り止めもない事に気がせく様で落ちつかない。一たん止んでいた雨は夜明けから又降り出したと見えて、騒騒しい雨垂れの音が家のまわりを取り巻いて、裏の近いすぐ隣りの物音も聞こえなかった。

不意に下女がいつもより、もっと青白い顔をしてそこに突っ起《た》ったので、驚いて起ち上がったが、何だか胸がどきどきする様であった。

「お顔はもうおすみになったので御座いますか」

「うん」

「それではすぐに御飯のお支度を致しましょう」

「今来ていた人はどうした」

「仕様がないんですよ」

「まだいるのか」

「お玄関で考えていますわ」

それで嫣然《えんぜん》と云う様な風に笑って見せた顔が譬《たと》え様もなく美しく思われた。

「ほっといて、いいのか」と私が云うと、

「一人で帰りますでしょう」と云って、又人の顔を見ながら笑った。

二階へ上がろうと思って、もう一度玄関の脇を通ると、さっきの男はもとの通りの向きに坐ったまま、じっと膝に手を置いてうなだれていたが、私の足音で急に顔を上げた。

「大変お邪魔を致しました」と切り口上の挨拶をしたと思ったら、ふいと起ち上がって、土間に下り、そこでもう一度丁寧なお辞儀をして、すたすたと雨の中へ出て行った。

一日じゅう、外へ出ていても、そんな事が気にかかって、落ちつかなかった。留守に又紹の著物を著た男が来ている様な気がしたり、そんな事はどうだって構わないと思う後から、下女の青白い顔が笑っている様に思われたりした。

暗くなってから、外で晩飯をすまして帰って来た。一日雨が降り続いて、夕方から一層ひどくなっている。一足家の中へ這入《はい》った後から、重ぼったい雨の気が、一緒について這入った様な気持がした。畳も濡れている様だし、塗り立ての新らしい壁は、指で圧さえると凹む様に思われた。

洋服を脱ぎながら辺りを見廻していると、どうも留守にだれか来た様な気がしてならない。下女の顔も濡れている。雨気の為ばかりではないらしい。著物《きもの》に著換えて、そこいらに坐り込んでいると、急に外の雨音が拭き取った様に、ばたりと止んだ。家の中がしんしんと静まって行く様に思われる。時時、どっちから吹いて来たか解らない重たい風が、家の中を通って、襖や障子にあたる度に、鈍い物音を立てた。何か片づかない気持で、口を利くのも億劫《おっくう》だから黙っていると、下女がお茶を汲んで来て、私の前に膝を突いた。

「旦那様」と云って、人の顔をまじまじと見た。

「何だ」

「あの何で御座いますけれど、私はこれから先、ずっと置いて戴けますでしょうか」

「いてくれてもいいが、どうかしたのか」

「国から一先《ひとま》ず帰って来いと申すので御座いますけれど、私帰るのはいやなので御座います」

「例の男がそう云って来たのか」

「そうでは御座いませんわ」

今日はその男の事を話すのがいやな様な気がしたので、それっきり話を打ち切ったが、二階の自分の部屋に帰ってからでも、何だか気がかりで、又下へ降りて見たくなるのを何度も我慢した。

昨夜よりも早くから寝入ったが、夢の切れ目には、いつでも雨がざあざあと音を立てて降っていた。

又夜中に寝苦しくなって、寝床から這い出した。外は昨夜の通りの空で、薄白く軒に垂れ下がった下に、庭樹の茂みが煙の固まりの様に黒くひろがっている。葉の蔭にところどころ小さく光る物があると思ったら、筒形をした柘榴《ざくろ》の花が覗いているらしいので、恐ろしくなった。そう思ってその方に目を据えると段段光りが鋭くなって、仕舞には目を射る様にぴかぴか光っては、又息をする様に消えた。

薄暗い空から吸い込む息が、腹の底に沁みる様に冷たかった。寝醒めのもやもやした気持の中を、一筋刃物の峯の様に走るはっきりしたところがあって、自分の気持がその筋に引釣るのが解る様であった。矢っ張り向うに動いている影は下女であって、昨夜の通りに茂みの間を歩き廻り、時時小枝を引っ張って、雨上りの雫をふるい落としている。寝巻浴衣の白地が薄闇にぼやけて、普通よりは大分大きい人影の様に思われた。

その後は寝床に帰ってからも寝つきが悪くて、うつらうつらしかけると、不意に何処か踏み外した様な気がしたりして、到頭外の薄明りを見るまで起きていたが、それから急に深く眠り込んだものと思われる。目が覚めた時は窓の外は明け離れていたけれど、朝だか夕方だか解らない薄明りが、濁った水の様に辺りによどんでいた。

下に降りようと思って、廊下に出た時、庭樹の茂みの間に、緦の著物がちらちらと見えた。あわてて下に降りて、縁側を開けたら、まともに見える大きな柘榴の下枝に、例の若い男がぶら下がっていた。下女を探したけれど、自分の部屋もお勝手もきちんと片附いていて、家の中には影も形もなかった。

五　橙色の燈火

息子が病死した時の、その前に病気をした時、手が足りなくて傭《やと》った派出婦が来て、お招きしたいから伺ったと云うので、ついて行った。

すぐそこだからと云うので、歩いて行ったが、平生あまり通らない屋敷町の角を幾つも曲がる内に、段段道が広くなって、両側の家が遠ざかり、歩いて行く道に取り止めがなくなる様であった。

派出婦は余り口を利かなかったけれど、並んで歩いていてひとりでに解る相手の息遣いの調子などから、こちらも次第に気持がゆるんで来た。その内に途中で日が暮れて、初めは暗い空の下に私共の通って行く道だけが白く向うの方まで伸びていたが、暫らくすると道の表も暗くなって、遠い両側にまばらにともっている燈りが低い所でぴかぴかと鋭く光り出した。

まだですかと聞いて見ようかと思ったけれど、それはお愛想であって、本当はそんな事を聞かなくてもいいと云う気持が自分に解っていたので、黙っていると、派出婦の方にもそれが通じたと見えて、前よりも一層落ちついた息をした様であった。

歩いて行く程道端の燈りは低くなり、その廻りだけを狭く照らしている小さな光りが、ぎらぎらする角角《つのつの》を生やした様に思われた。

道の突き当りの真正面に恐ろしく大きな門があって、そこを這入って行くと、玄関は昼の様に明かるかった。

衝立の陰から顔の長い書生が出て来て、そこの板敷の上に裾を捌いてぴったり坐った。

派出婦が私の後から横をすり抜ける様にして前に出た。そうして式台に上がると同時に身体を斜に撚じって、その儘の姿勢で私の先に起って案内した。

私が通り過ぎた後で書生の起ち上がった気配がした。私のすぐ後からついて来るらしい。

長い廊下を通って行くと、片側の庭には薄明りが射していたが、広広とした地面に樹が一本もなくて、人が中腰になった位の高さの丸っこい庭石がいくつも突っ起っていた。

私が応接間の椅子に腰をかけるのを見て、派出婦と書生が入口で列んでお辞儀をして、扉を閉めて、どこかへ行ってしまった。

天井の高い西洋間の壁に、床まで届く位もある非常に長い聯《れん》が掛けてあるが、しみの様な墨のうすい字で、何と書いてあるか読めなかった。

辺が森閑としている癖に、何か頻りに物の動く気配がする様に思われた。

脊の高い女中がお茶を持って来て、丁寧なお辞儀をした後で、きっとなって私の様子を頭の先から足の先まで見て行った。

それから派出婦が来て、主人が御挨拶にまいりますと云った。

それっきり派出婦もいなくなって、部屋の内にも外にも物音一つしなかった。

それでいて何となく私はそわそわする様で、大きな椅子に掛けている尻が、落ちつかない様な気持がした。

どちらとも方角は解らないが、何処か遠くの方から、ずしん、ずしんと大地を敲いている様な音が聞こえて、その響きが足の裏から、頭の髪の毛まで伝わった。

じきにその音が止んだと思うと、またもとの通り森閑としている外の廊下に、ざあざあと云う水の流れる様な音がした。

そうして不意に扉が開いて、袴を穿いた大坊主の目くらが、一人でつかつかと部屋の中に這入って来た。

だだっ広い顔一面でにこにこ笑いながら、手にさわった椅子に腰を掛けて、そっぽを向いた儘でこちらの気配をさぐっているらしい。

ぐるっと部屋の廻りを勘で調べた上で、更めて落ちついた顔になって、

「ようこそ」と云った様であった。

言葉はよく解らないけれど、声の調子に聞き覚えがあるので、私の方がびっくりし

た。

「やあ、何、私どもの所は年じゅう同じ事ばかりで」

主人なのであろうと思ったけれど、何と挨拶していいか解らないので、もじもじしていると、相手はそれきり黙ってしまったが、落ちつき払った態度で、一方に顔を向けた儘、いつまでも独りでにこにこしていた。

不意に扉が開いて、派出婦が綺麗にお化粧をし、艶かしい著物を著て這入って来た。

「お待たせ致しました」と云って、目くらの手を取り、私に目で合図をした。

目くらの主人は派出婦の手を払う様にして一人ですっくと起ち上がり、顔のどこかに微笑を残した儘で歩き出した。

派出婦がその横に寄り添う様にして部屋を出る時、もう一度私の方に合図をした。

どう云う事なのかよく解らないけれど、その後からついて行くと、薄明りの射した廊下がどこまでも続いて、少しずつ先が低くなっているので、足もとががくりがくりする様であった。内廊下になっていて、両側は壁であった。目くらの主人は下り坂になった廊下を馳け出す様な勢いで先に立って行き、派出婦はその後から追っかけている。私は段段遅れて、一人だけ残されそうになったが、二人の後姿を見失わない様にと思って急いで行くと、廊下の傾斜がますます急になって、家の中なのに何処からか風が吹き込んで来た。

急に向うが明かるくなったと思ったら、障子の内側から黄色い燈影《ほかげ》が輝やく様に照らしている座敷が見えて、先に行った二人が今その前に影法師の様に起ち止まっている。

私が追いつくのを待って派出婦が膝を突き、しとやかに障子を開けると、中から橙色の明りが眩しく流れ出した。座敷の中に何かあるのかと思ったが、畳の目が美しく燈火の色を反射して、床の間に懸かった白っぽい軸の中途半端なところに描かれた一羽の頸の長い鳥がちらちらと動いているばかりであった。

中に這入《はい》って座に著くと、お膳が出て酒が出て、若い女が入り変わり起ち変わり酌をしたり御馳走を運んだりした。派出婦は主人の傍に坐って、お膳の上の世話をしている。目の前は明かるく華やかだが、話は途切れ勝ちで、食っている物の味もよく解らなかった。

身の廻りに起こっている事に後先のつながりがなく、辺りの様子も取り止めがなくて、つかまり所のない様な気持の中に、しんしんと夜が更けていると云う一事だけが、はっきり解った。

何処かを風の渡る音がする度に、橙色の燈りが呼吸をした。歩いて行く程広がって来る白っぽい道が、時時心に浮かんで来て、道端の燈火の色も、さっき通りがかりに見た時よりは、思い出している方が、ありありと眺められる様な気がした。

主人はいつまでたっても同じ様子でお膳の前に坐っている。私の前のお膳にも色色の御馳走が色取りを変え、美しい女が起《た》ったり坐ったりして、もてなしてくれるけれど、段段に摑まりどころがなくなる様で、お膳の前にのめりそうになったから、座を起って、廊下に出ようとすると、主人が穏やかな笑顔になって、新らしく自分の盃を取り上げている。その様子が無言で私を引き止めている様に思われて、その場を動く事も出来なかった。

何処かから微かな人声が聞こえた様に思ったら、その途端に私は飛び上がる程驚いた。もう一度聞き直そうとする内に、大勢の人声が入り乱れて、初めの声はわからなくなったが、何か面白そうに興じ合って、時時は手を拍ったりしているらしい。

その騒ぎに気を取られていると、次第に自分の身の廻りも浮き立つ様に思われ出した。大勢の人声は遠くなったり、近くなったりして聞こえるが、そう思って見ると、その騒ぎは今初めて聞こえ出したのではない様にも思われる。急に派出婦が廻って来て、片側の障子を開けひろげると、暗い庭を隔てた向うに、こちらの座敷よりも、もっと明かるい燈影《ほかげ》のさしている障子が見えて、その明かりを受けた庭の何も生えていない荒土が、ところどころ水の様に光った。

障子の向うには元気のいい連中が集まっているらしかったが、時時障子の紙にうつっては消える影法師は、中の気配に似合わず形がぼやけて、取りとめがなかった。

又どこかで大勢の声がする様に思われたので、庭に乗り出す様にして覗いて見ると、こちらの座敷から鉤の手になった遥か向うにも橙色の明かるい障子があり、その又先にも明かるい座敷が見える。まだまだこちらから見えない所にも、そう云う明かるい部屋が方方にありそうに思われた。

盲目の主人が顔を伏せている。眠っているのか、考えているのか解らない。派出婦はいなくなった。向うの座敷で声がした様に思われたけれど、その後が聞こえなかった。

時時屋根の棟を渡る風の音を聞きながら、いつまでも私は暗い庭の向うの明かるい障子を眺めていた。段段気持が落ちついて来る様でもあり、それと同時にますます事の後先のつながりがなくなる様にも思われたが、その間にただ一つ今じきにはっきりするらしい事が、ついこの手前でぼやけている様に思われて、それがじれったくて堪らなかった。

解説　文字と夢

多和田葉子

夢をみている感触である、と百閒を読んでいて思う。しかし、その感じがどこから来るのか分かりそうで分からない。普通ありそうもないことが起こっているから夢のようだ、などという単純なことではない。むしろ、夢にしかない厳密な法則が働いているような感じがするのである。覚醒している人間は、その法則を知ることはできない。ただ、映像を追いながら、急にたまらなく可笑しくなって声を出して笑ったり、説明のつかない悲しさや息苦しさを胸に感じ続ける以外ない。それでいて、荒唐無稽というのとはまるで反対の印象がある。構造があることが分かる。ただ、それを説明することができないのだ。もちろん、いくつか試みのようなことをやってみたことはある。

たとえば、「大宴会」という作品がある。鶏のような服を着た男達がそこにいて「私」に挨拶したと書いてあるが、鶏のような服というのはどのような服なのだろう。

どうやらここでは、いわゆる現実と思われるものがあってそれをより上手く描写するために比喩が使われているのではなく、比喩そのもの、つまりこの場合「鶏」が問題となっているらしい。それから太陽が出て来て、それが大きな女のすべすべした「尻」のようだと書いてある。比喩として読めば、表現主義を思い出させるが、「鶏」と「尻」と聞いて、わたしはむしろ「鶏口となるも牛後となるなかれ」ということわざを思い出した。するとやはり、この諺を実行しようといきり立っているとしか思えない変な男が登場する。これがひどくいばった渋谷男爵。そして、彼が演説を始めると、それが牛がないているように聞こえると書いてある。

諺というものの特徴は、文字どおりには意味を取ってはいけないというところにある。諺を聞いていちいち鶏や牛を思い浮かべていたら、コミュニケーションに支障をきたす。だからわたしたちは転用された意味だけを理解するのだが、その瞬間、鶏や牛のイメージは抑圧される。そして、抑圧された動物たちは夢の中で鮮やかに蘇り、物語を編み始める。昼間、意味形成の犠牲にされた者たちの夜中の反逆である。

漢字についても同じようなことが言える。例えば「件」という字を見て、それが「人」と「牛」から成り立っていることには普段はなかなか気が付かない。まして、この字を見る度に、半分が人間で半分が牛である生き物を思い浮かべる人はいないだろう。そんなことをしていたら、文章の意味をすばやく理解することができなくなってしまう。網膜には人と牛という字が映っていても、そんなことは忘れて、「件」という字の意味だけを理解するのが普通だろう。しかし百閒の小説の中には、身体が牛で顔だけ人間である「件《くだん》」として生まれた自分が出てくる。「私」は子供の頃にそのような「件」の話を聞いたことはあるが、自分がそうなるとは思わなかった、と言っている。そして、その件が広野に立っていると、四方から人間達が未来の予言を聞こうと押しかけてくる。件は、何も予言することなどないから逃げようとするが、人間達はあらゆる方向から迫ってくる。件が一つの漢字だとすると、その「意味」を求めて人間達が押しかけてくる光景を思い浮かべてわたしは笑ってしまった。もしわたしが一つの漢字だったとしたら、やはり人間の未来などについて何も言うことなどないだろう。ただ、身体が半分は人、半分が牛だという事実だけを背負って「件」という漢字は存在し続けるしかない。

こうして見ると、文字達がどれも妙に生き生きとして見えてくる。「蜥蜴」という作品では、難しい漢字二つの両方ともムシヘンなのが印象的だが、他にも「蹲踞る」という難しい字が出てくる。「踞る」とか「蹲る」と書けばいいのに部首の同じ字を重ねるのは、うずくまっているのが熊だからか。熊は足の数が人間の倍あるから、うずくまる時もアシヘンが二つ必要なのだ。「うずくまる」という言葉の中には「くま」という単語が隠れている。それではそこへ「牽」かれてくるのはどういう動物かと言うと、もちろんこの漢字の中に隠されている「牛」である。そうして動物が二匹になると大変な殺しあいが起こりそうになって、人々は「狼狽」する。けものが二匹いるので、ケモノヘンが二つ付く「狼狽」という状態が起こるのである。別の言い方をすれば、わたしたちはいつも狼狽する度に、二匹のけものを心のどこかで見ている。見ているのに見ていない振りをして無視している。その二匹のけものがある日、夢の中にあるいは小説の中に蘇るのである。

そんな読み方は、こじつけの駄洒落に過ぎない、と思う人もいるだろう。しかし、それが駄洒落だということは作者自身も言っているのだから、それでいい。むしろこのような現象について「駄洒落」という軽蔑を含んだ概念しか持たない現代文化の貧しさを恥じた方がいいのかもしれない。「豹」という作品では、「私」が恐ろしい豹に追い掛けられて大変な思いをするのだが、何人かの人たちが豹に食われてしまった後、逃げ延びた「私」が泣きながら「豹に喰われたくない」と言うと、そこにいた人たちが「洒落なんだよ」、「過去が洒落てるのさ」と言う。それから、みんな笑い出して、豹もその仲間入りしていっしょに笑う。「過去が洒落てる」というのは、意味を形成するのに犠牲になった文字のいけにえたちが過去からやって来て小説の中に蘇るという意味にも取れ、その現れ方は「洒落」と似ている。

蘇ってくる者のイメージは死者のイメージと結びついている。「道連」というタイトルをよく見るとこれも又、部首であるシンニョウがダブっているが、ある峠を越す時に、生まれなかった兄に遭遇する話であるから、片方のシンニョウが自分で、もう一つのシンニョウがその兄かもしれない。自分のことを一度でいいから兄さんと呼んでくれ、とその兄に頼まれるのだが、そうすると自分が死者の道連れになってしまうかもしれないということを予感してか「私」は無気味に感じて拒む。「私」が「生まれなかった兄」と出逢ったのは峠だった。峠というのは境界線を思わせる危ない場所だが、百閒の小説にもっとよく出てくるのは「土手」である。「冥途」の死者たちは土手の上を歩いていく。「花火」という作品の中では、「土手の妙なところ」から不思議な女が降りてくる。「短夜」では、土手の向こう側は見えないことになっている。土手だから普通は向こうには川があるのだろう。それは三途の川かもしれない。

芥川龍之介による同時代評

冥途

この頃内田百閒氏の「冥途」(新小説新年号所載)と云う小品を読んだ。「冥途」「山東京伝」「花火」「件」「土手」「豹」等、悉《ことごとく》夢を書いたものである。漱石先生の「夢十夜」のように、夢に仮托した話ではない。見た儘に書いた夢の話である。出来は六篇の小品中、「冥途」が最も見事である。たった三頁ばかりの小品だが、あの中には西洋じみない、気もちの好い Pathos が流れている。しかし百閒氏の小品が面白いのは、そう云う中味の為ばかりではない。あの六篇の小品を読むと、文壇離れのした心もちがする。作者が文壇の塵氛《じんぷん》の中に、我々同様呼吸していたら、到底あんな夢の話は書かなかったろうと云う気がする。書いてもあんな具合には出来なかろうと云う気がする。つまり僕にはあの小品が、現在の文壇の流行なぞに、囚われて居らぬ所が面白いのである。これは僕自身の話だが、何かの拍子に以前出した短篇集を開いて見ると、何処か流行に囚われている。実を云うと僕にしても、他人の廡下《ぶか》には立たぬ位な、一人前の自惚《うぬぼ》れは持たぬでもない。が、物の考え方や感じ方の上で見れば、やはり何処か囚われている。（時代の影響と云う意味ではない。もっと膚浅な囚われ方である。）僕はそれが不愉快でならぬ。だから百間氏の小品のように、自由な作物にぶつかると、余計僕には面白いのである。しかし人の話を聞けば、「冥途」の評判は好くないらしい。偶《たまたま》僕の目に触れた或新聞の批評家なぞにも、全然あれがわからぬらしかった。これは一方現状では、尤《もっと》ものような心もちがする。同時に又一方では、尤もでないような心もちもする。（一月十日）

（「新潮」大正一〇年二月、『点心』大正一一年五月、金星堂所収）

内田百間氏

内田百間氏は夏目先生の門下にして僕の尊敬する先輩なり。文章に長じ、兼ねて志《し》田流《だりゅう》の琴に長ず。著書「冥途《めいど》」一巻、他人《たじん》の廡下《ぶか》に立たざる特色あり。然《しか》れども不幸にも出版後、直《ただち》に震災に遭えるが為に普《あまね》く世に行われず。僕の遺憾とする所なり。内田氏の作品は「冥途」後も佳作必ずしも少からず。殊《こと》に「女性」に掲げられたる「旅順開城」等の数篇は戛々《かつかつ》たる独創造《どくそうぞう》の作品なり。然れどもこの数篇を読めるものは（僕の知れる限りにては）室生犀星、萩原朔太郎、佐々木茂索、岸田国士等の四氏あるのみ。これ亦僕の遺憾とする所なり。天下の書肆《しょし》皆新作家の新作品を市に出さんとする時に当り、内田百間氏を顧みざるは何故ぞや。僕は佐藤春夫氏と共に、「冥途」を再び世に行わしめんとせしも、今に至って微力その効を奏せず。内田百間氏の作品は多少俳味《はいみ》を交えたれども、その夢幻的なる特色は人後に落つるものにあらず。こは恐らくは前記の諸氏も僕と声を同じうすべし。内田百間氏は今早稲田ホテルに在り。誰か同氏を訪うて作品を乞うもののなき乎。僕は単に友情の為のみにあらず、真面目に内田百間氏の詩的天才を信ずるが為に特にこの悪文を草するものなり。

（「文芸時報」第四二号、昭和二年八月四日）

初出（初刊）一覧

冥途　「新小説」大正一〇年一月号（『冥途』大正一一年二月、稲門堂書店）
山東京伝　「新小説」大正一〇年一月号（『冥途』）
花火　「新小説」大正一〇年一月号（『冥途』）
件　「新小説」大正一〇年一月号（『冥途』）
道連　「新小説」大正一〇年一月号（『冥途』）
豹　「新小説」大正一〇年一月号（『冥途』）
尽頭子　「新小説」大正一〇年四月号（『冥途』）
流木　「新小説」大正一〇年四月号（『冥途』）
柳藻　「新小説」大正一〇年四月号（『冥途』）
白子　「新小説」大正一〇年四月号（『冥途』）
短夜　「新小説」大正一〇年四月号（『冥途』）
蜥蜴　「我等」大正一〇年六月号（『冥途』）
梟林記　「女性」大正一二年四月号（『百鬼園随筆』昭和八年一〇月、三笠書房）
大宴会　「中心」大正一三年一月号（『旅順入城式』昭和九年二月、岩波書店）
波頭　「女性」大正一四年七月号（『旅順入城式』）

残照　「女性」大正一四年七月号（『旅順入城式』）
旅順入城式　「女性」大正一四年七月号（『旅順入城式』）
大尉殺し　「女性」昭和二年六月号（『旅順入城式』）
遣唐使　「女性」昭和二年六月号（『旅順入城式』）
鯉　「女性」昭和二年六月号（『旅順入城式』）
流渦　「女性」昭和三年二月号（『旅順入城式』）
水鳥　「文藝春秋」昭和四年三月号（『旅順入城式』）
山高帽子　「中央公論」昭和四年六月号（『旅順入城式』）
遊就館　「思想」昭和四年八月八九号（『旅順入城式』）
昇天　「中央公論」昭和八年二月号（『旅順入城式』）
笑顔　「東京朝日新聞」昭和一一年八月五日（『北溟』昭和一二年一二月、小山書店）
蘭陵王入陣曲　「書物」昭和八年一二月号（『旅順入城式』）
夕立鰻　初出誌未詳（『無弦琴』昭和九年一〇月、中央公論社
鶴　「文芸」昭和一〇年一月号（『鶴』昭和一〇年二月、三笠書房）
北溟　「文芸」昭和一二年一月号（『北溟』）
虎　「東京日日新聞」昭和一二年一月一日（『北溟』）
棗の木　「文藝春秋」昭和一二年五月号（『随筆新雨』昭和一二年一〇月、小山書店）
青炎抄　「中央公論」昭和一二年一〇月号（『随筆新雨』）

編集付記

一、ちくま文庫版の編集にあたっては、一九八六年一一月に刊行が開始された福武書店版『新輯　内田百閒全集』を底本としました。
一、表記は原則として新漢字、現代かなづかいを採用しました。
一、カタカナ語等の表記はあえて統一をはからず、原則として底本どおりとしましたが、拗促音等は半音とし、ヰはウィに、ヸはヴィに、ヴはヴァに改めました。
　ステツプ→ステップ
　ヰスキイ→ウィスキイ
　市ケ谷→市ヶ谷
一、ふりがなは、底本の元ルビは原則として残し、現在の読者に難読と思われるものを最小限施しました。
一、今日の人権意識に照らして不適切と思われる人種・身分・職業・身体障害・精神障害に関する語句や表現がありますが、作者（故人）が差別助長の意図で使用していないこと及び時代背景、作品の価値を考慮し、原文のままとしました。

宮沢賢治全集（全10巻）

宮沢賢治

『春と修羅』、『注文の多い料理店』はじめ、賢治の全作品及び異稿を、綿密な校訂と定評ある本文によって贈る話題の文庫版全集。書簡など2巻増巻。

太宰治全集（全10巻）

太宰治

第一創作集『晩年』から太宰文学の総結算ともいえる『人間失格』、さらに『もの思う葦』ほか随想集も含め、清新な装幀でおくる待望の文庫版全集。

夏目漱石全集（全10巻）

夏目漱石

時間を超えて読みつがれる最大の国民文学を、10冊に集成して贈る画期的な文庫版全集。全小説及び小品、評論に詳細な注・解説を付す。

芥川龍之介全集（全8巻）

芥川龍之介

確かな不安を漠然とした希望の中に生きた芥川の全貌。名手の名をほしいままにした短篇から、日記、随筆、紀行文までを収める。

梶井基次郎全集（全1巻）

梶井基次郎

「檸檬」「泥濘」「桜の樹の下には」「交尾」をはじめ、習作・遺稿を全て収録し、梶井文学の全貌を伝える。一巻に収めた初の文庫版全集。（高橋英夫）

中島敦全集（全3巻）

中島敦

昭和十七年、一筋の光のように登場し、二冊の作品集を残してまたたく間に逝った中島敦——その代表作から書簡までを収め、詳細小口注を付す。

山田風太郎明治小説全集（全14巻）

山田風太郎

これは事実なのか？　フィクションか？　歴史上の人物と虚構の人物が明治の東京を舞台に繰り広げる奇想天外な物語。かつ新時代の裏面史。

ちくま日本文学（全40巻）

ちくま日本文学

小さな文庫の中にひとりひとりの作家の宇宙がつまっている。一人一巻、全四十巻。何度読んでも古びない作品と出逢う、手のひらサイズの文学全集。

ちくま文学の森（全10巻）

ちくま文学の森

最良の選者たちが、古今東西を問わず、あらゆるジャンルの作品の中から面白いものだけを基準に選んだ、伝説のアンソロジー、文庫版。

ちくま哲学の森（全8巻）

ちくま哲学の森

「哲学」の狭いワク組みにとらわれることなく、あらゆるジャンルの中からとっておきの文章を厳選。新鮮な驚きに満ちた文庫版アンソロジー集。

現代語訳 舞姫　森鷗外　井上靖訳
古典となりつつある鷗外の名作を井上靖の現代語訳で読む。無理なく作品を味わうための語注・資料を付す。原文も掲載。監修＝山崎一穎

こころ　夏目漱石
友を死に追いやった「罪の意識」によって、ついには人間不信にいたる悲惨な心の暗部を描いた傑作。詳しく利用しやすい語注付。（小森陽一）

英語で読む 銀河鉄道の夜（対訳版）　宮沢賢治　ロジャー・パルバース訳
〝Night On The Milky Way Train〟（銀河鉄道の夜）賢治文学の名篇が香り高い訳で生まれかわる。文庫オリジナル。井上ひさし氏推薦。（高橋康也）

百人一首　鈴木日出男
王朝和歌の精髄、百人一首を第一人者が易しく解説。現代語訳、鑑賞、作者紹介、語句・技法を見開きにコンパクトにまとめた最良の入門書。

今昔物語　福永武彦訳
平安末期に成り、庶民の喜びと悲しみを今に伝える今昔物語。訳者自身が選んだ155篇の物語は名訳を得て、より身近に蘇る。（池上洵一）

私の「漱石」と「龍之介」　内田百閒
師・漱石を敬愛してやまない百閒が、おりにふれて綴った師の行動と面影とエピソード。さらに同門の友、芥川との交遊を収める。（武藤康史）

阿房列車 ――内田百閒集成1　内田百閒
「なんにも用事がないけれど、汽車に乗って大阪へ行って来ようと思う」。上質のユーモアに包まれた、紀行文学の傑作。（和田忠彦）

教科書で読む名作 夏の花ほか 戦争文学　原民喜ほか
表題作のほか、審判（武田泰淳）／夏の葬列（山川方夫）／夜（三木卓）など収録。高校国語教科書に準じた傍注や図版付き。併せて読みたい名評論も。

名短篇、ここにあり　北村薫　宮部みゆき編
読み巧者の二人の議論沸騰し、選びぬかれたお薦め小説12篇。となりの宇宙人／冷たい仕事／隠し芸の男／少女架刑／あしたの夕刊／網／誤訳ほか。

猫の文学館Ⅰ　和田博文編
寺田寅彦、内田百閒、太宰治、向田邦子……いつの時代も、作家たちは猫が大好きだった。猫の気まぐれに振り回されている猫好きに捧げる47篇‼

命売ります　三島由紀夫
自殺に失敗し、「命売ります。お好きな目的にお使い下さい」という突飛な広告を出した男のもとに、現われたのは？　(種村季弘)

三島由紀夫レター教室　三島由紀夫
五人の登場人物が巻き起こす様々な出来事を手紙で綴る。恋の告白・借金の申し込み・見舞状等、一風変ったユニークな文例集。　(群ようこ)

コーヒーと恋愛　獅子文六
恋愛は甘くてほろ苦い。とある男女が巻き起こす恋模様をコミカルに描く昭和の傑作が、現代の「東京」によみがえる。　(曾我部恵一)

七時間半　獅子文六
東京―大阪間が七時間半かかっていた昭和30年代、特急「ちどり」を舞台に乗務員とお客たちのドタバタ劇を描く隠れた名作が遂に甦る。　(千野帽子)

悦ちゃん　獅子文六
ちょっぴりおませな女の子、悦ちゃんがのんびり屋の父親の再婚話をめぐって東京中を奔走するユーモアと愛情に満ちた物語。初期の代表作。　(窪美澄)

笛ふき天女　岩田幸子
旧藩主の息女に生まれ松方財閥に嫁ぎ、四十歳で作家獅子文六と再婚。夫、文六の想い出と天女のような純真さで爽やかに生きた女性の半生を語る。

青空娘　源氏鶏太
主人公の少女、有子が不遇な境遇から幾多の困難にぶつかりながらも健気にそれを乗り越え希望を手にする日本版シンデレラ・ストーリー。　(山内マリコ)

最高殊勲夫人　源氏鶏太
野々宮杏子と三原三郎は家族から勝手な結婚話を迫られるも協力してそれを回避する。しかし徐々に惹かれ合うお互いの本当の気持ちは……。　(千野帽子)

カレーライスの唄　阿川弘之
会社が倒産した！　どうしよう。美味しいカレーライスの店を始めよう。若い男女の恋と失業と起業の奮闘記。昭和娯楽小説の傑作。　(平松洋子)

せどり男爵数奇譚　梶山季之
せどり＝掘り出し物の古書を安く買って高く転売することを業とすること。古書の世界に魅入られた人々を描く傑作ミステリー。　(永江朗)

沈黙博物館　小川洋子

「形見じゃ」老婆は言った。死の完結を阻止するために形見が盗まれる。死者が残した断片をめぐるやさしくスリリングな物語。（堀江敏幸）

星間商事株式会社社史編纂室　三浦しをん

二九歳「腐女子」川田幸代、社史編纂室所属。恋の行方も友情の行方も五里霧中。仲間と共に「同人誌」を武器に社の秘められた過去に挑む!?（金田淳子）

つむじ風食堂の夜　吉田篤弘

それは、笑いのこぼれる夜。――食堂は、十字路の角にぽつんとひとつ灯をともしていた。クラフト・エヴィング商會の物語作家による長篇小説。

通天閣　西加奈子

このしょーもない世の中に、救いようのない人生に、ちょっぴり暖かい灯を点す驚きと感動の物語。第24回織田作之助賞大賞受賞作。（津村記久子）

この話、続けてもいいですか。　西加奈子

ミッキーこと西加奈子の目を通すと世界はワクワク、ドキドキ輝く。いろんな人、出来事、体験がてんこ盛りの豪華エッセイ集！（中島たい子）

君は永遠にそいつらより若い　津村記久子

22歳処女。いや「女の童貞」と呼んでほしい――。日常の底に潜むうっすらとした悪意を独特の筆致で描く。第21回太宰治賞受賞作。（松浦理英子）

アレグリアとは仕事はできない　津村記久子

彼女はどうしようもない性悪だった。すぐ休み単純労働をバカにし男性社員に媚を売る。大型コピー機とミノベとの仁義なき戦い！（千野帽子）

まともな家の子供はいない　津村記久子

セキコには居場所がなかった。うちには父親がいる。うざい母親、テキトーな妹。まともな家なんてどこにもない！　中3女子、怒りの物語。（岩宮恵子）

こちらあみ子　今村夏子

あみ子の純粋な行動が周囲の人々を否応なく変えていく。第26回太宰治賞、第24回三島由紀夫賞受賞作。書き下ろし「チズさん」収録。（町田康／穂村弘）

さようなら、オレンジ　岩城けい

オーストラリアに流れ着いた難民サリマ。言葉も不自由な彼女が、新しい生活を切り拓いてゆく。第29回太宰治賞受賞・第150回芥川賞候補作。（小野正嗣）

冠・婚・葬・祭　中島京子

人生の節目に、起こったこと、出会ったひと、考えたこと。冠婚葬祭を切り口に、鮮やかな人生模様が描かれる。第143回直木賞作家の代表作。（瀧井朝世）

とりつくしま　東直子

死んだ人に「とりつくしま係」が言う。モノになってこの世に戻れますよ。妻は夫のカップに弟子は先生の扇子になった。連作短篇集。（大竹昭子）

虹色と幸運　柴崎友香

珠子、かおり、夏美。三〇代になった三人が、人に会い、おしゃべりし、いろいろ思う一年間。移りゆく季節の中で、日常の細部が輝く傑作。（江南亜美子）

星か獣になる季節　最果タヒ

推しの地下アイドルが殺人容疑で逮捕!? 僕は同級生のイケメン森下と真相を探るが――。歪んだピュアネスが傷だらけで疾走する新世代の青春小説！

ピスタチオ　梨木香歩

棚(たな)がアフリカを訪れたのは本当に偶然だったのか。不思議な出来事の連鎖から、水と生命の壮大な物語「ピスタチオ」が生まれる。（管啓次郎）

図書館の神様　瀬尾まいこ

赴任した高校で思いがけず文芸部顧問になってしまった清(きよ)。そこでの出会いが、その後の人生を変えてゆく。鮮やかな青春小説。（山本幸久）

マイマイ新子　髙樹のぶ子

昭和30年山口県国衙。きょうも新子は妹や友達と元気いっぱい。戦争の傷を負った大人、変わりゆく時代、その懐かしく切ない日々を描く。（片渕須直）

話虫干　小路幸也

夏目漱石「こころ」の内容が書き変えられた！ それは話虫の仕業。新人図書館員が話の世界に入り込み、「こころ」をもとの世界に戻そうとするが……。

包帯クラブ　天童荒太

傷ついた少年少女達は、戦わないかたちで自分達の大切なものを守ることにした。生きがたいと感じるすべての人に贈る長篇小説。大幅加筆して文庫化。

うれしい悲鳴をあげてくれ　いしわたり淳治

作詞家、音楽プロデューサーとして活躍する著者の小説&エッセイ集。彼が「言葉」を紡ぐと誰もが楽しめる「物語」が生まれる。（鈴木おさむ）

品切れの際はご容赦ください

吉行淳之介ベスト・エッセイ　吉行淳之介　荻原魚雷編
創作の秘密から、ダンディズムの条件まで。「文学」「男と女」「紳士」「人物」のテーマごとに厳選した、吉行淳之介の入門書にして決定版。（大竹聡）

田中小実昌ベスト・エッセイ　田中小実昌　大庭萱朗編
東大哲学科を中退し、バーテン、香具師などを転々とし、飄々とした作風とミステリー翻訳で知られるコミさんの厳選されたエッセイ集。（片岡義男）

山口瞳ベスト・エッセイ　小玉武編
サラリーマン処世術から飲食、幸福と死まで。――幅広い話題の中に普遍的な人間観察眼が光る山口瞳の豊饒なエッセイ世界を一冊に凝縮した決定版。

色川武大・阿佐田哲也ベスト・エッセイ　色川武大／阿佐田哲也　大庭萱朗編
二つの名前を持つ作家のベスト。文学論、落語からタモリまでの芸能論、ジャズ、作家たちとの交流も。もちろん阿佐田哲也名の博打論も収録。（木村紅美）

開高健ベスト・エッセイ　開高健　小玉武編
文学から食、ヴェトナム戦争まで――おそるべき博覧強記と行動力。「生きて、書いて、ぶつかった」開高健の広大な世界を凝縮したエッセイを精選。

中島らもエッセイ・コレクション　中島らも　小堀純編
小説家、戯曲家、ミュージシャンなど幅広い活躍で没後なお人気の中島らもの魅力を凝縮！　酒と文学とエンターテインメント。（いとうせいこう）

文房具56話　串田孫一
使う者の心をときめかせる文房具。どうすればこの小さな道具が創造力の源泉になりうるのか。文房具の想い出や新たな発見、工夫や悦びを語る。

ぼくは散歩と雑学がすき　植草甚一
1970年、遠かったアメリカ。その風俗、映画、本、音楽から政治までをフレッシュな感性と膨大な知識、貪欲な好奇心で描き出す代表エッセイ集。

快楽としてのミステリー　丸谷才一
ホームズ、007、マーロウ――探偵小説を愛読して半世紀、その楽しみを文芸批評とゴシップを駆使して自在に語る、文庫オリジナル。（三浦雅士）

超発明　真鍋博
昭和を代表する天才イラストレーターが、唯一無二のSF的想像力と未来的発想で〝夢のような発明品〟129例を描き出す幻の作品集。（川田十夢）

一人で始める短歌入門　枡野浩一

「かんたん短歌の作り方」の続篇。CHINTAIのCM「いい部屋みつかっ短歌」の応募作を題材に短歌を指南。毎週10首、10週でマスター！

片想い百人一首　安野光雅

オリジナリティーあふれる本歌取り百人一首とエッセイ。読み進めるうちに、不思議と本歌も頭に入ってきて、いつのまにやらあなたも百人一首の達人に。

宮沢賢治のオノマトペ集　宮沢賢治　杉田淳子編　栗原敦監修

賢治ワールドの魅力的な擬音をセレクト・解説した画期的な一冊。ご存じ「どっどどどどうど　どどうどどどう」など、声に出して読みたくなります。

増補　日本語が亡びるとき　水村美苗

明治以来豊かな近代文学を生み出してきた日本語が、いま、大きな岐路に立っている。我々にとって言語とは何なのか。第８回小林秀雄賞受賞作に大幅増補。

ことばが劈《ひら》かれるとき　竹内敏晴

ことばとこえとからだと、それは自分と世界との境界線だ。幼時に耳を病んだ著者が、いかにことばを回復し、自分をとり戻したか。

発声と身体のレッスン　鴻上尚史

あなた自身の「こえ」と「からだ」を自覚し、魅力的に向上させるための必要最低限のレッスンの数々。続ければ驚くべき変化が！　（安田登）

パンツの面目ふんどしの沽券　米原万里

キリストの下着はパンツか腰巻か？　幼い日にめばえた疑問を手がかりに、人類史上の謎に挑んだ、抱腹絶倒&禁断のエッセイ。　（井上章一）

全身翻訳家　鴻巣友季子

何をやっても翻訳的思考から逃れられない。妙に言葉が気になり妙な連想にはまる。翻訳というメガネで世界を見た貴重な記録（エッセイ）。　（穂村弘）

夜露死苦現代詩　都築響一

寝たきり老人の独語、死刑囚の俳句、エロサイトのコピー……誰も文学と思わないのに、一番僕たちをドキドキさせる言葉をめぐる旅。増補版。

英絵辞典　岩田一男　真鍋博

真鍋博のポップで精緻なイラストで描かれた日常生活の205の場面に、６０００語の英単語を配したビジュアル英単語辞典。　（マーティン・ジャナル）

品切れの際はご容赦ください

尾崎翠集成（上・下）　尾崎翠　中野翠 編

鮮烈な作品を残し、若き日に音信を絶った謎の作家・尾崎翠。時間と共に新たな輝きを加えてゆくその文学世界を集成する。

クラクラ日記　坂口三千代

戦後文壇を華やかに彩った無頼派の雄・坂口安吾との、嵐のような生活を妻の座から愛と悲しみをもって描く回想記。巻末エッセイ＝松本清張

貧乏サヴァラン　森茉莉　早川暢子 編

オムレット、ボルドオ風茸料理、野菜の牛酪煮……。食いしん坊茉莉は料理自慢。香り豊かな〝茉莉ことば〟で綴られる垂涎の食エッセイ。文庫オリジナル。

紅茶と薔薇の日々　森茉莉　早川茉莉 編

天皇陛下のお菓子に洋食店の味、庭に実る木苺……森鷗外の娘にして無類の食いしん坊、森茉莉が描く懐かしく愛おしい美味の世界。（辛酸なめ子）

ことばの食卓　武田百合子　野中ユリ・画

なにげない日常の光景やキャラメル、枇杷など、食べものに関する昔の記憶と思い出を感性豊かな文章で綴ったエッセイ集。（種村季弘）

遊覧日記　武田百合子　武田花・写真

行きたい所へ行きたい時に、つれづれに出かけてゆく。一人で。または二人で。あちらこちらを遊覧しながら綴ったエッセイ集。（巖谷國士）

わたしは驢馬に乗って下着をうりにゆきたい　鴨居羊子

新聞記者から下着デザイナーへ。斬新で夢のある下着を世に送り出し、下着ブームを巻き起こした女性起業家の悲喜こもごも。（近代ナリコ）

私はそうは思わない　佐野洋子

佐野洋子は過激だ。ふつうの人が思うようには思わない。大胆で意表をついたまっすぐな発言をする。だから読後が気持ちいい。（群ようこ）

神も仏もありませぬ　佐野洋子

還暦……もう人生おりたかった。でも春のきざしの蕗の薹に感動する自分がいる。意味なく生きても人は幸せなのだ。第3回小林秀雄賞受賞。（長嶋康郎）

老いの楽しみ　沢村貞子

八十歳を過ぎ、女優引退を決めた著者が、日々の思いを綴る。齢にさからわず、「なみ」に、気楽に、と過ごす時間に楽しみを見出す。（山崎洋子）

遠い朝の本たち 須賀敦子

一人の少女が成長する過程で出会い、愛しんだ文学作品の数々を、記憶に深く残る人びとの想い出とともに描くエッセイ。（末盛千枝子）

おいしいおはなし 高峰秀子編

向田邦子、幸田文、山田風太郎……著名人23人の美味な思い出。文学や芸術にも造詣が深かった往年の大女優・高峰秀子が厳選した珠玉のアンソロジー。

るきさん 高野文子

のんびりしていてマイペース、だけどどっかヘンテコな、るきさんの日常生活って？ 独特な色使いが光るオールカラー。ポケットに一冊どうぞ。

それなりに生きている 群ようこ

日当たりの良い場所を目指して仲間を蹴落とすカメ、迷子札をつけているネコ、自己管理している犬。文庫化に際し、二篇を追加して贈る動物エッセイ。

うつくしく、やさしく、おろかなり 杉浦日向子

生きることを楽しもうとしていた江戸人たち。彼らの紡ぎ出した文化にとことん惚れ込んだ著者がその思いの丈を綴った最後のラブレター。（松田哲夫）

ねにもつタイプ 岸本佐知子

何となく気になることにこだわる、ねにもつ。思索、奇想、妄想はばたく脳内ワールドをリズミカルな名短文でつづる。第23回講談社エッセイ賞受賞。

回転ドアは、順番に 穂村弘 東直子

ある春の日に出会い、そして別れるまで。気鋭の歌人ふたりが、見つめ合い呼吸をはかりつつ投げ合う、スリリングな恋愛問答歌。（金原瑞人）

絶叫委員会 穂村弘

町には、偶然生まれては消えてゆく無数の詩が溢れている。不合理でナンセンスで真剣だからこそ可笑しい、天使的な言葉たちへの考察。（南伸坊）

杏のふむふむ 杏

連続テレビ小説「ごちそうさん」で国民的な女優となった杏が、それまでの人生を、人との出会いをテーマに描いたエッセイ集。（村上春樹）

月刊佐藤純子 佐藤ジュンコ

注目のイラストレーター（元書店員）のマンガエッセイが大増量してまさかの文庫化！ 仙台の街や友人との日常を描く独特のゆるふわ感はクセになる！

ちくま文庫

冥途《めいど》

内田百閒集成《うちだひゃっけんしゅうせい》3

二〇〇二年十二月十日　第 一 刷発行
二〇二五年 四 月五日　第十一刷発行

著　者　内田百閒（うちだ・ひゃっけん）
発行者　増田健史
発行所　株式会社　筑摩書房
東京都台東区蔵前二―五―三　〒一一一―八七五五
電話番号　〇三―五六八七―二六〇一（代表）

装幀者　安野光雅
印刷所　株式会社精興社
製本所　株式会社積信堂

ISBN978-4-480-03763-3 C0193